1990 – Ganz andere Sorgen

Rainer Doh

1990
Ganz andere Sorgen

Roman einer Familie

Divan

Steuermann, lass die Wacht!
Steuermann, her zu uns!
Ho! He! Je! Ha!
Steuermann, her trink mit uns!

Richard Wagner: *Der fliegende Holländer,* dritter Akt

Das Heckental erstreckt sich vom Neckar in westlicher Richtung bis in die Ausläufer des Schwarzwalds. In seinem vorderen Teil ist es breit und flach, nur ganz allmählich steigt es zu den Hügelketten hinauf. Die Kreisstadt Heckenheim ist schon seit den Fünfzigerjahren mit den Nachbarorten Kolb, Schätzingen und Liesingen ununterscheidbar zusammengewachsen. Eine Ortschaft geht nahtlos in die nächste über, und die landestypischen Reihenhaussiedlungen, die Ein- und Zweifamilienhäuser mit ihren kleinen, aufgeräumten Gärten, ziehen sich kilometerlang zu beiden Seiten der B 331 hin. Größere Felder, Äcker und Weinberge gibt es erst im rückwärtigen Teil des Tales, etwa auf Höhe der kleinen Ortschaft Brunnen. Ein Stück weiter beginnt schon der Rotwald, ein Staatsforst, der trotz seines Namens geografisch bereits zum Schwarzwald gehört.

Man muss zugeben, dass das Heckental trotz der Nähe des Schwarzwalds landschaftlich nur wenig reizvoll ist. Natur findet vornehmlich in Form von intensiver Landwirtschaft statt, der Heckelbach ist durchgehend reguliert, die Sumpfwiesen rund um Liesingen sind allesamt trockengelegt, nur der Gewerbepark „An der Moorwiese" erinnert noch an den einstigen Morast in der Gegend. Die Ortschaften des Heckentals sind bis auf den üblichen historischen Marktplatz mit Fußgängerzone zu wenig romantisch, als dass sie in größerer Zahl Fremde anziehen könnten. Erholungssuchende aus den umliegenden Großstädten, zum Beispiel aus Stuttgart, Ludwigsburg oder Heilbronn oder gar Touristen von noch weiter her, fahren gleich in den Schwarzwald, in den für seine Herbstfärbung berühmten Schönbuch oder auf der anderen Neckarseite ins Remstal, wo es mehr Rad- und Wanderwege und vor allem bessere Einkehrmöglichkeiten gibt. Kein Wunder, dass das Heckental nur wenig bekannt ist. Autofahrer, die versucht haben, auf dem Weg vom Neckar- ins Rheintal einem der häufigen Staus auf der A 86 oder der A 8 über die B 331 auszuweichen, sehen vielleicht kurz hinter Oberliesingen verwundert eine vermooste Tafel mit der Aufschrift „Auf Wiedersehen im schönen Heckental". Zugezogene stellen immer wieder erst nach Jahren erstaunt fest, dass sie im Heckental zu Hause sind, ohne es gewusst zu haben.

Es wäre freilich grundverkehrt, von den Fachwerkhäusern, dem Schönen Brunnen, den Ruinen der Heckelburg und dem sonstigen ein wenig angestaubten Lokalkolorit Rückschlüsse auf die hiesigen wirtschaftlichen und gesellschaftlichen Verhältnisse zu ziehen. Schließlich gehört unser Heckental zu den Gegenden, wo der typische schwäbische Gewerbefleiß zu Hause ist. In Frankfurt, München oder auch in Stuttgart mögen vielleicht bekanntere Unternehmen ihren Sitz haben, aber was den Umsatz pro Einwohner anbelangt, müssen wir uns bestimmt nicht verstecken. Von den ansässigen Unternehmen sind einige in ihren Märkten führend, allen voran die Optische Präzisionswerke AG, die OPW, als größter Arbeitgeber im Tal. Rund achthundert Menschen waren in den besten Zeiten allein in Heckenheim-Kolb beschäftigt.

Und das Heckental ist in der glücklichen Lage, über eine Reihe weiterer namhafter Gewerbesteuerzahler zu verfügen, denn wegen der guten Verkehrsanbindung haben sich einige Zulieferbetriebe für die Automobilindustrie angesiedelt. Die Daismann KG beispielsweise liefert Kofferraumverkleidungen hauptsächlich nach Zuffenhausen und nach Neckarsulm. Fabrizius baut Autoantennen und am Rande von Liesingen steht seit den Sechzigerjahren ein großes Zweigwerk von Bosch, in dem elektronische Bauteile produziert werden; beim Bosch sind heute noch rund zweihundertfünfzig Leute beschäftigt.

So aus der Welt, wie Neubürger, Gäste und Nachbarn manchmal tun – als ob ausgerechnet Stuttgart, Ludwigsburg oder gar Backnang der Nabel der Welt wären! –, ist unser Heckental wirklich nicht.

1985

Wir waren Mitte der Achtzigerjahre ins Heckental gekommen. Nachdem ich mich einige Jahre im Stuttgarter Finanzamt durch die Verästelungen des Steuerrechts gearbeitet hatte, fand es Marianne an der Zeit, eine neue Herausforderung zu suchen und meinem – unserem – Leben eine neue Richtung zu geben. Marianne wusste, dass die Steuerberaterdichte im Heckental, wo sie aufgewachsen war, deutlich unter dem Bundesdurchschnitt lag. Mir gefiel die Idee, die Seiten zu wechseln und aus meinem steuerrechtlichen Know-how mehr zu machen als eine A 13- oder A 15-Stelle. Also sah ich mich ein wenig im Heckental um. Tatsächlich: Für die größeren Unternehmen waren dort Bouvier, Pfalznagel & Partner tätig, um die Freiberufler und Handwerker kümmerte sich vornehmlich der betagte Doktor Schölter, draußen in Liesingen gab es noch die Einmannkanzlei von Erwin Kuballa sowie eine Helene Siebenschatz, die ihre Mandaten im Wohnzimmer empfing. Marianne hatte recht – da war noch Platz für einen aufstrebenden jungen Steuerberater.

Andererseits konnte ich mich nur schwer mit der Vorstellung anfreunden, mein Leben künftig in einer abgelegenen Kleinstadt zwischen Neckar und Schwarzwald verbringen zu müssen. „Da kennt jeder jeden und eine Hand wäscht die andere. Aber wehe, man hält sich nicht an die Kehrwoche oder pflegt seinen Rasen nicht ordentlich. Dann vergiften sie einem die Katze." Außerdem würde mir das kulturelle Umfeld fehlen. Was war da draußen in der Pampa mit einem guten Kino? Mit Konzerten? Oper? Zoo?

Solche Einwände ließ Marianne nicht gelten. „Erstens haben wir keine Katze. Zweitens ist gegen einen schönen Rasen nichts zu sagen. Und was heißt Pampa? In zwanzig Minuten bist du in Stuttgart. Und wann warst du denn zuletzt im Zoo?"

Tatsächlich habe ich dann bis Stuttgart selbst bei bester Verkehrslage immer länger als eine halbe Stunde gebraucht. Ein einziges Mal schaffte ich es in dreiundzwanzig Minuten: morgens um halb vier und unter Missachtung von wer weiß wie vielen

Verkehrsregeln – Marianne neben mir mit dem Hamsterkäfig auf dem Schoß, auf den Rücksitzen zwei heulende Kinder, so waren wir durch das Morgengrauen über die A 81 nach Stuttgart in die Tierklinik gerast. Erst in dieser Nacht war mir klar geworden, dass es im Heckental nicht nur keine Oper und keinen Zoo gibt, sondern auch keine veterinärmedizinische Notversorgung. Nun schimpfte sogar Marianne über das „gottverlassene Nest". Aber das war natürlich sehr viel später.

Marianne hatte in Kolb ein älteres Reihenmittelhaus für uns gefunden. Die Miete war gerade noch erträglich und wir hatten ausreichend Platz für uns beide und für unsere Tanja. Katharina kam erst im folgenden Jahr. Wichtig war jetzt ein Büro, und zwar eines, das ich mir trotz vorerst bescheidener Umsätze leisten konnte. Und wieder war es Marianne, die die Sache voranbrachte, denn sie entdeckte in einem renovierten Fachwerkhaus in der Heckenheimer Uhlandstraße, keine zweihundert Meter vom Oberen Markt, zweiundsiebzig Quadratmeter Büroräume mit schönem Parkettboden und einer Teeküche mit Geschirrspülmaschine, alles picobello und frisch gestrichen. Der Vermieter, Alfred Kurtz, Inhaber des gleichnamigen Fachbetriebs für Heizungs- und Sanitärinstallationen, zeigte sich außerdem gewogen, mein erster Mandant zu werden. „Warum nicht, junger Mann?", sagte er und klopfte mir auf die Schulter. „Aber Steuern muss ich dann keine mehr zahlen, gell." Außerdem habe sein Schwager (Elektro-Täschner in der Eberhard-Fichtner-Straße) seit Jahren massive Probleme mit dem Ludwigsburger Finanzamt, da müsse dringend etwas passieren. Allmählich verflüchtigten sich meine Bedenken, auch wenn die Räume bei Weitem nicht so erschwinglich waren, wie in meinem Budgetplan vorgesehen. Am nächsten Tag unterschrieb ich den Mietvertrag. Ein paar einfache Büromöbel waren schnell besorgt und am 2. Februar 1985 nahm die Steuerkanzlei Olaf Knapp den Betrieb auf.

Am Abend lernte ich im Ristorante Capri am Oberen Markt bei unserer ersten Heckenheimer Pizza endlich Mariannes

Schulfreundin Veronika Käfer kennen. Wir hatten an diesem Tag wegen der Kanzleieröffnung einfach zu viele andere Dinge im Kopf, und als wir endlich im Capri eintrafen, war Veronika längst da. Die ersten Worte, die ich von ihr zu hören bekam, lauteten: „Ich warte bereits eine Vier-tel-stun-de!" Jede Silbe war ein gedehnter Klagelaut. Dazu schaute sie zuerst demonstrativ auf ihre Armbanduhr, dann abschätzig von oben bis unten an mir herunter. Marianne ignorierte Veronikas Vorwurf und sagte fröhlich: „Das ist mein Olaf!" Sie strahlte mich an und legte einen Arm um meine Schultern. Veronika verzog den Mund und sagte nichts.

Ich habe damals nicht verstanden, welche Gemeinsamkeiten Veronika und Marianne über all die Jahre und Jahrzehnte zusammenhielten, gegensätzlichere Menschen jedenfalls habe ich selten kennengelernt. Neben der großen, strahlend schönen Marianne – damals noch mit langen blonden Haaren und ultrakurzem Rock – sah Veronika vollends brav und bieder aus. Ihr etwas zu rundes Gesicht zeigte damals schon deutliche Ansätze zu Hängebacken; sie war mittelgroß und mittelschlank, ihre Haarfarbe schwer einzuschätzen, irgendwas zwischen dunkelblond und braun. Oder umgekehrt. Ihre Augenfarbe konnte ich damals nicht feststellen, weil sie mich kaum ansah. Sie redete den ganzen Abend ausschließlich mit Marianne. Nur hin und wieder warf sie einen kurzen Blick auf mich, als ob sie sich vergewissern wollte, ob ich tatsächlich noch immer da sei. Ich erinnere mich aber noch sehr gut an Veronikas halblangen, dunkelgrauen Faltenrock und an ihre geblümte Bluse.

„Warum nicht?", hatte ich auf dem Nachhauseweg zu Marianne gesagt. „Das kann sie mit sechzig auch noch tragen. Und wenn sie drauf aufpasst, auch noch mit siebzig." Der Abend endete in einem furchtbaren Streit.

*

Veronikas Vater war der Inhaber des führenden Reisebüros in Heckenheim. Gottfried Käfer hatte sich in den Sechzigerjahren mit Omnibusreisen selbstständig gemacht; sein kleines Reisebüro hatte zunächst preiswerte Tagesausflüge organisiert, an den Bodensee, in den nahen Schwarzwald, zum Kloster Maulbronn und nach Rothenburg ob der Tauber. Das Angebot von Käfer-Reisen war schon damals auf die etwas älteren Mitbürger ausgerichtet, die Käfer-Kunden waren vielleicht deswegen in ihren Ansprüchen ebenso bescheiden wie Gottfried Käfer selbst. Abfahrten in frühen und frühsten Morgenstunden wurden ebenso hingenommen wie durchgesessene Sitze und karge Mahlzeiten unterwegs. Teilnehmer und Veranstalter waren sich aufgrund langjähriger Erfahrung ohnehin darin einig, dass Hunger immer noch der beste Koch sei. Zum Ausgleich ging es in den Bussen immer lustig zu, auf der Heimfahrt wurden gemeinsam Lieder gesungen und manchmal las Gottfried Käfer auch ein paar humoristische Verse von Ringelnatz vor oder etwas Nachdenkliches des damals beliebten Eugen Roth.

Als die Ansprüche stiegen, wurden zunächst nicht die Busse bequemer und das Essen besser, sondern die Ziele weiter gesteckt: Es gab nun die Dreitagestour durch das Salzkammergut (mit Kaffee im Weißen Rössl), die beliebte Fahrt zum Vierwaldstätter See mit großer Mittagspause in Luzern, zwei Tage Wien mit Abstecher nach Linz, drei Tage Venedig mit Murano und im November, wenn die Hotels billiger waren, ging es für ein langes Wochenende bis nach Paris. „Mit dem Käfer kommt man herum", hieß es bald. „Und günstig ist er auch!"

Aus dieser Zeit des Aufbruchs stammte das Firmenzeichen von Käfer-Reisen: der lachende Maikäfer mit den zum Flug aufgespannten Flügeln. Gottfried Käfer hatte es eigenhändig gezeichnet. Der Maikäfer fand sich nicht nur auf Geschäftspapieren und Stempeln, es gab auch eine Maikäfer-Anstecknadel, mit der sich Reiseteilnehmer in aller Welt als Kunden von Käfer-Reisen ausweisen und sich untereinander sofort erkennen konnten. Damals wurde auch das alte Firmenschild durch eine strahlende Leuchtreklame mit fliegendem Maikäfer ersetzt. Sie war lange Zeit die einzige, die am Oberen Markt auch noch nach 21 Uhr noch leuchtete. „Der Käfer macht richtig was her", sagten die Mitbürger. Dabei war es gar nicht einfach, den schmalen Grat zwischen einem berechtigtem „Was hermachen" und einer das örtliche Publikum irritierenden Verschwendung einzuhalten. Gottfried Käfer hatte dafür das nötige Feingefühl; er kannte seine Mitmenschen – nicht zuletzt, weil er sich selber kannte.

Wer damals in Heckenheim verreisen wollte, den führte der Weg als Erstes zum Käfer, egal ob er mit dem Bus nach Maulbronn, mit dem Zug nach Bibione oder mit dem Flugzeug nach Ibiza wollte: Prospekte, Fahrkarten, Fahrscheine – kompetent und immer freundlich bei Käfer-Reisen.

Darüber fand Gottfried Käfer auch unter den anderen Geschäftsleuten der Stadt Anerkennung. Es hieß nicht mehr nur, dass man mit dem Käfer günstig herumkam, dass es in seinen Bussen fidel zuging, sondern auch, dass der Käfer „was vom G'schäft versteht" – eine bessere Meinung kann man im Heckental über einen Mitbürger kaum haben. Allmählich begann Käfers Wort etwas zu gelten, und die Leute lachten über seine Witze. Natürlich konnte er sich nicht mit den wahren Größen der ansässigen Wirtschaft messen, mit einem Otto Daismann oder gar mit einem Doktor Genser, dem Vorstandsvorsitzenden der OPW. Aber er stand jetzt durchaus auf derselben Ebene wie Bernd Lutz („Opel Lutz"), August Pfefferle („Qualitätsdrucke Pfefferle") oder Hans Schroth („Alles im Lot mit Möbel-Schroth"). Und mit einem x-beliebigen Metzger, Bäcker oder Friseur musste er sich schon nicht mehr vergleichen lassen.

Veronika war Gottfried Käfers einziges Kind, und er war zu Recht stolz auf sie. Sie war ein grundanständiges Mädchen, sie lernte gut, sie war häuslich, sie trieb sich nicht herum, sondern ging ihrer Mutter im Haushalt zur Hand oder half auch schon mal im Geschäft. Und hilfsbereit und höflich war sie sowieso. Nur ganz selten fiel sie mit frechen Bemerkungen aus der Rolle oder rollte demonstrativ mit den Augen, wenn beispielsweise ein weitläufiger Verwandter die heimische Kaffeetafel mit Berichten über seine Krankheiten langweilte. Ihre Mutter hielt das für ungehörig. Vater Käfer aber schätzte es, wenn seine Tochter sich als selbstbewusstes und gescheites Mädchen erwies. Er wollte, dass aus Veronika mal was wurde, zum Beispiel in seinem Reisebüro. Sie könnte sogar, womöglich zusammen mit einem tüchtigen Mann, eines Tages das Geschäft übernehmen. „Wäre doch jammerschade, wenn man sich ein Leben lang abrackert und dann geht irgendwann mal alles in fremde Hände."

Auch Veronika hatte klare Vorstellungen von ihrer Zukunft, in deren Mittelpunkt die eigene Familie stand. Zwei Kinder würde sie haben, brave, nette Kinder. Und ein eigenes Haus natürlich, kein Reihenhaus, sondern eines, „um das man herumgehen kann", mit schönem Garten mit alten Bäumen, einem Komposthaufen und Beeten, in denen sie mit den Kindern etwas anpflanzen konnte. Ein Mann, ein netter, anständiger Mann, der etwas darstellte, gehörte auch dazu. Vielleicht noch ein Hund aus dem Tierheim, am besten ein Mischling mit schiefen Ohren, damit die Kinder frühzeitig lernen, wie man Verantwortung übernimmt, und damit sie sich auch charakterlich gut entwickeln.

„Spießig", nannte Marianne den Glücksplan ihrer Freundin. Marianne hatte nie verstanden, warum jemand, „der so gescheit ist wie die Veronika", nicht von einer Position als Dramaturgin am Staatstheater oder als Anwältin in Stuttgart, sondern von einer Einbauküche träumte. Woran, Marianne zufolge, vor allem Veronikas Mutter schuld sei: „Eine beschränkte Person, geizig und bösartig." Die Abneigung beruhte auf Gegenseitigkeit, denn Frau Käfer hielt Marianne schon seit der Schulzeit für ein „Flittchen". Nie hatte sie verstanden, weshalb sich ihre brave Tochter ausgerechnet mit *der* angefreundet hatte. Niemand in Heckenheim verstand das.

Jedenfalls hatte man bei Veronika nie Angst haben müssen, dass sie was mit Drogen anfing, und es verstand sich von selbst, dass Veronika noch der harmlosesten Knutscherei aus dem Weg ging. Sie schrieb sich keine Telefonnummern in die Handflächen und sie lungerte auch nicht bei schönstem Wetter in der Eisdiele Venezia herum. So wie beispielsweise Karin Schädle, wie Renate Siemer oder eben Marianne Quidde mit ihren langen blonden Haaren und ultrakurzen Röcken. Geschminkt waren die natürlich auch.

Veronika hätte auch gar keine Zeit für das Venezia gehabt. Sie war, das verstand sich von selbst, eine gute und fleißige Schülerin. Ihre Hefte beschriftete sie in Schmuckschrift: „Veronika Käfer – Erdkunde“, „Veronika Käfer – Geschichte“, „Veronika Käfer – Biologie“. Hinter ihren Namen malte sie den lachenden Maikäfer. Um jede Heftseite zog sie mit Buntstiften und Lineal einen Zierrahmen. Nicht etwa, weil es ein Lehrer verlangt hatte, sondern weil es so einfach schöner aussah. Schöner und ordentlicher. Manchmal zeichnete sie mit viel Liebe und Geduld auch noch Ornamente an die Ecken des Rahmens, was dann noch schöner aussah. Wenn zum Beispiel Familie Gräser zu Besuch kam oder die alten Sailers, wurden Veronikas Hefte hergezeigt und alle staunten. Sogar Herr Sailer, der bis zu seiner Pensionierung leitender Ingenieur beim Bosch gewesen war, versicherte, dass er diesen Rahmen auch am großen Zeichenbrett und mit seinem fünfundvierzig Mark teuren Tuschefüller von Isograph nicht schöner und genauer hätte ziehen können. „Da können Sie wirklich stolz sein, Frau Käfer“, sagte Frau Sailer zu Frau Käfer, die es ihrerseits gar nicht fassen konnte, wie jemand fünfundvierzig Mark für einen Füller ausgeben konnte, wo man doch mit einem einfachen Buntstift genauso schön zeichnen konnte. Wenn man sich nur Mühe gab.

Mit ihren Mitschülerinnen konnte Veronika nur wenig anfangen und die nichts mit jemandem, der mit vierzehn noch Zierrahmen in die Hefte malte. Da sie gewisse Dinge notorisch nicht mitmachte, wollte man sie bei gewissen Dingen gar nicht erst dabei haben. Veronika las lieber. Jede Woche brachte sie einen Bücherstapel aus der Stadtbibliothek nach Hause. Frau Glöck, die Bibliothekarin, fragte: „Mein Gott, Veronika! Schaffst du das denn alles?“ Natürlich schaffte Veronika das. Ihre Mutter fragte immer wieder: „Brauchst du das wirklich alles für die Schule?“ Sie fand, dass diese Bücher eigentlich gar nicht zu Veronika passten. Sie war so brav und ordentlich, und dann befasste sie sich vorwiegend mit den Schicksalen von gescheiterten Frauen: die Briest, die Bovary, die Karenina – waren die nicht alle geschieden? Und diese Toni Buddenbrook sogar zweimal. Aber der Papa war stolz, dass seine Veronika sich mit so schwierigen Büchern befasste, obwohl er selbst es auch ohne Abitur zu etwas gebracht hatte.

Vielleicht hätte Veronika nach dem Abitur studieren sollen – einfach mal heraus aus dem Amselweg, heraus aus Heckenheim und dem Heckental. Aber die Universitäten, unruhig und politisiert, wie sie in den Siebzigern waren, erschienen ihr schon aus der Ferne unheimlich. Deshalb ging Veronika auch beruflich lieber auf Nummer sicher und begann nach dem Abitur nicht wie andere aus ihrer Klasse ein Studium der Politologie oder der Theaterwissenschaften oder wenigstens BWL, sondern in Ludwigsburg bei der Bausparkasse Wüstenrot eine Lehre als Bankkauffrau.

Veronikas Vater hielt das für eine ausgezeichnete Idee. Sie hätte auch von ihm selber sein können, und ein wenig war sie ja tatsächlich von ihm. Geld regiert die Welt, hatte ihn die Lebenserfahrung gelehrt (obwohl ihm persönlich andere Werte – irgendwas mit Schiller, Beethoven oder Mörike – vielleicht sogar lieber gewesen wären), daher konnte es nicht verkehrt sein, gründlich zu lernen, mit Geld umzugehen. „Das kann sie immer brauchen“, sagte er. „Egal, was sie später mal macht.“ Eine Bank, eine Versicherung oder notfalls eben eine Bausparkasse, das war insofern ein optimales Sprungbrett ins Leben und auf jeden Fall solider als jeder Schiller. Und in einem Reisebüro konnte man das auf jeden Fall brauchen.

Freunde der Käfers meinten freilich, es wäre schade um das hervorragende Abitur; Veronika war immerhin die Beste des ganzen Jahrgangs gewesen. Herr Sailer beispielsweise sagte, er könne sich die Veronika gut als Lehrerin vorstellen: „Wo sie doch so gern liest." Oder als Ärztin. „Die Noten hätte sie doch auf alle Fälle." Oder sogar als Ingenieurin, auch das war damals keine Seltenheit mehr, und wer so saubere Rahmen in seine Hefte zeichnen konnte, der würde doch auch den Aufriss eines Druckventils fehlerfrei hinbekommen. Wie man die Veronika kannte, vermutlich besser und schöner als mancher Kollege. „Herr Sailer! Herr Sailer! Um Gottes willen! Setzen Sie dem Mädle bloß nichts in den Kopf!", rief Frau Käfer entsetzt. „So weit kommt's noch. Können Sie sich vorstellen, was ein Studium kostet? Und dann ist sie fertig und heiratet." Eigentlich war schon das Abitur eine Verschwendung gewesen.

Auf dem Heimweg schimpfte Herr Sailer: „Der Käfer wenn sich ein Studium nicht leisten kann, dann weiß ich's auch nicht. Jedes Jahr macht er eine neue Filiale auf, aber bei der eigenen Tochter spart er."

„Ihm würd's schon gefallen, dass sein Mädle studiert", meinte Frau Sailer. „Aber seine Frau jammert doch um jeden Pfennig. Und sie hätt' auch zu viel Angst, dass an der Universität was passiert."

„Was soll da passieren?"

„Dass sie mit einem ledigen Kind heimkommt, zum Beispiel."

Der alte Sailer lachte auf. „Das tät ihr recht geschehen, der alten Hexe."

„Aber das arme Mädle!", rief Frau Sailer. „Das wär ja nicht auszudenken, was die dann durchmachen müsst'."

Diesbezüglich mussten sich die Sailers bei Veronika natürlich keine Sorgen machen. Nicht dass Veronika grundsätzlich etwas gegen das andere Geschlecht gehabt hätte – es war ihr schon klar, dass sie anders nicht zu ihrer eigenen Familie kommen würde. Aber gerade deswegen war sie in dieser Frage anspruchsvoll: Eine Veronika Käfer warf sich nicht dem Nächstbesten an den Hals.

Man muss allerdings zugeben, dass die Auswahl an infrage kommenden Partnern recht begrenzt war, so groß ist Heckenheim schließlich auch nicht. Für Veronikas gehobene Ansprüche wurde die Auswahl noch enger: Wer nicht dick und hässlich war, der war bestimmt „gewöhnlich" oder zumindest „mittelmäßig". Wer nicht ungebildet war, der war in der Regel eingebildet oder sogar, noch schlimmer, ein „Schönling". Oder er konnte nicht mit Messer und Gabel essen, jedenfalls nicht richtig. Ganz peinliche Existenzen verwechselten Thomas Mann mit Heinrich Mann, und mit so jemandem konnte sich Veronika ohnehin nicht unterhalten.

Auch mit Achim Wolff (der Sohn von Ford Wolff in Schätzingen) hatte sie sich letzten Endes nicht unterhalten können, dabei war sie mit ihm immerhin fast drei Monate näher befreundet gewesen. Es soll dabei sogar, wie Marianne spitz anmerkte, zu Intimitäten gekommen sein. Dann allerdings nahm Veronika ihren Achim in die Stuttgarter Oper mit, und als sie ihn hinterher fragte, wie es ihm gefallen habe, meinte der ganz arglos, es sei sehr ergreifend gewesen, „besonders die Stelle, wo die Boheme stirbt". Daraufhin brach Veronika den Abend und kurz darauf die Beziehung ab. Zu Marianne sagte sie: „Dann lieber gar keinen."

1986

Veronika war schon weit über dreißig, als ihr bewusst wurde, dass ihr wirkliches Leben über ihren Lebensplan hinwegzugehen drohte. Mittlerweile hätte das erste Kind bereits eingeschult werden müssen und im übernächsten Jahr das zweite. Was sie sich vorgenommen hatte, war rein zeitlich kaum mehr zu schaffen, vielleicht noch das Haus zum Herumgehen und der Garten mit den alten Bäumen und der Hund, aber für ihren Nachwuchs hatte sie noch nicht mal einen Vater.

Jetzt erwies es sich als nachteilig, dass Veronika ihre Bekannten hauptsächlich mit ihren Eltern teilte – immer wieder Frau Fingerhut, Familie Gräser, Tante Erika und die beiden Sailers. Rudi, der Sohn von Herrn und Frau Gräser, war zwar erfolgreicher Rechtsanwalt und regelmäßiger Opernbesucher, aber er war schon längst anderweitig vergeben und ohnehin volle sechzehn Jahre älter. Da konnte Frau Gräser noch so oft beteuern, dass sie sich eine Schwiegertochter wie Veronika gewünscht hätte.

Darüber hinaus blieb Veronikas Bekanntenkreis all die Jahre überschaubar. Ihre privaten Kontakte zu den Kollegen bei Wüstenrot beschränkten sich auf das Notwendigste, also vor allem auf Betriebsausflug und Weihnachtsfeier. Die Männer im Büro waren Familienväter, die Frauen überwiegend alleinerziehende Halbtagsmütter, die übrigen ... nun ja ... kein Umgang für eine Veronika Käfer. Sie konnten sich tagelang über das trostlose Thema „Ruft er heute an?" unterhalten – natürlich nicht mit ihr. Veronika verbrachte Abende und Wochenenden mit den Eltern. Meist auch den Urlaub, und auf zweifelhafte Urlaubsbekanntschaften legte sie sowieso keinen Wert. Auf Lanzarote hatte sich zwei Wochen lang ein angehender Hals-Nasen-Ohren-Arzt um sie bemüht – eigentlich war er ganz nett, aber aus Kiel.

So blieb schließlich alles an Marianne hängen. Die verfügte zwar über einen ausgedehnten, bis nach Stuttgart und Tübingen reichenden Bekanntenkreis, den sie intensiver pflegte, als es mir recht war, aber Veronika konnte davon nicht profitieren.

Immer wieder lud Marianne unverheiratete Kollegen aus ihrem Ludwigsburger Gymnasium zu uns nach Hause ein. Sie suchte die Betreffenden stets sorgfältig aus: alleinstehend, aber nicht bindungsunfähig (drei Geschiedene, ein Verlassener), im passenden Alter, einigermaßen gebildet, halbwegs interessante Fächerkombinationen (also keine Sportlehrer), ein passables, bartloses Aussehen und immer verbeamtet. Veronika machte diese Abende durch ihre übellaunige Einsilbigkeit schon im Ansatz kaputt. Gleich nach dem Dessert mussten die Kollegen dann meist wegen dringender Korrekturarbeiten aufbrechen. Hinterher beim Abwasch schimpfte Marianne: „Das war nun wirklich das letzte Mal." Schließlich verbat sich Veronika selbst weitere gemeinsame Einladungen mit unverheirateten Herren. „Ich lass mich doch nicht verkuppeln", erklärte sie. So etwas habe sie nun wirklich nicht nötig. Da konnte Marianne noch so sehr anderer Meinung sein.

Allmählich musste auch Marianne zugeben, dass es schon auch an Veronika lag. „Sie müsste halt mehr aus sich machen. Diese graubraunen Fetzen, die sie immer anhat. Und diese Frisur. Wie oft hab ich ihr schon gesagt, fahr nach Stuttgart und leiste dir mal einen richtigen Friseur. Was tut sie? Sie rennt wie ihre Mutter in die Schillerstraße zum Fischerknecht und läuft herum wie eine Vogelscheuche." Aber das sah Veronika schon gleich gar nicht ein, dass sie sich für teures Geld ausstaffieren und herrichten sollte, nur um irgendeinen Hanswursten zu beeindrucken. Wem nur Äußerlichkeiten imponierten, der war sowieso nicht viel wert; da hatte Veronika ihre Grundsätze.

„Die treibt mich noch in den Wahnsinn", sagte Marianne und war nun auch ratlos.

Ich weiß heute nicht mehr, warum mir damals mein Schulfreund Paul einfiel. Er war ein paar Tage zuvor Hilfe suchend in meine Kanzlei gekommen, weil ihm das Finanzamt Stuttgart wegen eines fünfstelligen Steuerrückstands die Pfändung angedroht hatte. Bei dieser Gelegenheit hatte ich erfahren, dass er nicht mehr mit Sybille zusammen war.

Marianne hielt meinen Vorschlag für keine gute Idee. „Paul? Doch nicht dieser Chaot, der dir schon seit zwei Jahren das Honorar schuldet?"

„Erst seit einem. Und er hat's wirklich nicht leicht. Zuerst der Konkurs und dann das mit Sybille. Außerdem wäre ich ohne ihn im Abitur durchgefallen."

„Er ohne dich aber auch. Und das ist zwanzig Jahre her."

„Achtzehn. Vielleicht können sie sich einfach mal beschnuppern."

„Veronika und Paul? Beschnuppern? Die beiden? Du bist ja bescheuert."

„Bloß weil du ihn nicht magst."

„Bloß weil du *sie* nicht magst."

Auch dieser Abend endete in einem grässlichen Streit.

Doch die Zeit drängte. Veronika war seit drei Wochen vierunddreißig. Marianne überwand ihre Abneigung gegen Paul und dachte sich in den nächsten Tagen ein raffiniertes Arrangement aus: Wir luden Veronika und ein paar Bekannte in das neue Squash-Paradies in Heckenheim-Kolb ein. Dort stellte sich allerdings schnell heraus, dass Veronika entgegen ihrer Selbsteinschätzung beim Squash eine blutige Anfängerin, Paul dagegen ein ambitionierter Freizeitspieler war. Außerdem wollte Veronika sowieso nur mit Marianne spielen, sodass auch dieser Abend auf einen Fehlschlag zusteuerte. Marianne schlug vor, Paul solle Veronika doch im Court „ein bisschen was zeigen". Aber Paul wollte nichts zeigen und Veronika erst recht nichts gezeigt bekommen. Kurz nach zehn jedoch verstauchte sich Marianne den Fuß und konnte nicht weiterspielen; ihrer Kollegin Heike (Heike Dämmert, Englisch und Französisch) wurde plötzlich schlecht und Helmut, Heikes Lebensgefährte, musste sich um sie kümmern. Ich hatte mir unterdessen auf Mariannes Geheiß beinahe den Daumen verdreht, sodass Paul auch nicht mit mir spielen konnte. Aber der Platz war bezahlt und es wäre schade um das Geld gewesen.

Diesmal ging Mariannes Plan auf: Veronika und Paul hatten

sich kaum aufgestellt, da drosch sie ihm auch schon bei einem ungeschickten Versuch, den Ball zu treffen, den Schläger mitten ins Gesicht. Paul blutete heftig an Augenbraue und Stirn. Marianne stellte sofort fest, dass da der Verbandskasten des Squash-Paradieses nicht mehr helfen würde; Paul musste ins Robert-Koch-Krankenhaus, und Marianne bestand darauf, dass ihn Veronika fuhr, da mochte sie noch so beteuern, dass es ja nicht Absicht gewesen sei und dass es ihr leid täte. „Du fährst ihn!", zischte Marianne. „Kein Wort mehr, sonst sind wir geschiedene Leute!"

In der Notaufnahme dauerte es fast zwei Stunden, bis Paul genäht war. Er bekam drei Spritzen und einen Verband wie einen Turban um den Kopf gewickelt. Die diensthabende Ärztin versicherte, dass Pauls geschwollenes Gesicht bis auf eine ganz kleine Narbe wieder in Ordnung kommen würde.

„Da hat Ihr Mann noch einmal Glück gehabt!" Sie schüttelte Veronika aufmunternd die Hand.

Veronika fiel vor Schreck keine passende Antwort ein. Ihr blieb nichts anderes übrig, als Paul auch noch nach Hause nach Ludwigsburg zu fahren, da war es fast schon eins. Sie brachte ihn noch nach oben, denn er war wegen der Spritzen etwas wacklig auf den Beinen. Paul schenkte ihr einen Grand Marnier ein, auf den Schreck. Sie machte ihm ein Spiegelei, etwas anderes war nicht im Haus. Sie küssten sich, das ergab sich irgendwie ganz plötzlich. Sie schliefen miteinander, gleich auf dem Sofa – sie noch in den Sportsachen, er mit dem Turban. Sie kam erst am Morgen nach Hause. Ihre Mutter hatte sich schon Sorgen gemacht, aber das war ihr jetzt auch egal.

Es sprach im Grunde nichts gegen ein kleines Abenteuer, schließlich waren Veronika und Paul erwachsen. Ohne den Turban sah Paul durchschnittlich passabel aus, er war fast eins achtzig groß, hatte noch fast alle Haare auf dem Kopf und keine im Gesicht – ein Bartträger wäre für Veronika niemals infrage gekommen. Außerdem wusste Paul, das hatte Veronika gleich am ersten Abend kontrolliert, dass es in La Bohème Mimi ist, die an Schwindsucht stirbt. Noch wichtiger war, dass Paul den Unterschied zwischen den Balearen und den Kanaren und den zwischen Adria und Riviera kannte, Mindestanforderungen für jedwede Art von Beziehung.

Dass aber Veronika über das Abenteuer hinaus tatsächlich bei Paul hängen blieb, das verwunderte die Beobachter im Heckental schon. An eine spontane Neigung der Herzen wollte jedenfalls niemand glauben. Nicht dass es hier dergleichen nie gegeben hätte – erst im Vorjahr war eine eigentlich gut verheiratete Angestellte der Stadtverwaltung mit einem Bauarbeiter aus Tunesien durchgebrannt –, aber dass die ordentliche Veronika Käfer, die mit vierunddreißig noch bei den Eltern wohnte und ihre Freizeit hauptsächlich auf einem Fahrrad im Rotwald verbrachte, ihr Herz an einen Taugenichts wie Paul verloren haben sollte, das wollte niemand glauben.

Willy Täschner, Inhaber von Elektro-Täschner, brachte es während einer Bilanzbesprechung in meiner Kanzlei auf den Punkt: „Dieser Dings jetzt ... vom Käfer sein' Mädle ... der mit dem schwierigen Namen ... na, Sie wissen schon, der Sürschick oder so ..."

„Meinen Sie Herrn Szyrcyck?"

„Ja genau, der Sürschick. Das ist doch der von diesem Weinladen in Ludwigsburg, gell? Der wo vor zwei Jahren Pleite gemacht hat?"

Das Fachgeschäft für erlesene französische und spanische Weine war einer von mehreren erfolglosen Versuchen Pauls gewesen, sich als Existenzgründer eine Einnahmequelle zu verschaffen. Gemeinsam war diesen Versuchen, dass sie außerhalb eines abhängigen Beschäftigungsverhältnisses stattfanden, denn mit einer Tätigkeit „auf Lohnsteuerkarte", wie er es abfällig nannte, hatte sich Paul nie anfreunden können. Dazu verstand er sich zu sehr als Freigeist, als jemand, dem seine Unabhängigkeit über alles ging. „Freie Sicht zum Horizont", nannte er das.

Nach der Wein-Pleite aber war Paul, auch wenn er es nie

zugegeben hätte, zu der Auffassung gekommen, dass er sich damals im Studium vielleicht doch mehr hätte anstrengen sollen. Dann hätte er längst die Zahnarztpraxis seines Vaters übernommen, müsste pro Woche höchstens zwanzig Sprechstunden abhalten und bräuchte sich nur noch wegen des Spitzensteuersatzes Sorgen zu machen. Aber er hatte sich damals eben nicht angestrengt. Seinem enttäuschten Vater war nichts anderes übrig geblieben, als seine schöne Praxis in Stuttgart-Sillenbuch mangels Nachfolger aus der Familie an wildfremde Leute zu verkaufen. Der erzielte Erlös war zwar sehr beachtlich (plus einiges Schwarzgeld), der alte Szyrcyck stellte allerdings gegenüber Paul gleich klar, dass er sich hinsichtlich der Erbschaftssteuer keine Sorgen machen müsse. „Davon siehst du keinen Pfennig!"

War es vor diesem Hintergrund so abwegig, dass sich Paul nach einer soliden Existenzgrundlage umschaute? Nach dem Halt einer Familie, nach einer Frau, die ihn nicht nur emotional stabilisierte, sondern womöglich auch solide wirtschaftliche Verhältnisse mitbrachte? Im Heckental hatte man für solche Wünsche durchaus Verständnis. Schwerer nachzuvollziehen war jedoch, was Veronika zu Paul hinzog. Ja, wenn es die Praxis in Sillenbuch noch gegeben hätte, da hätte man Veronika allen Respekt gezollt. So aber waren von der neuen Verbindung keinerlei handfesten Vorteile für sie zu erkennen, weshalb schließlich – hinter vorgehaltener Hand – das böse Wort von der Torschlusspanik die Runde machte.

Solche Mutmaßungen waren natürlich ungerecht. Veronika und Paul ergänzten sich prächtig: Veronika erhielt endlich die Gelegenheit, ihre Familienplanung doch noch zu einem guten Ende zu bringen, und für Paul war es vielleicht die letzte Gelegenheit, in geordneten Verhältnissen Fuß zu fassen. Dann aber war es wie so oft: Nach ein paar Wochen der Gewöhnung mochten sich die beiden tatsächlich.

Neunundzwanzig Wochen, nachdem sie zum ersten Mal das Sofa geteilt hatten, gab Paul sein Apartment in Ludwigsburg auf, und die beiden zogen in eine gemeinsame Wohnung in der

Waldwiesenstraße. Frau Käfer war beleidigt. Erstens, weil sie nicht gefragt worden war, was das Mindeste gewesen wäre. Zweitens, weil sie erwartet hatte, dass wenigstens die eigene Tochter der grassierenden Sitte, ein ordentliches Verlöbnis durch eine wilde Ehe zu ersetzten, trotzen würde. Obendrein war der Umzug in die Waldwiesenstraße auch wirtschaftlich absolut unsinnig: „Wo sie doch hier das schöne Haus hat." Die neue Wohnung dagegen lag im dritten Stock und hatte nur zwei Zimmer. Außerdem war die Waldwiesenstraße keine gute Gegend.

Gottfried Käfer hatte sich unterdessen diskret nach den wirtschaftlichen Verhältnissen von Veronikas Freund erkundigt. Die Informationen, die er am Bankgeheimnis vorbei von der Sparkasse erhalten hatte, waren im Grunde niederschmetternd. Wovon lebte dieser Mensch überhaupt? Wie zahlte er seine Miete? Vermutlich musste ihm sein Vater oder vielleicht sogar seine Schwester hin und wieder was zustecken.

Aber war es nicht die Hauptsache, dass sich die jungen Leute gut verstanden? Nach dem Auszug Veronikas wartete Gottfried noch fünf Wochen, was ihm schwer fiel, denn diesmal wollte er das Glück seiner Tochter mit allen Mitteln befördern und keine Chance ungenutzt verstreichen lassen. Im Nachhinein hatte er bedauert, dass er damals nicht bei Ford-Wolf einen Scorpio bestellt hatte oder wenigstens einen Fiesta für Veronika. Und später in Lanzarote hätte er den HNOler an seinen Tisch bitten sollen – als ob man im Heckental keine HNO-Ärzte bräuchte. Andererseits wollte er das junge Glück nicht durch übergroße Beflissenheit und Einmischung stören. Er gab noch ein paar Tage zu, wartete auf eine noch bessere Gelegenheit und auf eine noch viel bessere, dann nahm er sich ein Herz und sprach ein paar ernste Worte mit seiner Tochter. „Sag mal, ich weiß ja nicht, was dein Freund beruflich so vorhat ... aber es wär doch wirklich blöd, wenn ich neue Leut einstelle, während er ... von allem andern mal ganz abgesehen. Also grundsätzlich mein ich, gell ... ich mein, ich weiß ja nicht, ob das von Dauer ist mit euch zwei, aber also ... na ja, ich will euch nicht dreinreden ... aber ich sag nur ... also, falls er sich zu verändern gedenkt ... also beruflich, gell, also, wir bräuchten im Geschäft dringend ..."

So kam Paul doch noch zu einer Lohnsteuerkarte.

Alle wurden positiv überrascht, auch Veronika, die zwar gehofft hatte, dass es gut gehen würde, es aber selbst nicht so ganz hatte glauben wollen. Auch Marianne hatte Paul bei Käfer-Reisen wenig Erfolg zugetraut; ihre Einschätzung deckte sich überraschenderweise mit der von Frau Käfer: „Zwei linke Hände und nichts als Flausen im Kopf."

Nun aber stellte sich heraus, dass Paul im Grunde ein solider Mensch war. Sogar er selbst fand an seinen veränderten Lebensumständen durchaus Gefallen. Und die Touristik an sich war als Branche ja auch nicht so übel: Fremde Länder, Kontinente, Schiffe, Flugzeuge ... das klang doch ganz interessant, sogar ein bisschen nach „freiem Horizont". Es erinnerte Paul an seine besseren Zeiten, als er mit Rucksack und Sybille durch die Welt gezogen war, jung und sorglos, unbekümmert und ungeduscht. So schlecht hatte er es jetzt nicht getroffen, vor allem nicht als Familienmitglied in spe. Und ewig würde der alte Käfer ja auch nicht arbeiten wollen.

Was niemand gedacht hätte, Paul legte sich an seinem neuen Arbeitsplatz mächtig ins Zeug. Geschäftsideen hatte er immer schon gehabt, aber er war nie in der Lage gewesen, sie auch umzusetzen. Das war nun, da sich Gottfried Käfer um die Realisierung kümmerte, anders. Zum Beispiel das „Käfer-Reisen-Business-Center": Busreisen und Urlaubsreisen, das war gut und schön, aber das Heckental mit seinen international operierenden mittelständischen Unternehmen bot doch beste Voraussetzungen für ein weiteres Standbein. Die Manager und Techniker von Daismann, von Fabrizius und vor allem von den OPW flogen ständig zwischen Stuttgart, Ottawa, Sao Paolo, Lissabon und Singapur hin und her – und zwar nicht in der Holzklasse. Wenn beispielsweise der OPW-Vorstandsvorsitzende Doktor Genser und sein Stab unterwegs waren, konnte es auch schon mal First Class sein. Noch buchten diese Unternehmen alle Flüge selbst, es ging um Reisekosten von über einer Million im Jahr – was für ein Schatz an Provisionen da verborgen lag! „Käfer Business-Center: Ein Anruf, ein Fax und Käfer organisiert Ihre gesamte Reise! – Kostentransparenz – Buchungssicherheit – optimaler Service."

Herrgott, dass ich da nicht selber drauf gekommen bin, dachte Gottfried Käfer und war stolz auf seine Veronika, weil die auf Paul gekommen war.

Es waren goldene Tage.

1987

Ihren Hochzeitstag hatte sich Veronika Szyrcyck, geborene Käfer, ganz anders vorgestellt. Immerhin sollte es ihr großer Tag sein, der schönste Tag ihres Lebens. Die Feierlichkeiten fanden bewusst in kleinem Rahmen statt und Veronika fragte sich hinterher, ob dieser Rahmen nicht doch zu klein gewesen war. Andererseits war die Zeit für ein großes, rauschendes Fest unter Einbeziehung der interessierten Heckentaler Öffentlichkeit einfach vorbei, auch wenn Frau Schmick und Frau Fingerhut betonten, dass Mitte dreißig für eine Frau heute kein Alter mehr sei. Wäre die Sache mit Achim Wolff anders ausgegangen, dann hätte es bestimmt eine ganz große Hochzeit gegeben, wie damals bei Claudia Pfefferle oder bei Petra Rühländer, obwohl die bloß einen Kraftfahrer geheiratet hatte. Hundert Leute hätte Vater Käfer eingeladen, vielleicht sogar zweihundert; er hätte für einen Tag Schloss Friedrichsruhe angemietet und man hätte eine Braut zu sehen bekommen, strahlend und weiß vor Glück.

Doch der steinige Weg zu diesem Glück hatte Veronika alles Romantische verleidet. Auch in dieser Hinsicht war sie sachlicher geworden und erfolgsorientierter. Deswegen blieb es bei einem hellgrauen Kostüm und einem lachsfarbenen Top, was sehr bescheiden aussah. Nur Marianne wusste, wie teuer die Sachen tatsächlich gewesen waren.

Im Anschluss an die Amtshandlung des Standesbeamten wurde das Paar auf der Rathaustreppe fotografiert (professionell erledigt durch Max Streitle vom Fotohaus Streitle, Bahnhofstraße 19), dann ging die kleine Gesellschaft zu Fuß hinüber ins Rößle. Dort servierte man nach dem Meeresfrüchte-Cocktail einen Rehbraten mit Preiselbeeren und Gnocchi, was nach Mariannes Meinung überhaupt nicht zusammenpasste. Als Nachtisch wurde eine Tarte au chocolat serviert, mir war sie zu süß und zu stopfig.

Nach Tisch kam es zur längst überfälligen Versöhnung zwischen Pauls Vater und Pauls Schwester; man hatte ihrer beiden missratenen Kinder wegen volle zwei Jahre nicht mehr miteinander gesprochen. Dann wurde die bisher flüchtige Bekanntschaft zwischen Vater Szyrcyck und Vater Käfer ausgebaut, man trank Bruderschaft und im Überschwang der verwandtschaftlichen Gefühle küsste Konrad Szyrcyck Frau Käfer auf den Mund und tätschelte ihr den Hintern. Seither hielt sie den Schwiegervater ihrer Veronika für einen Sittenstrolch.

So gut sich die Stimmung im Rößle entwickelt hatte, Veronika war entschieden der Meinung, die ganze Feier hätte sich mehr um sie drehen müssen. Als sie sich am Abend des hellgrauen Kostüms entledigte, musste sie konstatieren, dass dieser Tag keineswegs ihr schönster gewesen war. Da hatte es wirklich schönere gegeben. Zum Beispiel jener, an dem sie am Hölderlin-Gymnasium für das beste Abiturzeugnis ausgezeichnet worden war, oder, noch früher, als sie im jährlichen Krippenspiel der Erlöserkirche mit großem Erfolg den Erzengel gegeben hatte; oder jener Tag, an dem sie bei Wüstenrot zum dritten Mal als Mitarbeiterin des Monats geehrt wurde – das waren alles viel eher schönste Tage.

Doch ließ sie sich nicht vom Wesentlichen abbringen. „Ich bin schließlich keine siebzehn mehr", sagte sie zu Marianne. Viel zu spät waren die sachlichen Voraussetzungen für eine Familienplanung geschaffen, die sie bereits mit zwanzig hatte beginnen wollen. Ebenso zuverlässig, wie sie zu Beginn ihrer Liaison mit Paul mit dem Verhüten begonnen hatte, hörte sie nun damit auf. Noch am Abend der Eheschließung drückte sie die restlichen Pillen aus der Folie ins Klo und spülte doppelt nach. Sie kam gar nicht auf die Idee, Pauls Meinung dazu einzuholen. Nicht weil sie ihn übergehen wollte, sondern weil es die pure Selbstverständlichkeit war – eine Diskussion über das Thema Nicht-jetzt-gleich-sondern-wann-dann wäre allein aus Altersgründen nicht angebracht gewesen.

Deshalb wollte sie sich auch von den Umständen nicht irritieren lassen. Sicher, das mit Tschernobyl im Vorjahr, das war eine schlimme Sache, zumal sie so gerne Pilze aß. Bis dahin hatte kein Mensch was von Caesium und Becquerel gehört, und jetzt verdarb es einem den Appetit. Natürlich wäre es schön, Kinder in eine gesunde und friedliche Welt zu setzen, wer wollte das nicht? Aber Veronika war realistisch genug zu wissen, dass sie mit solchen Überlegungen in ihrer Lebensgestaltung nicht vorankommen würde. Andere gesellschaftliche Rahmenbedingungen hatten sich zu Veronikas Gunsten verschoben: Weil viele Frauen den Nachwuchs in ihre Dreißiger verschoben hatten, war „spätgebärend“ zur Normalität geworden. Jetzt brauchte sie nur noch Geduld.

1988

Veronika hatte Geduld, und sie sah auch keinen Anlass, nervös zu werden, als sich nach einem halben Jahr durchaus intensiven Bemühens kein Erfolg einstellte. Als dann zwölf Monate nach dem schönsten Tag und damit viel schneller als erwartet das erste Ehejahr zu Ende ging, erfuhr sie aus einer Broschüre, die sie verstohlen in der Ludwigsburger Bahnhofsbuchhandlung durchblätterte, dass dennoch kein Grund zur Unruhe bestand: Die Fruchtbarkeit des Menschen sei eine höchst komplizierte Sache und es grenze geradezu an ein Wunder, dass der Homo sapiens nicht längst ausgestorben sei. Staunend las Veronika von Spermien, die eine lange und gefahrvolle Reise durch eine ihnen feindlich gesonnene Gebärmutterschleimhaut zurücklegen mussten, sodass von den Millionen, die sich auf den Weg gemacht hatten, schließlich nur ein paar wenige das Ziel in ...

„Woll'n Sie das Buch nun kaufen oder nicht", schnauzte sie die Bahnhofsbuchhändlerin an.

Veronika wurde rot bis hinter die Ohren. „Ich schau mich nur um."

„Wir sind hier kein Lesesaal."

Immer noch rot bis hinter die Ohren, drehte sie das Büchlein auf den Rücken und kaufte es zusammen mit GEO, Brigitte und HÖRZU. In diesem Stapel würde sich die Fruchtbarkeitsbroschüre ein wenig verlieren, hoffte sie. Aber die Bahnhofsbuchhändlerin kannte keine Gnade. Laut rief sie der Kassiererin zu: „Einmal Brigitte vier auf die Drei! Einmal GEO zehnfünfzig noch mal auf die Drei! Einmal *Wir machen ein Baby* siebzehnneunzig auf die Sieben." Jetzt wusste es der ganze Ludwigsburger Bahnhof. Es hätte nur jemand aus Heckenheim beim Umsteigen an der Bahnhofsbuchhandlung vorbeilaufen müssen ... Doch das Risiko hatte sich gelohnt, denn schon auf der Heimfahrt bekam Veronika eine Menge praktische Ratschläge. Etwa den, dass von allen Stellungen beim Geschlechtsverkehr die Löffelstellung für die Fortpflanzung am günstigsten sei. Außerdem wurde empfohlen, sich nach dem Verkehr ein Kissen unters Gesäß zu schieben und so etwa eine halbe Stunde ruhig zu verharren. „Denken Sie dabei am besten schon mal an Ihr Baby."

Nach einem weiteren halben Jahr mit Löffelstellung, Kissen und Denken war Veronika erstmals beunruhigt. Ganz wie ihre Mutter, die in immer kürzeren Abständen wissen wollte: „Tut sich denn bei euch gar nichts? Ist auch alles in Ordnung?"

Für Veronika war es auch so keine einfache Zeit. Früher war sie oft am Schaufenster von „Pippi Langstrumpf" am Mörikeplatz stehen geblieben und hatte sich im Anblick all der niedlichen kleinen Dinge verloren: Das, das und das und das würde sie dereinst auch kaufen. Die Rassel mit dem Glöckchen. Den bunten Beißring. Den winzig kleinen Skianzug. Manchmal hatte sie eigens einen Umweg über den Mörikeplatz gemacht, nur um an diesem Schaufenster vorbeigehen zu können, davor stehen zu bleiben und sich hineinzuträumen in eine kleine Welt aufgeräumten Glücks.

Das war lange her. Mittlerweile hatte sie Angst, dort gesehen oder gar angesprochen zu werden. „Wann ist's bei Ihnen so weit?" Wenn sie dann in Tränen ausbrechen würde, wüsste es die ganze Stadt. Dieses Schaufenster war ihr ebenso zum Ärgernis geworden wie die Mütter, die dort ihre Kinderwagen zur Schau stellten. Und ihre Bäuche – es war eine Provokation. Es war zum Kotzen, aber sie hätte sich nicht einmal unbefangen übergeben können, weil man dann wissend und lächelnd getuschelt hätte: „Käfers Veronika steht vor ‚Pippi Langstrumpf' und übergibt sich." Sie machte nun einen großen Bogen um den Mörikeplatz.

Und dann auch noch Marianne mit ihren Ratschlägen. „Entspann dich. Du bist zu verkrampft." Originelle Tipps dieser Art hatte sie viele auf Lager. „Denk einfach nicht mehr daran. Torsten und Irene zum Beispiel hatten wirklich alles versucht. Und es hat in dem Moment geklappt, als sie es aufgegeben hatten. Du darfst einfach nicht immer daran denken."

Jetzt also nicht mehr daran denken! Veronika dachte an nichts anderes mehr. Und ihr ausgerechnet diese Irene Pfitzner vorzuhalten! Veronika hatte sie vor drei Wochen bei Tengelmann getroffen, wo sie ihr ein verschwommenes Ultraschallbild unter die Nase gehalten hatte. Auf dem Foto war die Rückseite des Mondes zu sehen. „Schau mal. Unser Krümel." An den Rand hatte jemand gekritzelt: „15. SSW". Veronika musste einen Moment überlegen, bis sie Krümel und SSW zusammenbrachte. Wie sollte sie sich da entspannen?

Oder ihre eigene Mutter: Die hatte ihrer Veronika aus heiterem Himmel einen Talisman geschenkt. Woher wusste sie eigentlich, was Veronika umtrieb? Sah man es ihr etwa schon an? Der Fetisch war ein länglicher, schwarz glänzender Stein, den sollte Veronika einfach unter ihre Matratze legen – und wenn es nichts nütze, so schade es doch auch nicht. Frau Käfer hatte den Stein bei einer Frau in Göppingen gekauft, von der sie sich aus der Hand hatte lesen lassen. „Ein Haus mit vielen Kindern drin", hatte die Frau gelesen. Es bestand also Hoffnung.

Kein Wunder, dass Veronika zunehmend unleidlich wurde. Mit verdrießlichem Gesicht wachte sie auf, und wenn sie auf ihre Temperaturkurve schaute, wurde der Tag auch nicht schöner. Entweder war es noch so lange hin, bis endlich wieder fruchtbare Tage kamen, oder es war soweit, dann schwante ihr nichts Gutes. Schließlich bekam sie ihre Tage und wieder ging alles von vorne los.

*

„Also, organisch sind Sie gesund", sagte Frau Doktor Wichmann, und im ersten Moment war Veronika natürlich erleichtert. Gesunde Organe, das war schon mal eine gute Basis. „Hauptsache gesund" hieß es an Silvester. Warum aber organisch? War das eine Einschränkung? Während sie sich wieder anzog, schrieb Frau Doktor den Befund auf die Karteikarte und sagte: „Ich geb Ihnen mal die Adresse eines Spezialisten in Stuttgart mit."

„Ein Spezialist? In Stuttgart?" Veronika war irritiert und blieb mit den Zehen in der Strumpfhose hängen.

„Der kann Ihnen bestimmt weiterhelfen. Da sollten Sie mit Ihrem Mann hingehen."

„Mit meinem Mann? Wieso mit meinem Mann?"

Frau Doktor Wichmann legte die Karteikarte wieder weg. „Schauen Sie: Ich hab Sie jetzt wirklich gründlich untersucht. Soweit ich sehe, liegt es nicht an Ihnen, wenn Sie nicht schwanger werden. Wenn ein Paar bei regelmäßigem Verkehr ..." Sie machte eine bedeutungsvolle Pause, dann eine interpretierbare Handbewegung. „Sie haben doch regelmäßigen Verkehr – oder?"

Veronika schaute sie verwirrt an.

„Zuerst muss man einfach mal klären, wo die Ursachen ... vor allem auch Ihr Mann. Der hat sich ja vermutlich noch nicht untersuchen lassen – oder?"

„Nein", antwortete Veronika kühl. Und überlegte, ob sie eventuell noch einmal den Arzt wechseln sollte.

1989

Ärzte und Wissenschaftler beobachten schon seit Ende der Siebzigerjahre, dass in Deutschland die Qualität der Spermien abnimmt. Sie sind zu langsam, zu unbeweglich und außerdem viel zu wenig. Die Tatsache selbst ist unbestritten und lässt sich leicht im Mikroskop überprüfen. Diskussionsbedarf besteht jedoch hinsichtlich der Ursachen. Es sei möglich, so heißt es, dass es an einer übermäßigen Erwärmung der Hoden liege, was wiederum durch einen Wärmestau auf Grund zu enger Hosen verursacht sein könnte. Kaum hat die Wissenschaft diese Vermutung als nicht haltbar zurückgewiesen, da taucht schon die nächste auf: Nicht Jeans, sondern die Sitzheizungen der modernen Autos seien für die zu starke Erwärmung der männlichen Geschlechtsorgane verantwortlich. Auf den ersten Blick erscheint diese These insofern plausibel, als die abnehmende Spermienqualität zuerst in Skandinavien beobachtet wurde, wo die Automobilhersteller wegen des dortigen Klimas früher als anderswo Sitzheizungen in ihre Fahrzeuge einbauten. Seriöse Wissenschaftler halten diesen Erklärungsversuch ebenfalls für pure Spekulation, allerdings bleiben auch sie überzeugende Antworten schuldig: rauchen, trinken, essen, arbeiten, zu wenig Sport – ausschließen wollen sie im Grunde gar nichts.

Doch die menschliche Fortpflanzung ist nicht nur eine Frage der Wissenschaft, sondern ebenso, wenn nicht sogar mehr, eine der individuellen Lebensgestaltung. Und sie ist natürlich auch ein Thema der Politik, denn wer weiß, vielleicht entscheidet über die Zukunft der Nationen letzten Endes die Azoospermie? So gesehen kam das Ende der DDR möglicherweise gerade noch rechtzeitig. Denn dort, wo es unter anderem keine Sitzheizungen und keine richtigen Jeans gegeben hatte, dafür aber jede Menge Sport, dort waren allem Anschein nach qualitativ hochwertige Spermien produziert worden. Die Bevölkerungszahl hatte in diesem Land seit den Siebzigerjahren des 20. Jahrhunderts deutlich zulegen können und hätte Schätzungen zufolge irgendwann ab dem Jahre 2376 die der alten Bundesrepublik übertroffen – ansonsten gleichbleibende Bedingungen vorausgesetzt.

*

Paul hatte zunächst vehement darauf bestanden, dass es sich nur um ein Missverständnis handeln könne. Vermutlich seien im Labor von unfähigen Laboranten die Reagenzgläser oder die dazugehörigen Formulare vertauscht worden. Nur so war das Ergebnis des Tests erklärbar. Er würde auf jeden Fall noch mindestens ein weiteres Gutachten einholen, und zwar eines von einem wirklichen Fachmann, beispielsweise von Professor Handvogel in Heidelberg, über dessen Institut neulich sogar die FAZ berichtet hatte. Paul redete an diesem Abend noch lange über medizinische Kunstfehler, über in Bauchhöhlen vergessene Scheren und Klammern, über Beine, die bei Amputationen verwechselt worden waren, über Fehldiagnosen, Inkompetenz und Schlamperei; erst kürzlich habe zum Beispiel ein Chefarzt in Ulm 260.000 Mark zahlen müssen, weil ... Schließlich unterbrach ihn Veronika ziemlich barsch und sagte, die Sache sei schlimm genug, er solle sich nicht auch noch lächerlich machen. „Und das Geld für diesen Handvogel kannst du dir auch sparen."

„Ich könnte Sie nun durch wer weiß welche Prozeduren jagen", erklärte ein paar Tage später ein Urologe in Stuttgart, eigentlich eine Koryphäe, die Paul unverzüglich aufgesucht hatte. „Aber ich muss mein Geld heute nicht mehr auf diese Weise verdienen. Es ist, wie es ist. Lassen Sie sich von niemand was einreden. Wenn Sie gläubig sind, fahren Sie meinetwegen nach Lourdes, wenn nicht, mit Ihrer Frau nach Tahiti. Sie arbeiten doch in der Touristik?"

Woher so etwas kommen kann? Paul war niemals Volvo gefahren und seine Jeans waren auch nicht enger gewesen als bei anderen. „Alles Unsinn. Wir haben es hier mit einer Zivilisationserscheinung zu tun. Außerdem kann man auch ohne eigenen Nachwuchs ein erfülltes Leben führen. Schauen Sie sich nur Ihren Namensvetter an, den Papst."

Es war sogar möglich, dass es sich um eine angeborene Störung handelte. „Oder hatten Sie Mumps? Mit zwölf? Sehen Sie, das könnte es sein. Ich betone: könnte! Aber was bringt es Ihnen, wenn Sie es wissen? Sie können das Rad der Geschichte ohnedies nicht zurückdrehen. Papst Johannes Paul ... "

Azoospermie schon seit er zwölf war? Diese Vorstellung war erst recht niederschmetternd. Sein gesamtes bisheriges Sexualleben erschien Paul auf einmal in neuem Licht. Über zwanzig Jahre waren die Beziehungen zu insgesamt vier festen Partnerinnen und zu einer überschaubaren Zahl weniger festen immer auch geprägt gewesen von diversen Maßnahmen zur Verhinderung der Entstehung von Nachwuchs. Das nächtliche Gefummel mit Präservativen oder Zäpfchen, die tagelangen Sorgen wegen vergessener Pillen oder ausbleibender Tage ... Anneliese Holzapfel, Germanistik und Geschichte fürs Lehramt, hatte ihn im Wintersemester 1976/77 mitten in der Nacht angerufen und so geheult, dass sich Paul unverzüglich ins Auto gesetzt hatte und von Stuttgart nach Freiburg gefahren war, um dort in den frühen Morgenstunden von einer strahlenden Anneliese begrüßt zu werden: Ihre Periode war doch noch gekommen. Gerade eben. „Aber trotzdem lieb, dass du gleich losgefahren bist. Ich hab uns schon ein schönes Frühstück herg'richtet." Von diesem Schock hatte sich die Beziehung zu Anneliese nie wieder erholt. Und jetzt stellte sich heraus, dass all das für die Katz gewesen war.

Vielleicht hatte Veronika ganz kurz daran gedacht, sich von Paul zu trennen, aber ernsthaft in Betracht gezogen hatte sie es nicht. Auch wenn Paul die Anforderungen, die Veronika an einen Ehegatten stellte, in einem ganz zentralen Punkt nicht erfüllen konnte, man war nun mal beisammen und dabei hatte es zu bleiben. Wie würde es denn aussehen, wenn sie den eigenen Mann fortschickte? Was würden beispielsweise die Sailers dazu sagen, die so große Stücke auf Veronika hielten? Es wäre nicht recht gewesen, und auf Unrecht konnte man nicht ein neues Leben aufbauen. Und überhaupt: „Ich kann doch jetzt nicht einfach von vorn anfangen.“ Das hatte sogar Marianne zugeben müssen. „Bis du noch mal einen Kerl findest, der dir passt – da bist du ja mit künstlicher Befruchtung schneller.“

Wie so oft hatte Marianne auch diesmal recht. Es blieb Veronika nichts anderes als IVF, In-vitro-Fertilisation. Grundsätzliche Bedenken gegen diese Methode hatte sie nicht. Über ethische Fragen bei einer Befruchtung im Reagenzglas konnten sich andere den Kopf zerbrechen, für derartige Sorgen hatte sie wirklich keine Zeit mehr. Ganz Büchermensch, kaufte sich Veronika sofort ein allgemeinverständliches Sachbuch zum Thema. Weil dafür die Ludwigsburger Bahnhofsbuchhandlung nicht mehr in Betracht kam, fuhr sie diesmal bis nach Stuttgart. Sie las das Büchlein gleich auf der Heimfahrt und erfuhr Erstaunliches über Ovarien, Follikel, die hormonelle Stimulation von Eierstöcken, über Downregulierung und die Methoden der Entnahme von Eizellen.

Das war der nächste Schock. „Sie schieben einen Schlauch in die Gebärmutter und spritzen Embryonen hinein“, klagte sie. „Das kommt überhaupt nicht infrage. Das mach ich nicht. Nie.“

Marianne versuchte, ihr Mut zuzusprechen. Sie legte den Arm um Veronika und sagte: „Erinnerst du dich an Iris, die Dicke aus der Parallelklasse?“

„Die mit den Zwillingen?“

„Genau!“

Von der hatte es Veronika gar nicht gewusst. Sie ließ sich nun doch bei Professor Berthold in Stuttgart einen Termin geben. Bis sie endlich einen bekam, war es schon Herbst geworden.

*

Die gespannte Aufregung, die das ganze Land im Herbst 1989 gepackt hatte, war allmählich auch im Heckental zu spüren, insbesondere im Saal Diana, einem Nebenzimmer der

Hotelgaststätte Zum Rößle. Hier trafen sich jeden Donnerstagabend einige Geschäftsleute im Club Diana, einem informellen, lockeren Gesprächskreis: unter anderen Otto Daismann (Daismann KG – Kofferraumverkleidungen), Erwin Vierholz (Betten-Vierholz), Eugen Schäufele („Herrenbekleidung mit Stil"), Oskar Täubner (Büromaschinen), Hans Schroth („Alles im Lot mit Möbel-Schroth") und natürlich Gottfried Käfer.

Man sah es als Wink der Geschichte an, dass Günther Schabowskis historischer Auftritt ausgerechnet an einem Donnerstagabend stattgefunden hatte, also genau während der allwöchentlichen Zusammenkunft. Die Runde hatte an jenem Abend gerade über das neue Einkaufszentrum an der Moorwiese diskutiert, als kurz vor zehn Ewald Streitle, der Rößle-Wirt, in den Saal gekommen war, irgendwas von „unfassbar" gebrabbelt und den Fernseher angeschaltet hatte. Das gemeinsame Zuschauen verstärkte die Wirkung der historischen Stunde und alle Anwesenden hatten das Gefühl, selbst dabei gewesen zu sein, erst recht als Hans Schroth kurz nach elf beim Rößle-Wirt zwei Flaschen Jahrgangssekt orderte.

Nach Tagen ungläubigen Staunens, in denen sie fast erschrocken waren über die plötzliche Wucht der Ereignisse, die ganz außer Kontrolle geraten schienen und die jede nüchterne, abwägende Einschätzung schon im nächsten Augenblick wieder überrollten, fanden sich die Mitglieder des Club Diana in der neuen Situation überraschend gut zurecht. Die neuen Themen, die von einem Tag zum anderen die Diskussionen landauf, landab beherrschten, waren auch ihnen schnell vertraut. Statt über die Umgehungsstraße, das Einkaufszentrum und das Dauerthema Steuern und Abgaben diskutierte man nun über einen „Runden Tisch", über die Modalitäten der Wahl zu einer vorher kaum jemandem bekannten Institution namens Volkskammer, über das Neue Forum oder über die Zukunftsaussichten des Außenhandelsmonopols. Ebenso schnell hatte man sich an neue Gesichter gewöhnt, die nun auf einmal Tagesthemen und Heute Journal beherrschten, ganz als wären sie dort schon immer zu Hause gewesen: Ibrahim Böhme,

Bärbel Bohley, Gregor Gysi, Christa Luft, Rainer Eppelmann oder Hans Modrow. Sogar im Grunde recht schwierige Namen, Zungenbrecher wie Schalck-Golodkowski und Lothar de Maizière, gingen schon bald jedem im Club problemlos über die Lippen. In den Grundfragen war man sich ohnehin rasch einig, und dass diese DDR bald eine ehemalige sein würde, wusste man im Rößle früher als am Runden Tisch.

Da eine Sache von derartigem Gewicht neben den Grundfragen naturgemäß eine überwältigende Fülle von Detailfragen hervorbringt, gab es für die kleine Runde im Saal Diana unendlich viel zu erwägen und zu diskutieren. Gelegentlich wurde daher sogar der Vorschlag geäußert, man solle sich zusätzlich noch montags oder dienstags treffen, um alles erörtern zu können. Am Montag war der Saal allerdings schon von den Harmonikern belegt und am Dienstag von der Frauenunion.

Anfang Dezember tauchten die ersten dieser seltsamen Fahrzeuge, die man bislang nur aus dem Fernsehen kannte, auch im Heckental auf. Seit sie einen Monat zuvor erstmals über die Grenze gedurft hatten, waren sie von Wochenende zu Wochenende mutiger geworden und hatten sich über Bundesstraßen und Autobahnen immer weiter nach Westen und Süden vorgewagt. Es war daher nur eine Frage der Zeit gewesen, bis sie auch das Heckental entdeckt haben würden – einmal vor Stuttgart die falsche Autobahnausfahrt erwischt, und schon war es passiert. Aber als es dann so weit war, waren doch alle überrascht. An einem neblig kalten Samstagvormittag stand plötzlich so ein Ding auf dem Oberen Markt in einer ganz normalen Parklücke, direkt vor dem Schaufenster von Käfer-Reisen, ohne dass man gesehen hatte, wie es dahin gekommen war.

„Ein Trabant!"

Alle liefen vor die Tür und schauten es sich genauer an: Gottfried Käfer, die Schmick, die Birg und auch Frau Gräser, eine langjährige Stammkundin, die fast jeden Samstag auf einen kleinen Plausch im Reisebüro vorbeischaute.

„Mein Gott!“, rief die Schmick. „Man hat ja schon viel gehört. Aber so aus der Nähe.“

Gottfried Käfer klopfte mit dem Finger auf den Kotflügel. „Da, hören Sie mal. Absolut metallfrei.“ Es klang tatsächlich nach Karton. Ein Auto aus Karton, so was hatten sie alle noch nicht gesehen und gehört.

„Und bei Regen? Weicht das nicht auf?“

„Achtung, sie kommen!“

Die Besitzer des Autos, Mann und Frau, die vom Rathaus herüber quer über den Oberen Markt gingen, waren leicht zu identifizieren. So einen graublauen Anorak hatte Gottfried Käfer zuletzt bei den Olympischen Spielen 1972 getragen. Alle vier zogen sich schnell in den Laden zurück. Gottfried duckte sich hinter seinen Schreibtisch, die Birg und Frau Gräser taten so, als würden sie sich über Teneriffa unterhalten, die Schmick versteckte sich in der Teeküche.

Draußen standen die beiden Anoraks und sortierten ihre Tüten.

„Sie schauen rein!“, rief die Schmick von hinten.

„Die schauen uns zu!“, rief die Birg.

Es gab tatsächlich einiges zu sehen in den Schaufenstern von Käfer-Reisen, die ganz im Zeichen der bevorstehenden Weihnachtsferien standen: Neben den beliebten Busreisen ins verschneite Salzkammergut mit dem unvergesslichen Besuch des Salzburger Weihnachtsmarkts und in die Schweiz (Grindelwald mit Eiger, Mönch und Jungfrau, der Tag für 35 Mark, das verlängerte Wochenende im Viersternehotel für sagenhafte 265 Mark) gab es Fernreisen zu den beliebten Sonnenzielen Mombasa (DM 1.190), Sri Lanka (ab DM 995) und Mauritius (DM 1.990). Auf einem riesigen Poster zog ein knallroter Skianzug eine Wedelspur über einen Traumhang von reinstem Pulverschnee: Heliskiing in Whistler Mountain, Alberta, zwei Wochen HP mit Air Canada ab DM 2.650 – nicht gerade billig, aber in der Vorwoche von Frau Birg schon zweimal verkauft.

Gottfried Käfer fasste sich als Erster. Es gab doch keinen Grund, sich zu verstecken, im Gegenteil. Gerade in dieser Zeit kam es doch darauf an, dass man sich dem Neuen öffnete. Er stand kurz entschlossen auf und streckte seinen Kopf zur Ladentür hinaus. „Guten Tag, wollen Sie nicht mal hereinschauen?"

Jetzt waren die beiden draußen verlegen. „Na, kommen Sie", sagte Gottfried Käfer. „Schauen Sie sich ruhig um bei uns. Wir beißen nicht." Die Schmick und die Birg sahen ihren Chef mit großen Augen an. „Wir haben auch frischen Kaffee", sagte der, da standen die zwei auch schon im Laden. Die Schmick nahm allen Mut zusammen und brachte Tassen.

„Nehmen Sie nur Platz", sagte Gottfried Käfer. „Bitte sehr. So, der Kaffee ist auch schon da. Na, wo kommen Sie denn heut schon her?"

Morgens um drei waren sie in einem Ort namens Apolda losgefahren, wollten nach Stuttgart und auf der Rückfahrt noch über Heidelberg. In Heckenheim hatten sie eigentlich nur gehalten, um auf dem Rathaus das Begrüßungsgeld abzuholen, aus Angst, dass die Rathäuser Samstagmittag schlossen und sie in Stuttgart leer ausgehen würden.

„Keine Angst, das Rathaus hat heute extra deswegen auf. Gell! Und? Wie gefällt Ihnen unser Heckental? Ist doch mal was anderes, oder?"

Vom Heckental hatten die Gäste noch nicht viel gesehen. Aber so auf den ersten Blick gefiel es ihnen gut. Vor allem das Rathaus. Und der Brunnen.

„Ja, der heißt auch der Schöne Brunnen. Spätgotisch. Ist erst vor ein paar Jahren restauriert worden."

Wo sie schon mal hier waren, wollte Gottfried Käfer den Herrschaften auch gleich einmal etwas zeigen. „Was würde Sie denn interessieren? Eine Woche Mallorca, für zwei Personen, nur so zum Beispiel?" Geschäftig griff er in seine Regale, zog ein paar Kataloge heraus und warf sie vor sich auf den Tisch, dass die Tassen schepperten. „El Arenal ab 295 Mark, aber nur Übernachtung. Andererseits, um diese Zeit regnet es auf Mallorca, und wenn Sie Pech haben, haben Sie auch noch Nebel." Trotzdem blätterten die

Gäste mit großen Augen in den Katalogen. Überall blauer Himmel, keine Spur von Regen oder Nebel, prächtige Hotels, goldgelbe Strände, überquellende Buffets, lauter gut gelaunte, braun gebrannte Menschen.

„Den Schwarzwald kennen Sie doch bestimmt auch nicht, oder?“, fragte Käfer. Erstaunt sahen ihn die beiden an – woher sollten sie den Schwarzwald kennen? „Das ist gewissermaßen unser Erzgebirge“, erklärte Käfer. „Wunderschön in dieser Jahreszeit. Glauben Sie mir: Der Schwarzwald ist am schönsten im Winter. Also, passen Sie auf: Heute um halb eins fährt unser Bus. Die kleine Schwarzwald-Tour. Sehr beliebt, seit Jahren. Freudenstadt, Titisee und zurück. Um sechs sind Sie wieder da. Stuttgart läuft Ihnen nicht weg, was wollen Sie am Samstagnachmittag in einer Großstadt? Aber der Schwarzwald in der Vorweihnachtszeit, das ist was Besonderes. Wir besuchen einen echten Schwarzwälder Weihnachtsmarkt. Na, wie klingt das?“

Im Prinzip waren sie schon interessiert, aber die zwölf Mark pro Person, also insgesamt vierundzwanzig, wollten sie nicht von ihrem Begrüßungsgeld ausgeben. Sie wollten ja noch Einkäufe machen. Für vierundzwanzig D-Mark gab's bei Karstadt einen Toaster.

„Sie sind natürlich Gäste von Käfer-Reisen“, sagte Gottfried. „Das ist doch selbstverständlich.“ Er beugte sich leicht vor, schließlich musste Frau Gräser nicht alles mitbekommen. „Inklusive Kaffee, Kuchen und Glühwein am Titisee. Das würde Sie sonst alleine schon einen Zwanziger kosten. Sie sparen also Ihr komplettes Begrüßungsgeld. Sie sehen den Schwarzwald und gevespert haben Sie dann auch schon.“ Das war wirklich ein Angebot, zu dem man nicht Nein sagen konnte. Die Anoraks sahen sich einen Moment ratlos an, während Gottfried Käfer schon mit großer Geste zwei Tickets ausstellte. „Halb eins am Bahnhofsvorplatz, ein großer, grüner Omnibus mit einem Maikäfer drauf.“ Dazu gab es die zwei obligaten Maikäfer-Anstecker, die jeder Teilnehmer von Käfer-Reisen bekam, selbstverständlich ebenfalls gratis.

Die Tür ging auf und Herr Jakob, ein betagter Stammkunde, streckte den Kopf herein. „Herr Käfer, Herr Käfer!“, rief er atemlos, „vor Ihrem Laden steht ein Ding ... ein Ding ... ein ... “

Jetzt erst bemerkte er die zwei Fremden, die sich zu ihm umgedreht hatten. Ihre Anoraks hatten dieselbe Farbe wie das Auto. Der alte Jakob starrte die beiden an.

„Ich ... ich komm am Montag wieder, gell“, stammelte er verwirrt und ließ vor lauter Hast die Ladentüre offen stehen. Der Dezemberwind fuhr herein und blies von den Schreibtischen, was nicht sofort festgehalten wurde. Die Birg stand auf, schloss die Tür wieder und brummte etwas, das sich anhörte wie: „Der wird auch immer seniler ...“

Gottfried schenkte seinen Gästen noch einmal großzügig Kaffee nach und fragte sich, ob es in diesem historischen Moment vielleicht angebracht wäre, mehr zu servieren – Schnittchen vielleicht oder ein Glas Sekt zur Feier des Tages. Andererseits, wo bekommt man am Samstagvormittag auf die Schnelle Schnittchen her? Und vielleicht würde das auch übertrieben wirken. Lieber noch ein paar Prospekte.

„Ägypten!“, rief er und zog einen besonders bunten Katalog aus dem Regal. „Eine Nilkreuzfahrt? Das ist ein Erlebnis! Luxor, Assuan, Abu Simbel! Oder USA! Hier: Kreutzer! Jahn! Neckermann! Oder den großen Studiosus-Katalog? Ein paar ganz interessante Sachen: Geheimnisvolles Timbuktu! Wunderwelt der Maya!“ Die Schmick packte drei große Plastiktüten voll mit Katalogen: Spanien, Türkei, Griechenland und Studiosus.

Die beiden Gäste konnten es kaum glauben, dass sie diese wunderschönen Kataloge alle gratis einstecken durften, also völlig kostenlos. Als Zugabe spendierte Käfer auch noch drei extra stabile Plastiktüten, die mit dem Maikäfer. Schließlich verabschiedete man sich, die Gäste schüttelten reihum jedem die Hand.

„Nicht vergessen!“, rief Gottfried noch. „Halb eins am Bahnhofsvorplatz! Unser Bus fährt auf die Minute pünktlich.“

„Auf die Minute!“, bestätigte die Birg. „Da können Sie die Uhr danach stellen!“ Von drüben hörte man ja so einiges in Sachen Pünktlichkeit und Sauberkeit.

Draußen hatten die Besucher einige Mühe, die Plastiktüten in ihrem kleinen Auto unterzubringen. Dann schoss eine riesige blaue Wolke aus dem Auspuff, es knatterte heftig und schließlich sauste der Trabant erstaunlich flott davon.

„Klingt nicht gut“, sagte Gottfried. „Weit kommt der nicht mehr. Nicht mit dieser Zuladung. Spätestens in Heilbronn bricht die Achse.“

„Also, ich weiß nicht ... aber irgendwie anders sind die schon“, sagte Frau Gräser und schüttelte den Kopf.

„Das hat sich aber gelohnt für die: Ausflug, Kaffee und Kuchen“, sagte die Schmick. „Und alles umsonst. Das kennen die gar nicht. Das muss ja wie Weihnachten sein für die.“

Ein paar Tage später stellte sich übrigens heraus, dass die beiden aus Apolda an der Fahrt in den Schwarzwald doch nicht teilgenommen hatten – obwohl es sie keinen Pfennig gekostet hätte, inklusive Kaffee und Kuchen. Und obwohl sie nach eigenem Bekunden noch nie im Schwarzwald gewesen waren. Sie hatten die Gratisfahrkarten einfach verfallen lassen. Gottfried Käfer konnte sich das nicht erklären, und auch Frau Birg und Frau Schmick verstanden es nicht. „Die sind wirklich anders“, meinten sie.

Natürlich wusste man auch im Club Diana, dass es mit Diskutieren und Politisieren nicht getan war. Noch im Schwung der ersten Euphorie hatte deshalb das eine oder andere Club-Mitglied seine Fühler ausgestreckt. Es hieß anpacken, und zwar zügig, sonst würde einem der Mitbewerb zuvorkommen.

Otto Daismann war gleich im November als einer der Ersten „drüben“ gewesen, Herrman Laug hatte sich am ersten Dezemberwochenende in Leipzig umgesehen und Rolf Fuhrmann, Sanitärgroßhandel, eine Woche später den Raum Erfurt/Weimar erkundet. Hans Schroth war im Raum Plauen unterwegs gewesen, und er hatte sogar etwas mitgebracht: ein Nachtsichtgerät, das er auf einem Parkplatz einem Major der Volksarmee abgekauft hatte. „Russisches Fabrikat – für 300 Westmark in bar. So etwas kostet im Westen leicht das Fünffache!" Im Saal Diana wurde das Licht ausgeschaltet und das Gerät ging von Hand zu Hand, jeder durfte einmal durchschauen. Man konnte vom Fenster des Rößle aus noch in der Schillerstraße die Autonummern der Falschparker lesen, das war schon erstaunlich. „Technologisch hoch entwickelt", musste Oskar Täubner zugeben.

Das war es aber schon an positiven Eindrücken, denn ansonsten berichteten die Kundschafter übereinstimmend Niederschmetterndes. Dass sich das Staatswesen dort in Auflösung befand, war jetzt an allen Ecken und Enden mit den Händen zu greifen: Verputz, Pflaster, Asphalt, Kabel, einfach alles. Die Steckdosen. Die Waschbecken. „Sogar die Türgriffe sind kaputt." Einmal hatte Hans Schroth versucht zu telefonieren, aber nach vier Stunden hatte er aufgegeben. Noch schlimmer: „Zwischen Karl-Marx-Stadt und Zwickau kein einziges offenes Restaurant", berichtete Erwin Vierholz, und wenn er nicht per Zufall in seinem Kofferraum eine Dose Ravioli gefunden hätte, die seiner Frau ein paar Tage zuvor bei der Metro aus der Tasche gerutscht war, wäre er fast verhungert. Mit einem Schraubenzieher aus dem Bordwerkzeug seines Mercedes hatte er die Ravioli aus der Dose gefischt, natürlich kalt. Aber es war besser als Verhungern.

Doch mit den Schwierigkeiten wuchs die Herausforderung. Von Donnerstag zu Donnerstag wurden die Pläne größer und größer. Möbel Schroth zum Beispiel wollte nun nicht mehr zwei, sondern gleich acht Möbelparadiese in die neuen Landschaften stellen, Auto Lutz zwölf Autohäuser, Optik Laug eine nicht näher festgelegte Anzahl führender Optikfachgeschäfte. Herrenausstatter Schäufele wiederum fand, dass der Osten insgesamt die ideale Gegend für den Vertrieb anspruchsvoller Herrenbekleidung sei: „Ich habe da drüben Krawatten gesehen, das glaubt mir kein Mensch!" Rolf Fuhrmann wollte nicht abseits stehen und seinerseits die sanitäre Lage der DDR auf das im Abendland mittlerweile übliche Niveau heben: „Eine Herkulesaufgabe" – aber er traute es sich zu. Bloß Betten-Vierholz fiel aus dem Rahmen: Erwin Vierholz wollte ohne einen langen Umweg über Matratzen, Lattenroste oder Kissen direkt in Immobilien machen. „Vielleicht geb ich mein Geschäft dann ganz auf", sagte er.

An der allgemeinen Aufschneiderei – jeder wollte ganz für sich allein für eine prosperierende Ostzone sorgen – beteiligte sich Gottfried Käfer nicht. Ungewöhnlich still saß er am Tisch und schaute nachdenklich in seinen Trollinger. „Hast du was?", fragte ihn der Täubner beim Hinausgehen, aber er konnte nicht auf eine Antwort warten, weil der Schäufele gerade einen Witz von einem Russen und einem Amerikaner in einem brennenden Flugzeug erzählte.

Trotz Trollinger blieb Gottfried Käfer auch auf dem Heimweg nachdenklich. Möbelparadiese, Optikerläden, Autohäuser, Herrenbekleidung – alles schön und gut, dachte er sich. Aber waren die Menschen in Leipzig etwa auf die Straße gegangen oder in Berlin auf den Alexanderplatz wegen neuer Möbel? Wegen Brillen? Wegen schönerer Krawatten? Was war denn bei jeder Demonstration und in jeder Versammlung ein zentrales Thema gewesen? Reisefreiheit! Nicht Einrichtungs-, Krawatten- oder Brillenfreiheit.

„Eine einmalige Chance für uns", erklärte Gottfried am nächsten Tag seiner Tochter und seinem Schwiegersohn. „Die Leute dort wollen verreisen – und wir haben die Busse dafür!" Die praktische Seite der Reisefreiheit hatte er schon mal kurz durchgerechnet. Zum Beispiel ab Leipzig: Dreiflüssestadt Passau – 20 Mark! Hamburg mit Hafenrundfahrt – 19 Mark! Kassel mit Willhelmshöhe, das müsste für 15 Mark zu machen sein. Nürnberg mit Burg! Würzburg mit Weinprobe! Ideale Ziele für den kleinen Geldbeutel. Und für den nicht ganz so kleinen: Wien, Venedig, Paris. Die Leute kannten ja nichts, die waren ja noch nicht mal im Schwarzwald gewesen. Da sollten die anderen mal sehen, wo sie blieben, mit ihren Möbeln, Toiletten und Brillen. Und wenn die vier Omnibusse dafür nicht reichen sollten – natürlich würden sie nicht reichen! –, mussten eben ein fünfter

und ein sechster her. Man musste in die Zukunft investieren; wann, wenn nicht jetzt?
Während die neuen Geschäftsmodelle noch durchgerechnet wurden – das Jahr 1989 war noch nicht zu Ende –, stellte sich heraus, dass die Familie der Käfers gar nicht so klein war, wie man bisher gedacht hatte. Es gab in den bisher nicht zugänglichen Landesteilen Verwandte, wenn auch nur auf dem genealogischen Umweg über Paul, aber immerhin. „Verschwägert ist auch verwandt", betonte Gottfried, da mochte seine Gattin, die schon mit Paul ungern verwandt war, noch so säuerlich dreinschauen. Hans Schroth zum Beispiel wäre jetzt um jeden Schwippschwager in Anklam froh gewesen.

Allerdings kannte nicht einmal Paul seine eigene Verwandtschaft näher. Zwangsläufig hatte man sich bisher nur selten gesehen, die Verbindung war in erster Linie über Weihnachtspäckchen aufrechterhalten worden: über Bohnenkaffee, Schokolade und Strumpfhosen. Pauls Vater hatte auch Zahnbürsten, Zahnpasta und Zahnseide dazugelegt. Nicht nur, weil er als Zahnarzt immer über zahlreiche Musterpackungen verfügte, sondern vor allem, weil er hier – das war sein ganz privater Beitrag zum Kalten Krieg – eine besondere Schwachstelle der Gegenseite ausgemacht hatte: „Es gibt im gesamten Ostblock keine Zahnseide."

Die Zahnseide wurde zu Weihnachten an Pauls Tante in einen Ort namens Chrieschwitz bei Plauen geschickt. Während nämlich Vater Szyrcyck nach dem Krieg in Freiburg studiert und sich anschließend in Stuttgart mit seiner Praxis niedergelassen hatte, war seine Schwester im Elternhaus und somit in der Ostzone geblieben. Abgesehen von der regelmäßigen Unterstützung bei der Zahnhygiene war der Kontakt der Geschwister spärlich, man hatte sich in den Jahrzehnten seit dem Untergang des großen Reichs nur ein paarmal bei wichtigen Beerdigungen gesehen. Neben den weltpolitischen Rahmenbedingungen lag das auch am gestörten Verhältnis von Szyrcyck zu seinem Schwager. Klaus Kalinke, der Mann seiner Schwester, hatte sich irgendwann in den frühen Siebzigern erdreistet, das Weihnachtspäckchen aus Stuttgart mit einem eigenen zu beantworten. Die kratzigen Wollsocken, die Plätzchen und die steinharten Zimtsterne („Das fällt unters Waffeneinfuhrgesetz!") hätte man vielleicht noch als rührende Geste der Dankbarkeit durchgehen lassen können, nicht aber die beiden blauen FDJ-Halstücher „für die Kinder" und erst recht nicht die vier klobigen DDR-Zahnbürsten. Das war eine Provokation. Szyrcyck war außer sich vor Zorn auf diesen Kalinke, dem seine arme Schwester in die Hände gefallen war. Von da an war er sich sicher, dass dieser „Onkel" in Wahrheit nicht wie behauptet Eisenbahner war, sondern ein hohes Tier bei der SED. Fortan hieß der Schwager im Hause Szyrcyck nicht mehr wie bisher „der Herr Eisenbahner", sondern nur noch „Kader-Kalinke". Die struppigen Zonenzahnbürsten benutzte man zum Reinigen von Wanderschuhen und Fahrradketten, obwohl sie im Grunde nicht mal dafür brauchbar waren. Aber Wegwerfen wäre auch keine Lösung gewesen.

Als dann einige Jahre später Kalinke seine Augen nach einem Gehirnschlag für immer schloss, sparte sich Szyrcyck die Teilnahme an der Beisetzung seines Schwagers und beließ es bei einer sehr förmlich gehaltenen Beileidsbezeugung. Später machte er sich deswegen Vorwürfe, denn durch sein beleidigtes Fernbleiben hatte er es versäumt, die eigene Schwester ein letztes Mal zu treffen. Der Anlass seines nächsten Besuches in Chrieschwitz war nämlich deren Beerdigung. Danach war der Kontakt noch sporadischer geworden. Auch der Päckchendienst schlief Ende der Siebzigerjahre ein, und Ingo, der letzte Überlebende des östlichen Zweiges der Familie, musste ohne Zahnseide auskommen. Aber man wusste ja auch gar nicht, was so ein junger Mensch da drüben so alles brauchte. „Die leben ja doch ganz anders als wir und man macht da schnell was falsch. Dann sind sie eingeschnappt und der Kontakt reißt ganz ab", sagte Vater Szyrcyck. 1982 kam ganz überraschend eine Postkarte, die kurz und knapp die Geburt einer kleinen Monika anzeigte. Außer Ingo hatte eine Ulla unterschrieben, von der man beim westlichen Teil der Familie bis dato gar nichts gewusst hatte.

Und diese Postkarte war für lange Zeit die letzte Nachricht von den Verwandten geblieben.

Solche Zustände änderten sich nun im ganzen Land. Hunderttausende strömten über die Grenze, jeden Abend war es in der Tagesschau zu sehen. „Die reinste Völkerwanderung", sagte Frau Käfer besorgt, denn schon die letzte Völkerwanderung war nicht reibungslos über die Bühne gegangen; das Buch über den Untergang Roms stand im Wohnzimmerschrank. Doch ausgerechnet die eigenen Angehörigen blieben aus. Sie riefen nicht mal an. „Zu Weihnachten kommen sie bestimmt", hatte Paul vermutet.

Aber auch der verkaufsoffene Adventssonntag mit der Aktion „1000 Geschenkideen", das Weihnachtssingen mit der Musikschule Liesingen unter der Leitung von Walter Ehrengut und das traditionelle Krippenspiel in St. Magnus gingen zu Ende, ohne dass man von Ingo und den Seinen (Monika? Ulrike? Ursula? Die Postkarte von damals war nirgends mehr zu finden) etwas gehört hatte. Allmählich wurde die Familie unruhig.

„Vielleicht ist ihnen was passiert."

Ein paar Orte weiter war genau das geschehen: Da hatte sich eine Familie nach fast dreißig Jahren zum ersten Mal wieder auf den Weg zu ihren Verwandten nach Schorndorf gemacht ... und war hinter Nürnberg bei nasser Fahrbahn mit dem Trabant unter einen belgischen Sattelschlepper gerutscht.

„Da hat so eine Rennpappe keine Chance", sagte Gottfried.

Alle vier tot. Und das kurz vor Weihnachten.

Seine Frau hielt sich wie immer an die praktischen Fragen des Schicksals. „Wie ist das eigentlich, haben die Erben einen Anspruch auf das Begrüßungsgeld?" Darauf wusste niemand eine Antwort.

Am Heiligen Abend stand dann ganz überraschend nicht Ingo, sondern Pauls Vater vor der Tür. Der alte Szyrcyck hatte aufgrund der politischen Lage seinen auf zwölf Wochen geplanten Langzeiturlaub in Puerto Soller abgebrochen, hatte eine gewisse Frau Öhlert, mit der er dort Tisch und Bett teilte, auf Mallorca zurückgelassen und war gekommen, um das Augenmerk der Familie auf einen Umstand zu lenken, den er über die von allen Seiten einstürmenden Ereignisse fast vergessen hätte. „Das Haus! Was wird jetzt aus dem Haus?“

„Welches Haus?“, fragte Frau Käfer, die hellhörig wurde, sobald Immobilien im Gespräch waren. Sie wurde sogar ihrem Vorsatz untreu, mit dem Schwiegervater ihrer Tochter kein Wort mehr zu wechseln.

„Mein Elternhaus.“

„Was für ein Haus? Wo?“

„Es ist in Chrieschwitz.“

„Chrie... wie?“

„Ein eigenes Haus? In der DDR? Ist das denn überhaupt erlaubt?“, wollte Gottfried wissen.

„Es ist ja kein großes Haus ...“

„Wie kommt ihr denn da zu einem Haus?“

„Mein Vater hat es 1935 günstig erworben.“

„Und das gehört immer noch dir?“

„Rein rechtlich, ja. Die andere Hälfte gehört meinem Neffen.“

Niemand hatte gewusst, dass die Szyrcycks ein Haus hatten. Niemand außer Paul, der der Angelegenheit aber keine Bedeutung beigemessen hatte. Bisher hatte ein Haus im Osten ja auch keinen Nutzwert gehabt.

„Wäre doch schade“, sorgte sich der alte Szyrcyck, „wenn das Haus vierzig Jahre Staatswirtschaft übersteht, und dann fällt kurz vor knapp alles zusammen.“ Und ob mit den Eigentumsverhältnissen alles so klar und eindeutig war, wie man das selbst in Erinnerung hatte, musste auch erst mal sichergestellt werden. Zwar hatten die Grundbücher durch eine Laune der Geschichte sogar die Herrschaft des kollektiven Grundbesitzes überdauert, aber ob wirklich noch dasselbe drinstand wie 1945, musste sich erst erweisen. Besser man las noch einmal mit eigenen Augen nach. Frau Käfer, vom Gedanken an diesen überraschenden Zuwachs beim Familienvermögen ganz elektrisiert, brachte es auf den Punkt: „Am Ende kommt einer daher und behauptet einfach, es wäre seins." Zum Beispiel diese Frau Öhlert. Und ihre Veronika würde wieder leer ausgehen.

Ob der Neffe der richtige Mann für die Sicherung des Familienbesitzes war, erschien mehr als fraglich. Zumal er weiterhin nichts von sich hören ließ: Weihnachten nicht, Silvester und Neujahr nicht, Dreikönige wieder nicht. Ingo blieb wie vom Erdboden verschluckt. Nicht einmal ein Anruf. „Vielleicht kommen sie nicht durch?" Über das Telefonwesen im Osten hörte man ja so einiges – vier Stunden hatte es der Schroth damals versucht. Oder, was schließlich auch möglich war, dass dieser Ingo vielleicht ganz nach Kalinke kam? „Wenn er in dessen Fußstapfen tritt", unkte der alte Szyrcyck, „dann gute Nacht. Kalinke hätte das Haus lieber in die Luft gesprengt, als zuzulassen, dass ich wieder einen Fuß über die Schwelle meines Vaterhauses setze."

Beunruhigende Gedanken dieser Art verdarben die Festtagslaune und schmälerten die Freude an der wiederentdeckten Immobilie umso mehr, je länger man ohne Nachricht war. Es half alles nichts: Irgendwer musste sich ein Herz fassen und drüben nach dem Rechten sehen.

1990

Januar

Ende Januar war es endlich so weit: Am Mittwoch hatte die Schmick eine Tafel vors Geschäft am Oberen Markt gestellt: „Aus aktuellem Anlass neu im Programm: Nächster Samstag! Weimar, Erfurt, Eisenach mit Wartburg, Tagesfahrt. 155 Mark.“ Da war sie also, die erste Fahrt mit Käfer-Reisen in die DDR. Für einen Tagesausflug war das Programm mit einer Fahrtstrecke von rund 900 Kilometern ziemlich anspruchsvoll, zumal bei teilweise winterlichen Straßenverhältnissen. Frühe Abfahrt war deswegen unabdingbar: „Abfahrt 5:30 Uhr – pünktlich!“

Trotz des gesalzenen Preises (dafür kam man sonst für drei Tage zur Tulpenblüte nach Amsterdam) wurden der Schmick die Fahrkarten geradezu aus der Hand gerissen. Bis Mittag war der Bus komplett ausgebucht, alle vierundfünfzig Plätze. „Drei Busse hätten wir einsetzen können! Und alle wären voll geworden“, sagte Gottfried Käfer und ärgerte sich, dass er nicht 175 Mark verlangt hatte. Oder gleich eine runde Summe. Wegen der großen Nachfrage hatten sogar alte Stammkunden wie das Ehepaar Klopfer aus Liesingen nicht berücksichtigt werden können, weil sie nicht rechtzeitig reserviert hatten. Aber die Gräsers waren dabei und die Fröschles, das Ehepaar Buck aus Brunnen, die beiden Hirschfelds, Frau Nützel, Herr Kreuzer und der noch immer erstaunlich rüstige Herr Jakob durfte ebenso wenig fehlen wie Frau Filgental und Frau Köck.

Ein paar neue Gesichter waren auch dabei, denn schließlich waren die Reisenden so etwas wie eine halboffizielle Abordnung der Stadt Heckenheim. Klar, dass Norbert Sandhoff, der Redakteur des Heckenheimer Tagblatts, mitfuhr – er hatte Gottfried einen ausführlichen Reisebericht im Feuilleton versprochen und auch schon einen kleinen Vorbericht geschrieben. Dafür reiste er auf Kosten des Hauses. Die Stadtratsfraktionen waren durch

Walter Siebich, Ernst Meckle und Dagmar Beisig vertreten, Pfarrer Nößmann von der Erlöserkirche hatte den jungen Vikar Ritter abgeordnet. Auch Pauls Vater war mit von der Partie, und er fuhr ebenfalls nicht einfach zum Vergnügen mit. Ihm hatte Gottfried versprochen: „Auf dem Rückweg machen wir einen Abstecher nach Plauen." Die steuerberatenden Berufe wurden übrigens durch meine Person vertreten, Paul hatte mir seinen Platz abgetreten, das war er mir schuldig gewesen, nach allem, was ich für ihn getan hatte.

Die frühe Abfahrtszeit hatte nicht ganz eingehalten werden können, die Neuen waren offenbar allesamt keine Frühaufsteher, insbesondere nicht der Vikar, der volle zehn Minuten zu spät kam. Bis zur Zonengrenze gab es keine Zwischenfälle, und an der Kontrollstelle in Herleshausen war der Bus einfach durchgewunken worden, nicht einmal die Pässe hatten die Grenzer sehen wollen. Das waren tatsächlich ganz neue Sitten. Aber trotzdem waren jetzt alle angespannt, man wusste ja nicht so recht, was einen erwartete. Vielleicht hatte sich über Nacht die politische Lage erneut verändert und das Ganze war eine Falle und man wurde an der nächsten Ortschaft verhaftet. „Und dann ab nach Russland", unkte Herr Kreuzer. Er begann von seinen Erlebnissen im Lager von Workuta zu erzählen, und erst als Frau Fröschle nachdrücklich bat, er möge doch den Teufel nicht an die Wand malen, war er still.

Keine zwei Minuten später aber rief Herr Meckle, der in der zweiten Reihe saß und so gute Sicht nach vorn hatte: „Achtung, Vopos!"

Tatsächlich, der Bus fuhr geradewegs auf ein Polizeiauto zu, das am Straßenrand stand und an dem zwei sonderbar uniformierte Polizisten lehnten, gerade so, als würden sie auf niemand anderes warten als auf uns.

Frau Buck rief: „Um Gottes willen." Jemand stöhnte laut auf und einige zogen allen Ernstes die Köpfe ein, als ob man sich in einem Bus vor der Polizei verstecken könnte.

Gottfried Käfer, der wie immer ganz vorn saß, wo er alles im

Blick hatte, stand auf, drehte sich zu seinen Gästen um und sagte: „Ganz ruhig bleiben. Es passiert nix." Und Herr Neuner, der Fahrer, der seine Busse mit Ausnahme der Antarktis schon durch alle Kontinente und durch insgesamt dreiundvierzig Staaten gelenkt hatte – „550.000 Kilometer unfallfrei" –, grüßte mit einer knappen, routinierten Handbewegung. Gottfried winkte freundlich, und die beiden Polizisten legten tatsächlich für einen kurzen Moment die Hände an die Dienstmützen.

„Die grüßen! Die grüßen!", schrie Herr Meckle, und schon war die Situation wieder vorbei.

Die kurze Begegnung und der unerwartete Gruß vom Straßenrand wirkten befreiend. Die Stimmung im Bus schlug sofort um. Die Reisenden waren so erleichtert, dass sie sogar zu singen begannen: „Auf du junger Wandersmann", „Wem Gott will rechte Gunst erweisen" und – unvermeidlich – die „Schwäb'sche Eisenbahn". Frau Wöhler, Senior-Chefin der Musikschule und ebenfalls Stammkundin bei Käfer-Reisen, verteilte die vorsorglich mitgebrachten Fotokopien mit Liedertexten. Auf der Rückseite konnte man den Harmonikern beitreten.

Als wir dann zehn Minuten später erneut an einem Polizeiauto vorfuhren, zog niemand mehr den Kopf ein. Im Gegenteil, die Köpfe reckte sich und alle musterten die Beamten jetzt neugierig.

„Soll das eine Uniform sein?", fragte Frau Nützel. Niemand hatte mehr Angst mehr vor der einheimischen Polizei, und das lähmende Gefühl, man könnte unwissentlich etwas falsch gemacht haben, das bislang jede Reise in den Ostblock begleitet hatte, war auf einmal wie weggeblasen. Im Gegenteil. „Die haben doch alle Dreck am Stecken", sagte Herr Kreuzer. Aber Frau Wöhler unterband die sich anbahnende politische Diskussion, indem sie mit der ganzen Fülle ihres Mezzosopran die württembergische Nationalhymne schmetterte: „Jetzt gang i ans Brünnele, trink aber ned!"

„Ist Ihnen die Singerei auch zu laut, Herr Doktor?", fragte Frau Köck, die vis-à-vis von Konrad Szyrczyck auf der anderen Seite des Gangs saß. Sie kümmerte sich jetzt ein wenig um sein Wohlergehen, sorgte zum Beispiel dafür, dass er beim Ausschenken des Früchtetees nicht übergangen wurde, und überließ ihm ihre Butterbrezel, angeblich weil sie kein Salzgebäck vertrug. Sie behauptete sogar, die „Singerei" würde ihr auch auf die Nerven gehen. Frau Filgental, langjährige Reisepartnerin und Sitznachbarin von Frau Köck, fand es unerträglich, wie diese um den Doktor herumscharwenzelte. Als man – endlich – an der Wartburg ausgestiegen war, machte sie ihrer Empörung Luft: „Die wirft sich dem ja geradezu an den Hals! Das hätte ich nicht gedacht, dass man sich so vergessen kann. In unserem Alter!"

Doch es kam noch schlimmer, als sich die Köck während des Abstiegs von der Wartburg beim Herrn Doktor auch noch einhängte. Bei einem Menschen, der sich oben auf der Wartburg in der Lutherstube über den evangelischen Glauben lustig gemacht hatte, indem er behauptete, dass das berühmte Tintenfass, mit dem Martin Luther nach dem Teufel geworfen hatte, vermutlich „ein Weinfässle" gewesen sei.

So zu spotten, nachdem die Wartburg eben erst vierzig Jahren Atheismus getrotzt hatte! Noch empörender aber war, dass die Köck, anstatt diesen Herrn in die Schranken zu weisen, über diese Lästerei wie ein Backfisch gekichert hatte. „Als Mitglied des Kirchenvorstands!" Da würde Pfarrer Nößmann Augen machen, wenn er das erfahren würde, also gleich morgen. „Wie man sich in einem Menschen so täuschen kann." Und wo trieb sich eigentlich der Vikar herum?

Nach der Besichtigung von Eisenach waren wir erheblich verspätet. Für die Wartburg hatten wir viel länger gebraucht als geplant, sodass wir erst mittags den Erfurter Domplatz erreichten, wo jeder Teilnehmer eine Original Thüringer Rostbratwurst erhielt, die im Reisepreis inbegriffen war. Sechsundfünfzig Bratwürste überstiegen die Kapazitäten der lokalen Grillbude bei Weitem, weshalb Gottfried einen Teil der Gruppe schon in den Dom geschickt hatte und einen anderen zu einem Rundgang um den Domplatz, damit sich keine allzu große Schlange vor der

Bratwurstausgabe bildete. „So macht man das", sagte er zu der Dame, die sich ohne besondere Eile mit den Würsten beschäftigte. Sie verstand nicht, was er meinte, aber für weitere Erörterungen der Organisation einer Volkswirtschaft hatte er jetzt keine Zeit.

Da Frau Köck und Konrad Szyrzcyck sich der Dom-Gruppe angeschlossen hatten, versuchte Frau Filgental die Abwesenheit des Feindes zur Stärkung ihrer Interessen zu nutzen. Aber so recht wollte sich niemand für die gute Sache engagieren.

„Sie werden schon sehen", sagte sie zu Herrn Kreuzer, „in Weimar nehmen sie sich ein Hotelzimmer." Kreuzer, der ganz mit seiner Bratwurst beschäftigt war, zuckte nur mit den Schultern.

„In der ganzen DDR gibt es keine freien Zimmer mehr", versuchte ich zu beschwichtigen.

Aber die Filgental wollte keine Ruhe geben. „Und unseren Martin Luther lästern!", rief sie. „Schämen muss man sich! Schämen!" Wütend warf sie ihre Thüringer Bratwurst, ohne einen Bissen gemacht zu haben, auf einen der Stehtische und stürmte mit großen Schritten über den Erfurter Domplatz davon.

„Da geht sie hin", stellte Herr Kreuzer fest und grinste.

„Dumm's Weib. Die tät ich nicht g'schenkt mögen!", sagte Herr Kornweber und schnitt eine Grimasse. „Aber die Bratwurst, die hol ich mir."

Weimar war enttäuschend. „Das hab ich mir ganz anders vorgestellt, irgendwie größer und schöner", musste sogar Frau Nützel zugeben, die als Oberstudienrätin a.D. (Deutsch und Geschichte) so etwas wie das kulturelle Gewissen bei Käfer-Reisen war. Und sie bekannte freimütig, dass „unsere Nachbarstadt Marbach" mit dem Schillermuseum mehr zu bieten habe. Aber da mag auch das schlechte Wetter eine Rolle gespielt haben, und sobald Herr Sandhoff seine Fotos geschossen hatte, fuhren wir rasch weiter.

Längst hatte sich im Bus herumgesprochen, dass man, gewissermaßen als krönenden Abschluss der Fahrt, noch das Haus des

Schwiegervaters von Herrn Käfers Tochter besuchen werde. Kein Wunder, dass niemand mehr die rechte Geduld für das Goethe-Haus aufgebracht hatte, denn der Blick auf ein privates Schicksal zwischen Ost und West war eindeutig interessanter. Die Filgental meinte zwar, sie habe für eine Kulturfahrt bezahlt, nicht für einen Familienausflug, aber sie sah schnell ein, dass sie sich gegen die allgemeine Neugier nicht würde behaupten können und besser still war, wenn sie sich nicht als kleingeistige Nörglerin unmöglich machen wollte.

Endlich steuerte Neuner den Bus durch die Vororte von Plauen nach Chrieschwitz. Konrad hatte seinen Platz verlassen und saß jetzt vorn neben Gottfried, um die Führung zu übernehmen, aber weil er nicht nach dem Weg fragen wollte, dauerte es fünfundzwanzig Minuten, bis sie das Haus gefunden hatten. Zweimal waren sie schon daran vorbeigefahren, denn es sah alles so anders aus. „Nummer 24 – das muss es doch sein", sagte Neuner und fuhr den Setra an den Straßenrand.

Konrad wollte es zuerst nicht glauben. „Mein Gott, hat sich das verändert. Was ist denn das für eine Farbe?"

„Ist es das?", rief von hinten Herr Kreuzer, und jetzt drückten sich alle an die Fenster. Die auf der falschen Seite saßen, waren aufgesprungen und beugten sich über die Mitreisenden. Ich hatte das Gewicht von Frau Wöhler und Herrn Buck im Kreuz. „Wo? Wo?" Da! Tatsächlich! Das Haus des Schwiegervaters von Herrn Käfers Tochter! Zum Greifen nah! Nur Frau Filgental war sitzen geblieben und schaute bebend vor Zorn zur falschen Seite hinaus.

Neuner öffnete die Tür und sagte: „Fünf Minuten! Wir sind sowieso schon spät dran."

Konrad hatte gleich mit einem Blick die Schäden erkannt. „Da muss der ganze Verputz herunter", sagte er zu Gottfried. „Und das Dach ist auch kaputt. Kalinke hat es einfach verrotten lassen. Das kostet Unsummen, bis alles wieder ordentlich aussieht." Er drückte auf die Klingel am Gartentor, aber nichts passierte. „Wahrscheinlich auch kaputt." Er drückte noch einmal. „Oder es ist niemand da." Zum ersten Mal kam beiden der Gedanke, dass sie eventuell ganz umsonst von Heckenheim bis Plauen gefahren sein könnten.

Ein dicker, runder Mann, unrasiert und im Unterhemd, darüber eine ausgeleierte graubraune Strickjacke, erschien an der Haustüre, kam zum Gartentor und fragte, ob sie jemanden suchten.

„Kalinke! Wir wollen zu Kalinke. Das ist doch hier? Ingo Kalinke?"

Leider sei Familie Kalinke derzeit nicht zu Hause, erklärte der Dicke. Ob er weiterhelfen könne? Er musterte die beiden Besucher am Gartenzaun. Dann sah er auf der Straße den Bus und die vielen Menschen, die mit weit aufgerissenen Augen und Mündern durch die Scheiben guckten. Herr Sandhoff stand in der offenen Tür des Omnibusses und machte Fotos.

„Wir waren gerade in der Gegend", sagte Gottfried und deutete auf den Bus. „Weimar, Erfurt, Eisenach mit Wartburg. Käfer mein Name. Von Käfer-Reisen."

„Doktor Szyrcyck – Ingo ist mein Neffe."

Der Dicke streckte seine Hand über den Zaun und stellt sich vor. Sein Name sei Schäfer und ob sie wohl die Verwandten aus Bayern seien?

„Ja! Das sind wir. Genau! Aber aus Baden-Württemberg."

Schäfer bedauerte. Den Ingo hätten sie leider verpasst. Vor einer Woche schon seien sie alle weggefahren und er glaube nicht, dass sie wiederkämen. Und ob sie nicht trotzdem hereinkommen wollten, wo sie doch so weit ...

„Nur wenn's Ihnen keine Umstände macht, Herr ... äh ... Schäfer, nicht wahr?"

Der Dicke machte sich die Umstände gern und führte Konrad und Gottfried in den Garten. Die Beete und das kleine Rasenstück machten auf den ersten Blick einen ordentlichen Eindruck.

„Wo ist denn unser Geräteschuppen?", fragte Konrad. Von einem Geräteschuppen hatte Schäfer angeblich noch nie etwas gehört.

„Da drüben am Zaun. Wissen Sie, ich hab hier sieben Jahre lang gelebt. Hier in diesem Haus. Mein Vater hat es 1935 gekauft, von einem Kollegen, ein Doktor Rosenbusch, Internist, aber den werden Sie nicht mehr kennen. Im Schuppen hatten wir Gartenmöbel aufbewahrt." Er schaute sich um. Auch die Gartenmöbel waren fort.

Schäfer lud die beiden auf einen Kaffee in seine Dachgeschosswohnung.

„Dachgeschoss? Welches Dachgeschoss?", fragte Konrad verwundert. Es war erst vor zwanzig Jahren ausgebaut worden. Dann war es jetzt sogar ein Dreifamilienhaus.

Wie es nun mit dem Kaffee sei? Konrad überlegte, ob man vielleicht Bohnenkaffee hätte mitbringen sollen. Der Bus hupte jetzt laut und nachdrücklich.

„Wir müssen", sagte er zu Schäfer. „Leider. Das nächste Mal bringen wir mehr Zeit mit, gell."

Aber sie schauten doch noch kurz ins Treppenhaus. Konrad legte den Kopf ein wenig in den Nacken, schnupperte und sagte leise zu Gottfried: „Riecht immer noch nach Kalinke." Er stieß ihn mit dem Ellenbogen an und deutete auf die Lichtschalter: „Noch die Original-Installation von 1935." Stromverlust durch Kriechströme. Die Elektroinstallation musste man also auch noch dazurechnen. Da würde eine schöne Summe zusammenkommen: Elektro, Sanitär, Verputz, womöglich auch der Dachstuhl. Er schaute aus dem Fenster – die Aussicht war auch nicht besser geworden.

Schließlich waren sie in der Dachwohnung angekommen, aber man verzichtete angesichts der fortgeschrittenen Zeit auf den Kaffee und ließ es bei einem Kräuterschnaps im Stehen bewenden. Unten hupte es wieder, und es klang jetzt schon nachdrücklich.

„Der Neuner wird ungeduldig", sagte Gottfried, aber immerhin war es sein Bus, und eine Viertelstunde mehr oder weniger, in so einem historischen Augenblick, das sollte schon möglich sein. „Prost! Auf die Zukunft", sagte er.

Schäfer stieß auf die „Völkerfreundschaft" an; vermutlich war es irgendwie ironisch gemeint, denn er grinste bis zu den Ohren. Konrad merkte es sofort und sagte fröhlich: „Nasdorowje!"

Gottfried rief: „Skol!" Etwas Passenderes fiel ihm nicht ein, aber ein kräftiges „Skol" kam auf der ganzen Welt gut an.

Auf einmal hörten sie Stimmen. Sie schauten ins Treppenhaus und tatsächlich – die Leute standen schon im zweiten Stock: Kreuzer, Kornweber, die Nützel, die Wöhler, die beiden Bucks, die Köck und noch einige andere. Sie waren trotz der energischen Proteste Neuners ausgestiegen.

„Ja, wo bleiben Sie denn?", rief Herr Fröschle.

„Wir haben gedacht, wir schauen mal, wo Sie stecken, Herr Käfer", sagte Kornweber. Er öffnete das Treppenhausfenster und rief hinunter: „Alles in Ordnung. Sie leben noch!"

Unten rief Neuner etwas, das man im Treppenhaus nicht verstehen konnte; freundlich klang es nicht.

Kornweber zog das Fenster wieder zu. „Da gibt's noch viel zu schaffen." Denn die Fenster klemmten auch. „Wenn Sie mich fragen, Herr Doktor, Kunststofffenster! Müssen Sie nie streichen. Und dreifach verglast, da sparen Sie Heizkosten. Die Mehrkosten bei der Anschaffung haben Sie in einem Winter wieder herinnen. Und ab dann sparen Sie, bares Geld, Jahr für Jahr. Reden Sie mal mit meinem Schwager, der macht Ihnen ein einwandfreies Angebot."

„Gibt's hier eigentlich auch eine Toilette?", fragte von unten Frau Gräser. „Ich kann's jetzt wirklich nicht mehr verschieben."

„Erste Tür links", sagte Herr Sandhoff, der gerade aus der Wohnung im ersten Stock kam.

Schäfer hatte im ersten Moment verwundert auf das Treiben im Treppenhaus hinuntergeschaut, auf die vielen fremden Leute, zehn, fünfzehn oder waren es mittlerweile schon zwanzig? Dann aber hatte Kornweber das Eis gebrochen, indem er mit ein paar schnellen Schritten die letzten Stufen zum Dachgeschoss genommen und die Hand ausgestreckt hatte. „Angenehm, Kornweber."

Die beiden Männer schüttelten sich eine Zeit lang die Hände, bis sich, von unten kommend, ein anderer dazwischendrängte: „Buck! Mein Name ist Buck! Und das ist meine Gattin, Frau Buck!", und beide Bucks schoben Kornweber zur Seite. „Herzlich willkommen", sagte Frau Buck zu Schäfer. „Herz-lich will-kom-men!" Als sie aber weiter in seine Wohnung stürmen wollte, ging Gottfried dazwischen. „Halt! Wir fahren in einer Minute ab!" Einen kleinen Blick nur wolle sie hineinwerfen, um zu sehen, „wie man hier so lebt", denn andere Länder, andere Sitten, und sie hatte in Portugal oder Marokko bei den Einheimischen ebenfalls in die Wohnungen geschaut, und was dort möglich war, das müsse doch hier erst recht ... Aber Gottfried blieb unerbittlich und drängte die Buck und alle übrigen Besucher wieder nach unten, während Schäfer zwar etwas verwirrt, aber doch mit einladender Geste in seiner Wohnungstüre stand und betonte, er habe nichts zu verbergen.

Es dauerte eine Weile, bis alle Passagiere wieder im Bus saßen. Frau Gräser fehlte noch. Als sie aus dem Haus gelaufen kam und sich schwer atmend auf ihren Platz fallen ließ, konnte man endlich losfahren. Aber da stand Schäfer mit beiden Armen fuchtelnd am Gartenzaun.

„Was will der denn?", fragte Neuner und bremste den Setra wieder ab.

„Der will mit! Der will mit!", rief Herr Meckle.

„Los Neuner, schnell Gas geben", sagte Kornweber, worüber aber nur wenige lachten. Frau Filgental, der man heute gar nichts recht machen konnte, zischte: „Unwürdig! Unwürdig!" Es stellte sich aber heraus, dass Schäfer nur Grüße an Ingo bestellen wollte.

Als sie auf die Hauptstraße einbogen, rief Herr Kreuzer von hinten: „Herr Käfer! Fahren wir jetzt zum Rathaus?"

Gottfried drehte sich verblüfft um. „Was wollen Sie denn im Rathaus?"

„Mein Begrüßungsgeld abholen! Hundert Reichsmark! Oder hab ich da was falsch verstanden?" Jetzt lachte der ganze Bus. Sogar Neuner musste schmunzeln. Bloß die Filgental verzog keine Miene.

Wegen eines Staus bei Hormersdorf war es schon zehn vorbei, als wir endlich wieder in Heckenheim ankamen. Gottfried verabschiedete sich wie immer von jedem seiner Gäste mit Handschlag und wünschte einen guten Heimweg.

„Ein historischer Tag“, versicherte ihm Frau Nützel. „Sie haben sich Verdienste erworben, Herr Käfer.“

„Ein bissle weit für einen Tag“, meinte Frau Buck. „Meine Knie, gell.“

Konrad sagte: „Jetzt ist meine Bandscheibe endgültig hin.“ Er grüßte kurz in die Runde, stieg in sein Auto und fuhr einfach davon. Frau Köck, die fest damit gerechnet hatte, dass der Herr Doktor sie zumindest auf einen Schoppen ins Ratsstüble einladen würde, blieb mit offenem Mund zurück.

„Geschieht ihr grad recht“, sagte Frau Filgental triumphierend zu Herrn Meckle. „Und Sie? Herr Meckle? Herr Kornweber? Herr Knapp? Wie wär’s? Genehmigen wir uns noch einen Schoppen nach dem aufregenden Tag? Das Ratsstüble hätt’ noch auf.“ Sie war auf einmal bester Laune.

Herr Kornweber zuckte mit den Schultern: „Wenn’s sein muss ...“

Die Filgental hakte sich ohne viele Umstände bei ihm unter und zog ihn in Richtung Ratsstüble.

Februar

Und dann waren sie plötzlich doch da – Ingo, Ulla und die kleine Monika. Spät genug, denn wer sich erst jetzt, im Februar 1990, zum nun völlig risikolosen Grenzübertritt entschloss und eine neue Perspektive im Westen suchte, der schien es nicht besonders eilig gehabt zu haben und musste sich nicht wundern, wenn er nicht mehr gar so überschwänglich begrüßt wurde.

Doch Gottfried Käfer hielt es für seine Pflicht, die angeheirateten Verwandten unter seine Fittiche zu nehmen, trotz aller Einwände seiner Gattin. Erstens gehörte es sich einfach. Zweitens mochte er sich nicht nachsagen lassen, dass er die eigenen Verwandten („Nicht mal richtig verschwägert sind sie mit uns!“) in einem Lager leben ließ, denn wenn das ruchbar würde, ja du lieber Gott. Drittens wurde derzeit so viel über diese Dinge geredet, im Geschäft, unterwegs in den Käfer-Bussen, auf der Straße, und auch der Runde Tisch im Club Diana fand über Monate kein anderes Thema. Aber Übersiedler im eigenen Haus konnte nicht einmal der Schroth aufweisen, der sonst doch immer die Nase vorn hatte. Und auch wenn es keine echten Verwandten waren – diesmal lag Gottfried Käfer vorne. Und solange die drei Neuen viertens keine eigene Wohnung hatten ... „Also, unser Gästezimmer ist groß genug für drei, mit Dusche, Klo und eigener Kochnische.“ Keine Frage, die Sanitäreinrichtungen im Hause Käfer waren in einem anderen Zustand als die in Plauen; Elektro und Fenster sowieso. Da staunten Ingo und die Seinen. Die kleine Monika rief vor Freude: „Ui, das ist schön! Hier bleiben wir!“ Alle lachten herzlich und das Eis war gebrochen.

*

Marianne konnte es gar nicht erwarten, die neuen Verwandten ihrer Freundin kennenzulernen. „Also, für mich ist das ein faszinierender Gedanke. Einfach woanders hingehen und ganz von vorne anfangen“, meinte sie. „Alles hinter sich lassen, das alte Leben ablegen wie die Wintersachen ... die alten Verpflichtungen, den alten Trott, die alten Fehler ... einfach ganz neu anfangen.“

„Mir wäre das nicht recht“, sagte ich. „Wenn ich daran denke, die Kanzlei, das Haus ... Man ist halbwegs über den Berg, und dann geht alles wieder von vorne los.“

„Aber man fängt auch ein neues Leben an, mit ganz neuen Träumen, neuen Plänen ...“

„Letztlich bleibt man doch immer man selbst“, versuchte ich einzuwenden. Daraufhin nannte sie mich einen bornierten Langweiler, einen Esel, mit dem man über nichts reden könne. Ich nannte sie eine affektierte Kuh, und fast hätten wir die Einladung bei den Käfers wieder abgesagt, um uns den Abend über in aller Ruhe zu streiten.

Als wir dann endlich im Amselweg ankamen, war es ein bisschen wie Weihnachten. Veronika öffnete leise und winkte uns gleich an die Wohnzimmertüre. Wir spähten vorsichtig durch den Türspalt. „Da sind sie", flüsterte Veronika und legte den Zeigefinger auf die Lippen. „Pscht!" Sie drückte die Tür ein kleines Stück weiter auf, damit wir hineinschauen konnten. Tatsächlich, da waren sie! Sie saßen in der Sofaecke, zu beiden Seiten von Vater Käfer, und waren ganz vertieft in ein Buch, das er aufgeschlagen auf den Knien hielt. Er blätterte selbst um, deutete immer wieder auf die eine oder Seite und redete – ganz Reiseleiter – wie ein Wasserfall. Ich kannte das Buch, es war der Bildband *Traumstraßen Skandinaviens.* Auf dem Couchtisch lagen weitere Bände: *Traumstraßen Frankreichs, Traumstraßen Spaniens* und *Traumstraßen Italiens.* Natürlich, das kannten sie ja alles nicht.

Ingo war ein schlaksiger, bleicher Mensch mit einer sehr großen Nase. Marianne war sie auch gleich aufgefallen, sie stieß mich mit dem Ellenbogen an und flüsterte: „Wie die Nase eines Mannes, so ist auch sein Johannes." Sie gluckste, ich blies die Backen auf und Veronika zog die Tür rasch wieder zu. Sie schaute Marianne fragend an. „Welcher Johannes?" Ich zuckte mit den Schultern und sah rasch zur Seite. Marianne grinste. Es dauerte ein paar Augenblicke, bis Veronika empört zischte: „Marianne! Du bist geschmacklos!" Sie schob uns in Richtung Küche, wo Frau Käfer gerade dabei war, die Reste einer Fischplatte auf einem Teller zusammenzuschieben. „Ich dachte, das reicht für drei Tage", sage sie zu mir. Mit Marianne sprach sie noch immer nicht, aber mich schien sie zu mögen, seit ich vor ein paar Jahren ihrem Mann eine saftige Gewerbesteuernachzahlung erspart hatte.

Agnes, Pauls Schwester, kam dazu. Ich hatte sie seit Veronikas Hochzeit nicht mehr gesehen, und seither war sie noch fülliger, noch runder, noch wolliger geworden. Sie hielt sich nicht lange mit Drumherumreden auf. „Du, Olaf. Gut, dass du da bist. Du, ich soll über dreitausend Mark Steuer nachzahlen, du, das können die doch nicht machen", jammerte sie und hielt mir ein Schreiben vom Finanzamt vor die Nase.

„Also, der Jürgen hat gesagt, das musst du gleich dem Olaf zeigen. Vielleicht kann der da was machen. Dreitausend Mark, du, das ist doch der Wahnsinn!" Während Frau Käfer, Veronika und Marianne sich mit Getränken ins Wohnzimmer begaben, zog mich Agnes zum Küchentisch. „Wieso muss ich überhaupt Einkommenssteuer zahlen? Der Jürgen sagt, das muss ein Irrtum sein."

„Also, die Sache ist die ..." Ich nahm Agnes das Schreiben ab und schob sie aus der Küche. „Geh ruhig rein, ich rechne schon mal alles durch."

Im Wohnzimmer rief jemand: „Nun erzählt doch mal!" Und nach einer längeren Pause: „Von euch. Wie es euch so ergangen ist. All die Jahre."

„Was machst du eigentlich beruflich?"

Es stellte sich heraus, dass Ingo stellvertretender Leiter der Außenhandelsabteilung des VEB Hermann Richter gewesen war.

Jemand sagte: „Also, das sagt mir jetzt gar nichts."

Veronika mischte sich ein. „Das muss hier doch alles fremd sein für euch!"

„Auch mit dem Verkehr, gell!" Das war die Stimme von Gottfried Käfer. „So viele Autos. Die reinste Blechlawine. Ich sag immer, wir ersticken noch mal im Verkehr. Damals mit dem Sonntagsfahrverbot, 1972, da haben wir ..."

„Gab's drüben auch ein Fahrverbot?", wollte Frau Käfer wissen. „Nicht? Tatsächlich? Ich dachte, das war überall. So. Na, da habt ihr aber was verpasst. Das war herrlich damals. Alle Straßen wie ausgestorben. Wir sind damals mit den Rädern von Heckenheim bis Korntal gefahren – mitten auf der Autobahn! Es sollte jedes Jahr einmal ein Fahrverbot geben. Damit man's nicht vergisst."

„Nur Busse müssen fahren dürfen. Der Omnibus ist das umweltfreundlichste Verkehrsmittel überhaupt."

„In welche Klasse geht eigentlich eure Monika?", fragte Marianne, um das Thema zu wechseln.

„Pro Personenkilometer verbraucht ein Bus nicht mehr als ..."

„Jetzt gib Ruh mit deinem Bus, Gottfried", unterbrach ihn Frau Käfer.

„Das muss ja auch für das Kind eine große Umstellung sein", sagte Veronika.

„Mitten im Schuljahr", sagte Marianne. „Und lauter neue Lehrer. Hat sie denn schon Freundinnen gefunden?"

„Du, das geht bei Kindern oft schnell", meinte Anges.

„Jetzt erzählt doch mal! Von euch!", sagte Gottfried Käfer.

Aber eigentlich wollte niemand ostdeutsche Erinnerungen hören, die vermutlich so fad waren wie alles, was jetzt von dort herüberschwappte: Sandmännchen, Grüner Pfeil, HO, Klappfix, ABV und natürlich der ulkige Broiler. Solche Begriffe waren ein paar Wochen lang lustig gewesen, jetzt hatte sich der Reiz des Neuen verbraucht und das Zeug war wieder so langweilig wie zuvor.

„Wo bleibst du denn?", fragte Marianne, die auf einmal hinter mir stand.

Ich zeigte auf die Unterlagen und zuckte entschuldigend mit den Schultern. „Die Einkommensteuer von Agnes ..."

„Du bist unmöglich", fauchte sie. „Es wäre wirklich besser gewesen, wenn du zu Hause geblieben wärst." Aber sie verschwand gleich wieder. Durch diese Unterbrechung hatte ich den Gesprächsfaden verloren, im Wohnzimmer war man unterdessen zu einem anderen, nicht weniger interessanten Thema gewechselt.

„Du, was bist du eigentlich für ein Sternzeichen?", hörte ich Agnes fragen.

Vater Käfer klinkte sich jetzt aus der Unterhaltung aus – er wolle dem Ingo mal seine neue Gasheizung zeigen; Paul, von dem bisher nichts zu hören war, sagte, das wolle er sich auch anschauen. Aber die Frauen ließen deswegen nicht locker. „Du bist bestimmt Wassermann", meinte Agnes, als sich die Männer endlich nach unten verzogen hatten. Sie selbst war Widder – und sie war gern Widder. Widder sind ausgeglichen. Und wer wäre nicht gern ausgeglichen? Aber war Ulla wirklich Wassermann? Sie schien es tatsächlich nicht zu wissen, es war kaum zu begreifen.

„Gab's denn bei euch keine Sternzeichen?", fasste Frau Käfer nach. Das wurde ja immer schöner, Ulla kannte das eigene Sternzeichen nicht. Aber das ließ sich schnell klären.

„Wann hast du denn Geburtstag?", fragte Agnes. Geburtstag, ja, das kannten sie. Es stellte sich heraus, dass Ulla nicht Wassermann, sondern in Wahrheit Steinbock war. Ingo hingegen war Krebs. „Steinbock und Krebs, das geht nicht gut", rief Frau Käfer, und alle lachten, offenbar auch Ulla. Wenigstens war die kleine Monika Widder.

Apropos – Ulla musste doch gleich mal nach Monika sehen. Als sie gegangen war, sagte jemand: „Typisch Steinbock." Aber Agnes kannte eine Frau aus Backnang, die war auch Steinbock, aber überhaupt nicht zickig.

Ich hatte nicht das geringste Verlangen, mich an dieser Diskussion zu beteiligen, und ließ mir daher Zeit mit Agnes' Steuerbescheid.

„Hallo, wer bist du denn?" Es war Ulla, die auf einmal in der Küche stand. Sie streckte mir die Hand entgegen.

Seitdem ich in einem Artikel im Stern gelesen habe, dass fünfundsechzig Prozent aller Infektionskrankheiten durch das Händeschütteln übertragen werden, schüttle ich Hände nur ungern. Mir fiel gerade noch ein anderer Artikel ein, demzufolge die ostdeutschen Mitbürger nicht verstehen, weshalb ihnen die Westdeutschen immer so kühl und distanziert, so wenig herzlich gegenübertreten. Es könnte daran liegen, dachte ich, dass dort solche Zahlen einfach nicht so bekannt waren. Ich gab Ulla die Hand, um nicht distanziert zu wirken. „Ich bin Mariannes Mann, Olaf."

„Und was machst du hier?"

„Ich schau bloß mal die Steuererklärung von Agnes durch. Ich bin nämlich Steuerberater."

„Steuerberater? Das ist ja interessant. Davon hab ich schon gehört. Soll ich dir einen Wein bringen?"

„Danke, ich bin bestens versorgt.“ Sie lachte, aber ich verstand nicht, worüber.

„Was macht eigentlich so ein Steuerberater?“, fragte sie.

Normalerweise interessiert sich kein Mensch für einen Steuerberater, für seine Aufgaben, seine Sorgen, seine Hoffnungen, seine Träume. Man hält ihn üblicherweise für einen langweiligen Menschen, für einen Stubenhocker, heißt ihn geringschätzig einen Zahlenmenschen, trocken und grau wie die amtlichen Formulare, aus denen der Großteil seines Tagwerks besteht. Aber in der untergehenden Welt, aus der diese Ulla kam, hatte es neben vielem anderen auch keine Steuerberater geben. Ich versuchte ihr daher zu erklären, worum es in unserer Wirtschaftsordnung beim Steuerberaten geht. Sie hatte sich zu mir an den Tisch gesetzt, und ich erzählte von Einkommensteuerbescheiden, von Körperschaftsteuer, von Umsatzsteuervoranmeldungen, Vorsteuerabzugsberechtigungen, von Abschreibungen, von Verlustzuweisungen, von stillen Rücklagen und von der Rolle des Bundesfinanzgerichtshofs in diesem komplexen Geflecht.

„Mir wäre das zu trocken“, sagte Ulla schließlich, „immer nur Zahlen.“

„Das ist nicht trocken“, protestierte ich. „Überhaupt nicht! Das ist ... das Leben selbst, das wirkliche Leben ...“

„Prost – Steuermann!“, sagte sie und legte ihre Hand vertraulich auf meinen Unterarm. Das ist auch interessant, dachte ich, die scheinen alle den direkten menschlichen Kontakt zu suchen.

„Danke. Prost!“ Ich stieß mit ihr an, und nun erzählte ich ihr auch von dem Buch, an dem ich nebenbei in meiner knapp bemessenen Freizeit schrieb. „Es heißt ‚Kleine Philosophie des Steuerwesens‘.“

Von diesem Buchprojekt hatte ich bisher nur zwei Menschen erzählt. Als ich Marianne gegenüber ein paar Andeutungen darüber machte, hatte sie nur gesagt: „Das würde dir ähnlich sehen.“ Und Frau Gattmann, damals meine rechte Hand, hatte gefragt: „Komm ich auch drin vor?“

Ulla sagte: „Das ist ja hochinteressant. Dann wirst du ja reich und berühmt."

„Sicher nicht. Es macht vor allem viel Arbeit."

„Also, ich find das schön, wenn jemand seinen Beruf so gern hat. Willst du nicht doch ein Glas Wein?"

„Danke, aber ich muss fahren. Na gut, ein halbes vielleicht ..."

Aus dem Wohnzimmer hörte man laute Stimmen. Die Besichtigung des Heizungskellers war vorüber.

„Was ist denn da los?", fragte ich.

Ulla schob die Küchentür ein wenig weiter auf und spähte hinaus. „Ich glaube, sie schauen ein Video an ... es sind die Pyramiden ... jetzt sitzt Herr Käfer auf einem Kamel."

Drüben rief jemand: „Ist das Kamel oben oder unten?" Alles lachte. Ulla zog die Tür wieder zu.

„Video hattet ihr auch nicht, gell", sagte ich.

März

Es war so ungerecht, so ungerecht.

Veronika hatte die unangenehme und schmerzhafte Prozedur bei Professor Berthold ganz umsonst auf sich genommen. Sie hatte im Zuge der IVF wildfremden Spermien den Zutritt zu ihrem Körper gestattet; die Spermien hatten sich dort eine Weile herumgetrieben und dann doch nichts ausgerichtet. Alles umsonst. Dabei hatte der Herr Professor Veronika doch darauf vorbereitet. „Mit vier bis fünf Versuchen sollten Sie rechnen." Aber sie war fest davon ausgegangen, dass sie diesmal mehr Glück haben würde.

Der Professor ließ Veronika gar nicht erst Luft holen. „Das ist kein Beinbruch. Wir machen gleich einen neuen Versuch. Jetzt nur nicht locker lassen, Frau Szyrcyck." Und schon rechnete er das passende Datum aus: „Sagen wir vierzehnter, fünfzehnter ... gut! Die Karin soll Ihnen einen Termin geben!"

Es würde also alles von vorne losgehen, mit einer neuen

Spende, von einem neuen Anonymus – vermutlich war es nicht derselbe wie beim letzten Mal, und der Gedanke hatte für Veronika etwas Irritierendes. Das wenn die Mutti wüsste, dachte sie beim Hinausgehen.

Ihre Mutter hatte von solchen Sachen natürlich keine Ahnung. Aber andere schienen sämtliche Geheimhaltungsmaßnahmen überwunden zu haben, Veronika wusste wirklich nicht, wie. Unfreiwillig wurde sie ein paar Tage später Zeugin eines Gesprächs zweier Kolleginnen, bei dem es ganz eindeutig um sie ging, um sie und um ihre Besuche bei Professor Berthold. Veronika war gerade auf der Toilette, sie hatte sich dort zwar nicht gerade versteckt, aber sie saß still in einer Kabine und dachte über das Leben nach. Die Kolleginnen platzten herein und machten sich geräuschvoll an den Waschbecken zu schaffen. Dabei unterhielten sie sich ohne die geringste Zurückhaltung; Veronika hatte die Stimmen sofort erkannt, es waren Frau Grothe und die dicke Daniela Schulz aus dem zweiten Stock. Sie zog ihre Beine an, damit die zwei nicht bemerkten, dass eine der Kabinen besetzt war. Die letzte Gelegenheit, sich vernehmlich zu räuspern, hatte sie schon verpasst.

„Natürlich bin ich mir sicher", sagte die Grothe.

„Na, da muss die Not schon groß sein, damit man so was macht. Hat's denn wenigstens geklappt?"

„Das klappt nie beim ersten Mal. In dem Alter schon gar nicht."

„Wenn sie da auch so verkrampft ist, dann wird das nie was."

Jetzt hatten sie den Wasserhahn aufgedreht, sodass Veronika zwei oder drei Sätze nicht verstehen konnte. Aber es musste etwas sehr Lustiges gewesen sein, denn das anschließende Gekicher übertönte sogar das Rauschen des Wassers. Dann waren sie endlich fertig.

„Der arme Mann", sagte die Schulz noch und bearbeitete die Handtuchmaschine. „Dabei ist er ein ganz Schnuckeliger."

„Der? Mit seiner Wampe? Kannst ihn ja mal ranlassen, damit er auch mal ein Erfolgserlebnis hat."

„Was? Spinnst du? Bin ich im Tierschutzverein?"

Jetzt prusteten sie beide. Im Gehen schalteten sie auch noch das Licht aus, und Veronika, die sich ja nicht bemerkbar machen konnte, saß im Finstern. Sie stellte die Füße wieder auf den Boden, blieb aber noch fast zehn Minuten sitzen, um sicherzugehen, dass die beiden Schlangen weit weg von der Toilettentüre waren. Die Zähne presste sie vor Wut so fest zusammen, dass ihr nach einiger Zeit die Kiefer schmerzten.

Marianne erklärte später, dass die Kolleginnen ebenso gut irgendjemand anderen gemeint haben könnten, denn Namen seien schließlich nicht gefallen. „So schnuckelig ist dein Paul auch wieder nicht und eine Wampe haben viele." Aber Veronika bestand auf ihrer Version des Gehörten. Keine Stunde, sagte sie, könne sie mehr mit diesen ordinären Personen unter einem Dach zubringen.

Zwei Tage später hatte Herr Berger ihre Kündigung auf dem Tisch. Er schaute Veronika mit großen Augen an und sagte: „Uff! Da bin ich jetzt ganz baff." Natürlich wollte er die Gründe wissen und bat, sie möge jetzt bitte nichts übers Knie brechen. Veronika behauptete, ihr Vater brauche sie im Geschäft und sie würde es sich bestimmt nicht noch einmal überlegen. Sie hatte noch Resturlaub und Überstunden, und bereits eine Woche später verließ sie ihre Bausparkasse, bei der sie insgesamt sechs Mal Mitarbeiterin des Monats gewesen war; ein Rekord, der meines Wissens – ich spiele seit Jahren Golf mit Direktor Rettig – bis heute besteht. Der bei Abschieden übliche Umtrunk im Konferenzzimmer fand diesmal aus naheliegenden Gründen nicht statt. Als Veronika mit einer Schachtel persönlicher Dinge (mit dem kleinen Maikäfer aus Plüsch, der immer ihren Computer bewacht hatte) das Büro verließ, hielt ihr ausgerechnet die Grothe die Tür auf und grinste sie blöde an.

April

Zu Professor Berthold nach Stuttgart fuhr Veronika immer alleine. Natürlich hatte Paul angeboten, sie zu begleiten, aber der Nachwuchs war nun im Wesentlichen ihre Angelegenheit – Paul hatte seine Chance gehabt. Trotzdem kümmerte auch er sich um seinen künftigen Nachwuchs. Ohne weitere Rücksprache mit Veronika, deren Haltung zu dieser Frage er kannte, hatte er sich ans Jugendamt in Backnang gewandt und sich nach den Modalitäten einer Adoption erkundigt – „erst mal rein informativ". Wenn es erst so weit sein würde, würde sich die Veronika doch nicht gegen zwei traurige Kinderaugen sträuben. Er musste auf dem Jugendamt allerdings rein informativ erfahren, dass gar nicht Veronikas Einverständnis das Problem war. Das Problem war schon wieder er

„Und wie alt sind Sie, Herr Szyrcyck, wenn ich fragen darf?"

„Einundvierzig."

„Dann muss ich Sie leider enttäuschen. Da sind sie zu alt für eine Adoption."

„Wie, zu alt?", fragte er begriffsstutzig.

„Wir haben bei vierzig eine Grenze gezogen. Tut mir leid."

„Wegen einem Jahr? Und meine Frau ist doch erst siebenunddreißig." Im statistischen Mittel waren sie damit neununddreißigeinhalb und eindeutig unter der Grenze.

„Nein, es müssen schon beide Elternteile unter vierzig sein. Tut mir wirklich leid. Da haben wir unsere Vorschriften, davon können wir im Einzelfall nicht abgehen."

Vorschriften! Wenn es um eine gute Tat ging, um *seine* gute Tat! Paul verwies auf seine soliden wirtschaftlichen Verhältnisse, auf die geräumige Wohnung mit großem, sonnigem Kinderzimmer und darauf, dass auf seine Nachkommen dereinst ein mittelständisches Unternehmen warte.

„Mein Kind wird nicht dem Sozialamt auf der Tasche liegen!" Im Unterschied zu so manchen anderen Bälgern, die auch noch ihre alleinerziehenden Mütter von geregelter Arbeit abhielten.

Mit diesen Andeutungen machte sich Paul beim Amt freilich keine Freunde, sondern explizit unbeliebt. Schließlich ließ er sich sogar zu Drohungen hinreißen: „Ich geh notfalls bis nach Karlsruhe!"

„Das steht Ihnen natürlich frei, Herr Szyrcyck. Aber viel Sinn wird es nicht haben."

„Das lassen Sie mal meine Sorge sein! Guten Tag!"

Als Vater war Paul fürs Erste auf ganzer Linie gescheitert, nicht nur biologisch, sondern jetzt auch juristisch. Was konnte er tun? Sich tatsächlich an die Verwaltungsgerichte wenden? Den Instanzenweg beschreiten? Über das Heckenheimer Amtsgericht zum Oberlandesgericht Stuttgart und von da nach Karlsruhe? Bis dahin wäre er fünfzig. Vor die Straßburger Menschenrechtskommission? Zu seinem Sechzigsten?

Was nicht bedeutete, dass er klein beigeben wollte – jetzt erst recht nicht. Je mehr Steine man ihm in den Weg legte, desto stärker wurde sein Wunsch nach Nachwuchs. „Nicht mit mir", sagte er und war nun fast schon so fest entschlossen wie Veronika. Dass man ihm als Bürger und erfolgreichem Geschäftsmann – ja, das war er mittlerweile – etwas vorenthalten wollte, das konnte er sich schon gleich gar nicht gefallen lassen. Ja, wenn er es sich nicht hätte leisten können, dann wäre es eben leider nicht machbar gewesen. Aber so?

Und er hatte ja noch Optionen. Erst kürzlich zum Beispiel hatte er einen sehr interessanten Bericht zum Thema Auslandsadoptionen gelesen – im Stern? im Spiegel? in HÖRZU? Längst holten sich kinderlose Familien aus ganz Europa ihren Nachwuchs, auch aus den Elendsvierteln Kolumbiens, Brasiliens oder Mexikos. Natürlich war da oft üble Geschäftemacherei am Werk; so ganz und gar legal war es immer ein wenig aufwändiger, weil man unter Umständen mehrmals nach Sao Paolo, Bogota oder Cali fliegen musste, bis man der Bürokratie dieser Länder Genüge getan hatte. Flüge, längere Aufenthalte, vielerlei Gebühren und die eine oder andere direkte Zuwendung an die dortigen Stellen, es kam eine schöne Stange Geld zusammen, aber unterm Strich waren die Anforderungen an Eltern dort natürlich bei Weitem nicht so überzogen wie in Deutschland. Von wegen vierzig Jahre. In Kolumbien, Brasilien und Mexiko zählte eine gute Absicht noch etwas.

In dieser Situation kamen Paul einige aktuelle Entwicklungen der Weltpolitik wie gerufen. Mit der Öffnung Osteuropas ergaben sich auch in der Nachwuchsfrage ganz neue Perspektiven: Das Elend schwappte plötzlich sichtbar bis an die eigene Haustür, da musste man nicht mehr bis Kolumbien fliegen. Veronika und Paul hatten im Fernsehen die schrecklichen Bilder aus rumänischen Kinderheimen gesehen, die für drei, vier Wochen die Herzen aufwühlten, ehe auch dieses Thema auf Dauer abgehakt war. Diese Bilder von halb verhungerten, ausgemergelten Kindern, die da von allen vergessen in Schmutz und Elend vegetierten und mit großen, fiebrigen Augen aus ihren vergitterten Betten in die Kamera geschaut hatten ... „Furchtbar“, hatte Veronika gesagt. Solche Bilder waren nichts für ihr weiches Herz.

Paul hatte es nüchterner betrachtet: Der Papierkram würde dort vergleichsweise gering sein, denn die zuständigen Behörden waren sicher auf jede Mark angewiesen und der eine oder andere rumänische Beamte sowieso. Nachwuchssuchende konnten dort mit Verständnis rechnen, je schneller, desto besser – nicht dass die Kunden nach Bulgarien oder Kolumbien abwanderten.

„Ja, wir hatten schon einige Anfragen“, erklärte ihm eine Frau Müller von der Caritas in Stuttgart, an die Paul über einige Umwege verwiesen worden war, in einem ausführlichen Telefongespräch. „Wir sind sehr interessiert“, behauptete Paul, obwohl das Wir eine kühne Behauptung war. Frau Müller unterstützte das Interesse nachdrücklich und versprach, die nötigen Unterlagen für eine erste Kontaktaufnahme zu schicken. Es sei so wichtig, diesen Kindern eine Zukunft zu verschaffen, und die meisten seien krank und psychisch schwer angeschlagen, sie bräuchten dringend Hilfe. „Das Fernsehen zeigt nicht einmal die halbe Wahrheit. Sie machen sich keine Vorstellungen von den Zuständen. Da zählt manchmal jeder Tag!“ Das traf sich insofern gut, als auch Paul keine Zeit zu verlieren hatte. Und Frau Müller hatte, ganz unbürokratisch, nicht nach Pauls Alter gefragt und auch nicht nach seinen wirtschaftlichen Verhältnissen. „Es geht da buchstäblich um Leben und Tod", versicherte sie. „Ich fahre in zwei Wochen wieder runter, wenn Sie wollen, können Sie und Ihre Frau mitkommen."

Das allerdings war nicht so einfach, denn noch wusste Veronika von nichts. Paul überlegte, wie er ihr sein neues Projekt schonend nahebringen könnte, aber die Worte dieser Frau Müller hatten ihn doch auch ein wenig nachdenklich werden lassen. Wenn es um ein krankes oder gar um ein psychisch gestörtes Kind ging, waren die Chancen, dass Veronika mitmachen würde, noch geringer. Andererseits konnte er diese Frau Müller doch nicht gut fragen, ob sie nicht auch andere Kinder hätte, solche, die rundum in Ordnung waren. Und die auch so aussahen. Das würde womöglich herzlos klingen, obwohl doch der guten Sache auch auf diese Weise geholfen wäre – weil man sich in diesem rumänischen Kinderheim viel besser um die Problemfälle würde kümmern können, wenn erst mal die leichten Fälle untergebracht wären. Überhaupt war Paul, je länger er darüber nachdachte, gar nicht mehr so überzeugt von seiner guten Idee. Das soziale Gefälle, das man diesen Kindern durch eine Adoption zumuten würde, wäre doch gewaltig. Man wüsste nicht, aus welchen Verhältnissen so ein Kind stammte, vielleicht war die Mutter Trinkerin oder der Vater drogensüchtig. Wer konnte Paul garantieren, dass von so einem Hintergrund nicht doch etwas zurückblieb? Frau Müller sicher nicht. Womöglich würde sich nach vielen Jahren eines Nachts das sozio-biologische Erbe zurückmelden und der eigene Sohn ihm die Kehle durchschneiden? Natürlich war das sehr unwahrscheinlich, und im Unterschied zu seiner Schwiegermutter würde Paul solche Gedanken niemals öffentlich äußern. Da konnte man schnell in eine falsche Ecke gestellt werden.

Pauls Begeisterung für das Thema Auslandsadoption ließ ebenso schnell nach, wie sie entstanden war. Dummerweise rief Frau Müller auch noch jeden Tag im Geschäft an und wollte mit ihm sprechen. „Sagen Sie einfach, ich bin nicht da.“ Wenigstens musste er die Sache Veronika nicht mehr erklären.

Mai

Veronika kam auch nicht besser voran. Der zweite Versuch, mit Hilfe Professor Bertholds schwanger zu werden, war ebenfalls missglückt. Veronika war jetzt erst recht ratlos und verzweifelt. Dass auch IVF nicht funktionierte, empfand sie als eine verschärfte Kinderlosigkeit, noch ungerechter als nur so kinderlos. Warum gerade ich, fragte sie sich immer wieder, und auf Anhieb hätte sie mehrere Frauen nennen können, bei denen man sich über Kinderlosigkeit nicht hätte wundern dürfen, die sich aber tatsächlich einer munteren Kinderschar erfreuten. Auch wenn Veronika es nie offen aussprach: Marianne war auch so ein Fall. Ein lockerer Lebenswandel in der Jugendzeit, kurze Röcke, rasch wechselnde Männerbekanntschaften, durchgemachte Nächte und nicht zuletzt mit siebzehn diese Abtreibung in einer Kellerwohnung draußen in Liesingen. Andere bezahlten dafür mit ewiger Unfruchtbarkeit. Natürlich nicht Marianne: Die hatte nicht einmal einen Kinderwunschprofessor gebraucht, die hatte sich einfach zwei Kinder von ihrem Steuerberater machen lassen. War das etwa gerecht? Sicher, Marianne war ihre Freundin seit damals, als Veronika sie zu diesem dubiosen Arzt begleitet hatte, widerwillig zwar, heftig protestierend, weil es verboten war, aber sie war trotzdem mitgegangen – sie als Einzige hatte Marianne nicht allein gelassen und sie anschließend auch noch nach Hause gebracht. „Das vergesse ich dir nie“, hatte Marianne gesagt, und so war es dann ja auch, Marianne hatte es nie vergessen. Veronika aber auch nicht, und manchmal dachte sie jetzt, ihr Unglück sei die Strafe für ihre Komplizenschaft damals, weil es doch verboten gewesen war. Aber warum wurde nur sie vom Schicksal bestraft und nicht Marianne? Das war einfach nicht fair.

Zwangsläufig kam Veronika nun öfter nach Stuttgart, nicht

nur, wenn sie zu Professor Berthold fuhr. Sie konnte doch die Schwangerschaftstests, von denen sie monatlich mindestens drei brauchte, nicht in Heckenheim kaufen. Etwa in der Sonnen-Apotheke neben dem Reisebüro? Damit sich Apotheker Jobst am Donnerstag im Club Diana bei ihrem Vater nach dem Ergebnis erkundigte? Das fehlte noch. Nein, sie musste schon nach Stuttgart, wo es in den Apotheken ein wenig unpersönlicher zuging. In der Erasmus-Apotheke in der Königstraße zum Beispiel, wo niemand sie und den Opa in spe kannte.

„Für welche Farbe soll ich Ihnen die Daumen drücken?"

Veronika schaute den Apotheker entgeistert an. Ein junger Mensch mit strubbeligen, schwarzen Haaren, der sie frech angrinste. Veronika hätte ihm am liebsten eine Ohrfeige verpasst, eine mit Nasenbluten, wie damals dem dicken Phillip Häfele. Und ehe sie sich eine Antwort überlegt hatte, legte der Kerl auch noch nach. „Nicht dass Sie mich jetzt falsch verstehen", sagte er leise. „Aber Sie waren ja schon öfter da. Und ich finde Sie wahnsinnig interessant. Also, ich würde Sie irgendwie gerne kennenlernen."

Beim Kauf eines Schwangerschaftstestes angebaggert werden, das war wirklich der Gipfel. Veronika war fassungslos.

Endlich hatte die Kasse den Beleg ausgedruckt. „Ich habe in einer Viertelstunde Mittagspause. Darf ich Sie vielleicht zu einer Tasse Kaffee ins Schlosscafé einladen?"

Veronika, die noch immer keine Antwort gefunden hatte, verließ wortlos die Apotheke. Beschweren, dachte sie draußen, ich werde mich beschweren! Ja, sie würde sich beschweren, beim Inhaber der Erasmus-Apotheke. Oder gleich bei der Apotheker-Kammer! Ob es dort eine Frauenbeauftragte gab? Veronika war die Königstraße hinuntergelaufen, kopflos vor Empörung und ohne irgendetwas von ihrer Umgebung wahrzunehmen. Jetzt merkte sie, dass es regnete. Und sie hatte keinen Schirm. Sie stellte sich unter die Arkaden eines Kaufhauses, ihr Herz schlug noch immer aufgeregt, die Hände zitterten. Unglaublich! Zu einer Tasse Kaffee ins Schlosscafé! Beim Kauf eines Schwangerschaftstests angebaggert! Das würde eine geharnischte Beschwerde geben, die würde dieser Schnösel sein Lebtag nicht mehr vergessen „Dem werd ich's zeigen", sagte sie, immerhin so laut, dass eine Passantin, die sich ebenfalls untergestellt hatte, sie verwundert anschaute.

Beim Warten allerdings verdampfte Veronikas Zorn allmählich und sie war sich gar nicht mehr so sicher, worüber sie sich eigentlich beschweren wollte. Eine Einladung ins Café war vielleicht nicht gerade originell, aber irgendwie doch ziemlich harmlos, fast schon rührend harmlos. Im Übrigen hatte er nicht wie ein Sittenstrolch ausgesehen, jedenfalls nicht so, wie sich Veronika Sittenstrolche vorstellte. Auch nicht wie ein Heiratsschwindler, dafür war er eindeutig zu jung – mindestens fünf Jahre jünger als sie. Insofern war er ohnehin viel zu jung. Veronika erschrak über ihre eigenen Gedanken: zu jung wofür eigentlich? War es ihr am Ende auch noch angenehm, wenn man sie anbaggerte? Oder hatte sich der junge Mann nur einen Scherz erlaubt?

Das konnte sie freilich nur herausfinden, wenn sie kurz am Schlosscafé vorbeischaute. Nur aus der Ferne, ob er überhaupt da war. Wie auf Bestellung hatte es wieder aufgehört zu regnen, und Veronika bewegte sich in Richtung Schlosscafé, ganz langsam und ohne wirklich dorthin zu wollen. Sie musterte sich im Vorbeigehen in den Schaufenstern und zog sofort den Bauch ein. Wenn sie das gewusst hätte, hätte sie sich heute ganz anders angezogen. „Diese ausgebeulte Hose – und was hab ich da auf dem Kopf? Soll das eine Frisur sein?" Sie blieb abrupt stehen. So konnte sie auf keinen Fall zum Schlosscafé gehen, was sie ja ohnehin nicht wollte, aber trotzdem, das ging nicht – wenn überhaupt, dann musste sie zuvor zum Friseur. Damit hatte sich die Sache erledigt, schon rein zeitlich.

Mittlerweile war sie allerdings bereits in Sichtweite des Schlossplatzes und damit schon viel weiter, als sie eigentlich hatte gehen wollen. Als sie es merkte, drückte sie sich erschrocken in den Eingangsbereich einer Boutique zwischen ein paar Ständer mit Bademoden. Sie wühlte ziellos in den Badeanzügen und Bikinis und schaute dabei vorsichtig über den Kleiderständer in Richtung Schlosscafé. An den Tischen draußen saß niemand; kein Wunder, es war ja auch alles noch nass vom letzten Regenschauer. Schade, von der Boutique aus hatte sie einen guten Überblick, da hätte sie den Kerl gut sehen können ... sofern er überhaupt kam. Allerdings, wenn der Schnösel auf seinem Weg zum Schlosscafé zu nahe an der Boutique vorbeikommen und sie hier entdecken würde ... das wäre an Peinlichkeit nicht zu überbieten. Sie machte kehrt und ging schnell in Richtung Bahnhof. Nie wieder kaufte sie in der Erasmus-Apotheke ein.

Juni

Niemals vorher und niemals nachher standen wir Steuerberater so im Zentrum gesellschaftlicher Ereignisse wie im Jahr 1990 – in jenen aufregenden Monaten, als das ganze Land wie elektrisiert schien. Und niemals vorher hatten wir so viel Arbeit. Ich kann nicht beurteilen, wie es andere in jenen Tagen hielten, die Zahnärzte zum Beispiel, die Dachdecker oder die Briefträger. Aber wir Steuerberater schufteten wie die Tiere. Allenfalls die Notare haben sich in ähnlicher Weise um das Gemeinwohl verdient gemacht. Sechzig-, Siebzigstundenwochen waren die Regel; wir kannten in diesem historischen Jahr kein Wochenende, keinen Feiertag, selbstverständlich keinen Urlaub, und mehr als einmal schlief ich weit nach Mitternacht erschöpft über der Tastatur meines PCs ein und wurde erst morgens um sechs von unserer Frau Rasinovic geweckt, die mir gut gelaunt mit dem Staubsauger drohte: „Nicht in Büro schlafe! Schimpfe Frau!"

Wie recht die gute Seele doch hatte, denn an Marianne durfte ich in solchen Nächten gar nicht denken. Und ich bin mir sehr bewusst, dass hier die eigentliche Ursache dafür zu finden ist, dass unsere Ehe nur wenig später tatsächlich zerbrach – hier und gar nicht so sehr im Funkhaus des Südwestfunks. Insofern war meine Ehe mein ganz persönliches Opfer, das ich für die

Geschichte hingegeben habe – das mag Marianne sehen, wie sie will. Als ich es einmal ganz beiläufig ansprach, verhöhnte sie mich auch noch. „Soll ich dich für das Bundesverdienstkreuz vorschlagen? Weil du so viel dabei verdient hast?" Wie sehr man sich doch in wenigen Jahren auseinanderleben kann.

Aber was hätte ich damals tun sollen? Hatte ich denn eine Wahl? Mit Marianne eine romantische Seereise machen? Auf die Malediven fliegen? Mit dem Wohnmobil in acht Wochen rund um Australien? Und wer gibt mir eine Garantie, dass das geholfen hätte? Und wie hätte ich meine Abwesenheit meinen Mandanten erklären sollen?

Die Mandanten wollten investieren, aufbauen, einsteigen, mitmischen, jetzt, sofort: Ananasplantage bei Anklam, Reiterhof Buckower Heide, Beteiligung am Ärztehaus Schmalkalden, Freizeitpark Rübezahl bei Pirna, Erlebniswelt Altentreptow, Kinoparadies Glauchau, Motorcity Riesa, Tagungshotel Schloss Lütgenburg. Oder ganz pragmatisch: Gewerbepark Oschatz, Gewerbepark Querfurt, Gewerbepark Fläming ... oder, noch schlichter: Grundstück 8.500 Quadratmeter – voll erschlossen.

Alles prima Chancen, gewiss. Aber was sie auch unternehmen wollten, ohne einen versierten Steuerberater hätten die Investoren die Segel gleich wieder streichen müssen. Bilanzen, Wirtschaftlichkeitsrechnungen, Gesellschaftsverträge, Sonderabschreibungen, Liquiditätspläne, Prospekte, Zeichnungsunterlagen, Kommanditverträge, Eigenmittelnachweise, Fördermittelanträge, Einsprüche, Widersprüche, Veranlagungen, Haftungssauschlüsse, Kostenübernahmeerklärungen, Voranmeldungen ... es lief doch nichts ohne uns Steuerberater.

Anfang Juni gingen uns die Leitzordner aus. Das hatte es wirklich noch nie gegeben.

Und es ging ja nicht nur mir so. Der Kollege Erwin Kuballa zum Beispiel, der sich all die Jahre in Liesingen mit seiner Einmannkanzlei nur notdürftig hatte über Wasser halten können – derselbe Kuballa beschäftigte nun acht Angestellte. Und erlitt einen Herzinfarkt. Als ich ihn im Robert-Koch-Krankenhaus besuchte, keuchte er: „Ach Knapp ... dass Sie da sind ... Sie ... müssen mir ... helfen ... Helfen Sie mir, bitte helfen Sie mir!“ Ich fragte, was ich für ihn tun könne, auch wenn ich nicht wusste, wie ich das, was immer es sein würde, in meinem Terminkalender unterbringen sollte. Mühsam versuchte sich Kuballa in seinem Bett aufzurichten, seine Hand umklammerte meine mit dem eisernen Griff eines Sterbenden, mit fiebrigen Augen starrte er durch mich hindurch und hauchte mehr als er flüsterte: „Dessau ... Dessau ... das Elbe-Center ... in einer Woche ist Grundsteinlegung ... Mein Gott, Knapp! ... Ich habe noch keine Eröffnungsbilanz ... und ich liege hier im Sterben ... Helfen Sie mir, Knapp ... Lassen Sie mich nicht im Stich ... Mein Lebenswerk ... Kümmern Sie sich um das Elbe-Center ... Ich flehe Sie an ...“

Durfte ich einem Sterbenden den letzten Wunsch abschlagen? Kuballa ohne einen letzten Trost lassen? Dessau ohne ein Elbe-Center? Die Stadt von Bauhaus, Gropius und Junkers. Der gute Kuballa. Er war übrigens robuster, als er dachte, und überlebte schließlich sogar das Elbe-Center, das im Herbst ’92 liquidiert werden musste.

*

Seit dem 1. Juni saß Veronika halbtags bei Käfer-Reisen im Büro und hielt ihrem Vater den Rücken frei. Damit hatte Gottfried Käfer an den Schaltstellen des Geschäfts endlich die eigene Familie positioniert. Voll und ganz trauen konnte man letzten Endes doch nur jemandem aus der eigenen Familie, bei allen anderen musste man immer damit rechnen, dass der eigene Vorteil die besten Absichten zunichte machte. Jetzt hätte sich Käfer mit aller Kraft um Filialen im Osten kümmern können. Aber während überall die Investitionen rollten, blieb er gewohnt vorsichtig, da konnte sein Schwiegersohn noch so sehr die Gunst der Stunde und den Atem der Geschichte beschwören. Für Paul ging alles viel zu langsam. Wochen und Monate wartete er nun schon und wurde immer ungeduldiger. Und er entwarf immer neue Geschäftsideen. „Im April buchen, im Juli zahlen, im August reisen." Dieses Motto hatte er sich für den April ausgedacht; kurz darauf hieß es: „Im Mai buchen, im Juli zahlen, im August reisen." Es war absehbar, dass sich das Zeitfenster für diese Geschäftsidee langsam schließen würde. Dabei wollten die Leute drüben doch verreisen. Paul war sich sicher, dass sie Schlange stehen würden. Mit wem er auch gesprochen hatte, alle hatten ihm versichert: „Wenn es nur erst die Läden gibt ..." Und wenn man keine Läden fand, konnte man die Reisen notfalls aus dem Container verkaufen. Nur anfangen musste man endlich.

Von solcher Hektik hielt Gottfried Käfer wenig. Solange zum Beispiel nicht sicher war, wie es mit dem Geld weitergehen würde, hatte es in seinen Augen ohnehin keinen Sinn. Der Umtauschkurs von eins zu eins, den die Regierung gegen den Rat der Bundesbank verkündet hatte, konnte nicht das letzte Wort sein. „Das wird noch revidiert, verlass dich drauf. Und dann haben wir einen Haufen Blechgeld in der Kasse." Mit dieser Einschätzung stand er nicht alleine, alle im Club Diana wussten, dass es keinesfalls bei eins zu eins bleiben konnte. Ausgeschlossen.

Paul war auf den alten Herrn angewiesen. Jeden dritten Tag sagte er sich: „Lange mach ich das nicht mehr mit!" Aber was hätte er ohne Gottfried anfangen sollen? Käfer-Reisen war noch immer dessen Geschäft und Paul nur der Schwiegersohn. Obendrein ein Schwiegersohn mit Nachwuchsproblemen.

Unterdessen besichtigte Hans Schroth schon Grundstücke in Magdeburg, und Daismann stand vor der Übernahme eines Industriekomplexes bei Dresden: drei Hallen mit eigenem Kraftwerk und Gleisanschluss, und er musste dafür nicht mal eine Million bezahlen. Dem Vernehmen nach hatte Daismann das Objekt den Managern von Thyssen vor der Nase weggeschnappt. „Ein Sahnestück! Die wussten gar nicht, wie ihnen geschah!" Am Donnerstagabend gab es im Nebenzimmer des Rößle jetzt Champagner, nicht mehr bloß Jahrgangssekt. Obwohl Gottfried keinen Unterschied schmeckte.

Aber allmählich sah auch er ein, dass man nicht länger abwarten durfte. Reisebüros in Jena und Erfurt, das musste als Einstieg reichen, auch wenn Paul bei der Sparkasse bereits einen Businessplan über die Gründung von zunächst vierzehn Filialen bis hinauf nach Dessau vorgestellt hatte. Dort sollte Käfer-Reisen selbstverständlich auch im künftigen Elbe-Center präsent sein. Auch für das kleine Städtchen Apolda wurde ein Reisebüro geplant, dort sollte unter Beteiligung mehrerer Heckentaler Unternehmen ein neues Einkaufszentrum gebaut beziehungsweise, wie Hans Schroth es im Tonfall dieser Tage so treffend formulierte, aus dem Boden gestampft werden.

Also nur drei Filialen – das war schlechter als vierzehn, aber besser als nichts. Immerhin war ein Anfang gemacht, und alles Weitere würde sich finden

„In ein paar Wochen ist die Währungsunion", sagte Paul. „Bis dahin muss die Sache stehen. Büroräume, Personal, alles ..."

„Das wird schwierig", klagte der alte Käfer. „Es gibt ja nicht mal Telefon drüben! Und bis wir einen Maler ..." Er winkte ab. Herrenausstatter Eugen Schäufele hatte kürzlich vergeblich versucht, in Gera einen Malermeister aufzutreiben.

„Wir nehmen ein paar Eimer Farbe und streichen einfach selber."

„Da müssen wir alles mitbringen. Auch die Pinsel."

„Und wenn wir die Putzlappen mitbringen müssen!"

So eine Gelegenheit, das war klar, kam nie wieder.

*

Nicht nur in der Geschäftswelt war Eigeninitiative das Wort der Stunde, auch im ganz Privaten kam es jetzt genau darauf an. Keine zwei Wochen nach dem Zwischenfall in der Erasmus-Apotheke suchte Veronika wieder die Stuttgarter Klinik auf. Wenigstens musste sie sich nicht mehr, wie zu Bausparkassenzeiten, dafür umständlich freinehmen. Jetzt lag sie bleich und angespannt mit gespreizten Beinen im gynäkologischen Stuhl. Der

Professor hatte kurz guten Tag gesagt und „Wie geht's uns denn. Gut schaun Sie aus, Frau Szymanik. Diesmal klappt's bestimmt. Ich hab da so ein Gefühl." Er warf einen Blick auf das Krankenblatt. „Ja. Genau." Dann ward er nicht mehr gesehen. Vom Korridor her hörte Veronika zwischendurch einmal seine Stimme. Eine Schwester trug einen dampfenden Kühlbehälter durchs Behandlungszimmer. „So! Gleich sind Sie dran, Frau Szyrcyck." Da war es wohl drin! In einem Kühlbehälter!

Dann gab es eine Verzögerung. Vor dem Behandlungszimmer redete der Professor mit jemandem und die Minuten schlichen quälend langsam dahin. Die Beine in den Auflageschalen taten Veronika weh, sie wurde nervös, wohl auch ein wenig ungehalten, weil man ihr nicht die Aufmerksamkeit schenkte, die ihr zustand. Eine Schwester schwirrte durch den Raum. „Gleich geht's weiter, Frau Szyrcyck. Der Herr Professor ist nur aufgehalten worden. Aber gleich geht's weiter. Schön entspannen, gell!"

Entspannen. Wieder mal. Unter diesen Umständen? Veronika hatte viel Zeit, die Instrumente in der Vitrine des Behandlungszimmers zu betrachten, Spritzen, Schalen und Zangen. Und sie hatte das unbehagliche Gefühl, dass sie nicht das letzte Mal hier lag, weil die Chance, dass sich die befruchtete Eizelle einnistete – allein dieses Wort! –, heute keineswegs größer war als beim letzten Mal und bei den beiden Versuchen zuvor. IVF war ein Spiel mit dem Zufall, und die Chancen verbesserten sich bei der Wiederholung nicht. Wenn Veronika Pech hatte, würde sie noch zwanzigmal hier liegen. Oder hundertmal. Bis der Professor, oder vielleicht schon sein Nachfolger, mit irritiertem Blick auf das Krankenblatt die rhetorische Frage stellen würde: „Ach, wie alt sind Sie jetzt? Dreiundvierzig?"

Ganz plötzlich geriet sie in Panik. Sie bekam keine Luft mehr. Raus! Nichts wie raus hier! Und zwar schnell, ganz schnell, bevor jemand kam, der sie festhalten konnte. Sie kletterte aus dem gynäkologischen Stuhl, zog ihre Unterhose an und ihren Rock herunter, raffte ihre restlichen Sachen zusammen, die Schuhe, die Tasche, hängte sich den Blazer über, nahm die Schuhe in die Hand und rannte davon – Korridor, Treppenhaus, Pforte, Parkplatz.

Im Treppenhaus hörte sie noch jemanden rufen: „Frau Szyrcyck! Wo wollen Sie denn hin? Frau Szyrcyck!" Aber sie wollte nur noch weg. Sie schaffte es bis zum Auto, zitternd schob sie den Schlüssel in das winzige, das winzige, verdammtnochmal, das winzige Türschloss. Riss die Tür auf, zog sie hinter sich zu, drückte innen den Knopf hinunter, steckte den Schlüssel noch ins Zündschloss und brach dann heulend über dem Lenkrad zusammen. „Ich kann das nicht. Ich kann das nicht", schluchzte sie.

Mit rot geweinten Augen steuerte sie ihren Golf durch den vormittäglichen Stuttgarter Verkehr, der nicht die geringste Rücksicht auf sie, ihren Zustand, ihre Sorgen um ihren Nachwuchs, auf überhaupt gar nichts nahm. Rücksichtslos schoben sich wildfremde Fahrzeuge in ihre Spur, bedrängten, bedrohten und gefährdeten sie, sodass sie zu tun hatte, ihre Spur zunächst zu behaupten und dann auch noch die Abbiegespur zu erobern.

Je mehr ihr gerechter Zorn verflog, desto düsterer wurden ihre Gedanken. In einem Augenblick der Schwäche hatte sie kapituliert und sich damit jeder Aussicht auf Nachwuchs beraubt. Ihr Leben schien ihr jetzt ganz und gar sinn- und nutzlos, grau, trüb und leer, bis ans Ende ihrer Tage. Und nicht einmal Geschwister hatte sie, deren Nachwuchs sie sich als großzügige Tante annehmen könnte, auch wenn das nur ein schwacher Trost gewesen wäre. Blieben die verzogenen, unverschämten Nichten und Neffen von Paul. Dann lieber das Tierheim.

Und was fast ebenso schlimm war, nein, noch schlimmer: Käfer-Reisen würde dereinst in fremde Hände kommen. Das Lebenswerk ihres Vaters vernichtet – wegen einer kleinen, momentanen Schwäche, nur weil sie sich nicht mit einem Schlauch Spermien eines jungen Mannes, der so freundlich gewesen war, sie zu diesem Zweck zur Verfügung zu stellen, in den Unterleib einführen lassen wollte. Sie war feige gewesen. Sie hatte versagt.

Mit diesen trüben Gedanken erreichte sie die Autobahn. Der

Verkehr bewegte sich in halbwegs geordneten Bahnen, und Veronika versank in Selbstvorwürfen. Sie war drauf und dran, umzukehren und den Professor um Wiederaufnahme der Behandlung anzuflehen. Aber auf der Autobahn konnte sie nicht wenden, und bis sie über die nächste Ausfahrt endlich zurück wäre, steckte er wahrscheinlich schon der übernächsten Patientin einen Schlauch in die Gebärmutter.

Sie war am Leonberger Dreieck auf die A 81 abgebogen, kurz nach dem Tunnel geriet sie in einen Baustellenstau. Und hier, etwa bei Kilometer 26 auf Höhe der Anschlussstelle Korntal-Münchingen, hatte Veronika die Eingebung, diesen Gedanken, der vielleicht ein wenig ungewöhnlich war, der aber auf einmal alles ganz einfach machte.

Der Boden war natürlich schon dadurch bereitet, dass sie überhaupt bereit gewesen war, sich einer Befruchtung mit anonymen gespendeten Spermien zu unterziehen. Sie war damit immerhin bereit gewesen, sich, wenn auch unter Zuhilfenahme medizinischer Apparate, von einem ihr völlig fremden Menschen schwängern zu lassen. Kapituliert hatte sie zuletzt nur vor der unangenehmen Prozedur, nicht aber vor der Tatsache als solcher. Von da war es nur noch ein kleiner Schritt, die Sache abzukürzen, die Apparate und den Professor wegzulassen. Die anonyme Spende konnte doch auch auf natürlichem Wege „eingebracht" werden. Auch wenn sie dann nicht mehr so ganz anonym war.

Trotzdem, ihr erster Gedanke war: Unmöglich! Ausgeschlossen! Niemals! Aber da hatte sich die Idee in ihrem Gehirn schon eingenistet. Es würde ja nicht herauskommen müssen. Und wenn das gewährleistet war – nur mal angenommen –, was sprach eigentlich noch dagegen? Zwar würde irgendein fremder Mensch seinen schwitzenden Körper an den ihren drücken, er würde sie betasten, das war wohl unvermeidlich, würde ihr aus nächster Nähe ins Gesicht atmen .... Von solchen kleineren Widrigkeiten abgesehen, gab es, je mehr sie darüber nachdachte ... eigentlich nur Vorteile. Auf jeden Fall war es gesünder als das Einbringen dieser Geräte. Ganz bestimmt auch für das Kind.

Schon begann sie sich mit den komplizierten moralischen Folgeproblemen ihrer neuen Idee auseinanderzusetzen. War der neue Plan ein Vertrauensbruch gegenüber Paul? Im Gegenteil, wenn er nicht wusste, wie Veronika zu ihrer Schwangerschaft gekommen war, würde sie ihn vermutlich zum glücklichsten Menschen der Welt machen. So hieß es doch, wenn man völlig überraschend Vater wurde. Es würde ein Leichtes sein, ihn von seiner Vaterschaft zu überzeugen, denn er würde es gern glauben.

Unterdessen begann sich der Stau aufzulösen. Veronika, von Zuversicht, Tatkraft und neuem Lebensmut erfüllt, passierte die Baustelle auf der A 81, und etwa auf Höhe von Ludwigsburg hatte sie alle moralischen Fragen und etwaigen Probleme gelöst. Nun musste sie sich dem im Grunde zentralen Punkt ihres Plans zuwenden, dessen Klärung sie bislang hinausgeschoben hatte: Wer? Wer käme als Spender, als natürlicher Spender, infrage?

Das Wichtigste war: Wer auch immer es sein würde, er musste absolute Verschwiegenheit garantieren. Nichts durfte ruchbar werden, denn wenn es in Heckenheim irgendwann heißen würde, sie habe sich einen Seitensprung erlaubt und sich dabei einen Bastard anhängen lassen ... Sie würde sich nicht mehr über die Straße trauen, nicht mehr zum Einkaufen, nicht einmal mehr zum Friseur könnte sie dann noch gehen. Und ihre Mutter auch nicht.

Verschwiegenheit wäre vermutlich am besten dadurch sichergestellt, dass der Betreffende seinerseits ein lebhaftes Interesse hatte, dass die Sache nicht aufkam – weil er beispielsweise selbst verheiratet war. Verheiratet und mindestens ein Kind, dann hätte er außerdem seine Zeugungsfähigkeit schon praktisch unter Beweis gestellt. Überdies galt es, sich dieses Kind vorher anzuschauen, Haarfarbe, Augen, Figur, Gang, kränklich oder schwächlich, aggressiv oder depressiv, keine Magersucht und keine Bulimie.

Selbstverständlich würde dieser Vater keine Alimente zahlen müssen, natürlich nicht, sonst würde ja alles herauskommen. Das würde sie ihm, wer immer es sei, schriftlich geben. Schriftlich war andererseits auch wieder schlecht, denn wenn so ein Schreiben in unrechte Hände fiele ... Aber schriftlich oder nicht schriftlich: Sie kannte niemanden, der ihre Ansprüche an einen Inseminator auch nur in abgeschwächter Form würde erfüllen können.

Der aufdringliche Apotheker aus der Erasmus-Apotheke fiel ihr wieder ein. Sie hätte damals vielleicht doch ins Schlosscafé gehen sollen. Ob sie mal wieder einen Schwangerschaftstest dort kaufen sollte? „Übrigens, gilt Ihre Einladung noch?“, könnte sie ganz harmlos fragen. Und dann? Ein Quickie im Sanitätsraum der Apotheke? Das ginge dann wohl doch zu weit. Überhaupt war der Mann zu jung, und war er nicht auch kleiner als sie gewesen? Sie wollte doch keinen Zwerg in die Welt setzen.

Veronika war in der Waldwiesenstraße angekommen. Wieder überfiel sie Verzweiflung: Es war alles zu schwierig, es konnte gar nicht klappen, weil sie niemanden finden würde, nicht einmal zu halbierten oder geviertelten Ansprüchen. Immerhin hatte sie alles in allem geschlagene fünfzehn Jahre nach einem passenden Ehemann gesucht und dann doch nur einen verbummelten Azoospermiker erwischt. Und nun sollte sie innerhalb weniger Wochen einen neuen Mann auftreiben?

Es war unmöglich. Es war zu schwierig. Es ging nicht. Veronika saß heulend mit einem Cognac auf dem Sofa. Wieder hatte sich ein an sich guter Plan in nichts als Schwierigkeiten aufgelöst. Nie würde sie jemanden finden, der bei so etwas mitmachen würde. Und ganz abgesehen von ihren Ansprüchen, wer wäre denn überhaupt bereit, ein Kind für einen anderen in die Welt zu setzen? Sie kannte die Männer doch auch ein wenig, selbst wenn ihre direkten Erfahrungen nicht besonders umfangreich waren. Sie konnte sich lebhaft vorstellen, was man ihr antworten würde. Zum Beispiel dieser Lars, der Mann ihrer Freundin Gisela – na ja, eher eine weitläufige Bekannte. Nicht dass Lars auch nur im Entferntesten infrage kam, er war ein Langweiler, obendrein kurzsichtig. Oder Tobias aus der Bausparkasse, der seiner Michaela nicht mal im Kreißsaal von der Seite gewichen war, einer dieser offensiven

Gerne-Väter, die sich mit Begeisterung in der Schwangerschaftsgymnastik herumtrieben. Nichts als angeben wollten sie alle mit ihrem Nachwuchs. Von ihrem Vater abgesehen, waren alle Männer gleich. West oder Ost, alle gleich. Dieser Ingo mit seinen dämlichen Computer-Kursen war auch so einer. Dieser unmögliche Kerl mit seinen seltsamen Hosen und Jacken. Ein Mann ohne Stil, ohne Gefühl für Farben. Er hatte zwar keine äußeren Gebrechen, war verheiratet und sein Kind sah zumindest normal aus ... Nun ja, trotz seiner Hosen war er doch vielleicht immer noch besser als Halbmänner wie Lars oder Tobias. Einer aus dem Osten? Veronika verzog das Gesicht. Bei denen wusste man doch nie.

Andererseits, von ostdeutschen Azoospermikern hatte sie noch nie gehört. Das wäre bestimmt mal aufgegriffen worden, beispielsweise in Kennzeichen D oder in Panorama: „DDR-Spermien werden immer schlechter!" Und noch etwas anderes fiel ihr ein: Ingo war mit Paul verwandt, und damit würde die Nachkommenschaft genetisch zumindest nicht völlig aus der Art schlagen. Veronikas Stimmung hellte sich auf. Ingo. Und außerdem vererbten sich graublaue Anoraks nicht.

Noch ein Aspekt: Hatten nicht die Käfers für Ingo und dessen Frau (wie hieß sie noch gleich?) viel getan, als sie aus dem Osten übergesiedelt waren, vor ein paar Monaten, als alles drunter und drüber ging? Man hatte diesen Menschen, die im Grunde trotz aller Verwandtschaft ja wildfremde Leute waren, in jeder Hinsicht unter die Arme gegriffen: Zuerst durften sie im Gästezimmer wohnen, dann hatte ihnen ihr Vater eine Wohnung besorgt. War es nicht an der Zeit, dass sich Ingo ein wenig revanchierte?

Nachdem Veronika eingehend über Ingo nachgedacht hatte, ging es ihr deutlich besser. Aber jetzt musste sie mit jemandem darüber reden, wofür natürlich nur Marianne in Betracht kam. Verschwiegenheit war oberstes Gebot, und auf Marianne konnte sie sich diesbezüglich verlassen.

„Können wir uns treffen? Jetzt gleich?"

„Unmöglich. Ich muss Tanja von Flöte abholen. Um fünf?"

„Nein, sofort! Ich muss unbedingt sofort mit dir reden!"

Marianne wurde neugierig. „Was ist passiert?“ Im Grunde konnte Tanja doch auch mit einer Freundin fahren.

Marianne konnte zu so einem Plan nur gratulieren, denn endlich trat Veronika ihrem Schicksal mit der nötigen Eigeninitiative entgegen. Es blieb bei Ingo, und nachdem auch der nächste und der übernächste Tag keine neuen Erkenntnisse gebracht hatten, fuhr Veronika kurzerhand nach Ludwigsburg und passte Ingo Kalinke vor seinem EDV-Schulungszentrum ab. Sie fuhr einfach an den Bordstein und ließ das Fenster herunter. „Hallo Ingo! Steig ein, ich nehm dich mit!“ Golf war besser als Bus, und so stieg Ingo ein.

„Ja, so ein Zufall“, sagte er.

Veronika stellte die Sache gleich richtig. „Kein Zufall. Ich hab auf dich gewartet.“

„Auf mich?“, rief Ingo entsetzt und rechnete mit schlechten Nachrichten, mit ganz schlechten. „Was ... ist passiert?“

„Können wir irgendwo in Ruhe reden?“

Veronika fuhr auf den Parkplatz der Einkaufswelt, wo sie jeden sehen konnte, der dem Golf auf zehn Meter nahe kam. Sie stellte den Motor ab und erzählte Ingo, was es mit Azoospermie auf sich hat. Und fragte ihn kurz und schmerzlos, ob er nicht noch einmal Vater werden wolle. Vater ihres Kindes, ohne jede Verpflichtung, vor allem aber ganz im Stillen. „Kein Mensch darf es erfahren. Paul nicht, aber auch deine Frau nicht.“

Das war starker Tobak: Vater von Veronikas Kind werden ...

„Also, also ... das kommt jetzt schon ein wenig überraschend.“ Aber im Grunde war Ingo doch geschmeichelt und sah sich veranlasst, sich auch mit den Vorzügen Veronikas zu befassen. Er wagte einen Seitenblick auf die Frau, die da neben ihm im Golf saß mit geröteten Wangen und leuchtenden Augen, Veronika hatte sich richtig in Fahrt geredet. Nein, das musste er zugeben, unattraktiv war sie nicht, und die Aussicht auf eine Liebesnacht war ... na ja ... es war nicht seine Idee gewesen ... aber eine Zumutung war es bestimmt nicht. Doch Veronika stellte sofort klar, dass es um die pure Fortpflanzung ging und man vermutlich nicht mal eine ganze Nacht brauchen würde. „Dass du mich nicht falsch verstehst, es geht nicht um Sex ..."

Das war klar. Obwohl Ingo auch mitgemacht hätte, wenn es um Sex gegangen wäre. Aber Fortpflanzung war auch okay.

Angesichts von so viel Übereinstimmung verlagerte sich die Unterhaltung schnell auf die organisatorischen Einzelheiten. „Ich komme natürlich für alle anfallenden Kosten auf", versicherte Veronika. Ingo meinte, das sei doch nicht wichtig, er helfe gern. Das war nobel gesagt, sehr nobel für einen beschäftigungslosen Umsiedler ohne regelmäßiges Einkommen, aber Veronika wusste, wie es gemeint war. So gingen sie einvernehmlich auseinander, mit einem abschließenden, zuversichtlichen Händedruck. „Kann ich dich irgendwo absetzen? Am besten nicht zu nahe bei dir. Wir wollen schließlich keine Pferde scheu machen."

Na also, es war doch gar nicht so schwer gewesen. Sie hatte ihm nicht mal Geld anbieten müssen. Bis Zehntausend wäre sie gegangen. Darüber hätte sich die Frage gestellt, ob er tatsächlich der Richtige war. Ein Wucherer oder Erpresser wäre auch als rein biologischer Vater nicht infrage gekommen.

Damit hatte Veronika das Wer überraschend schnell geklärt. Aber nun kamen das Wann, das Wo und das Wie. Es war alles so schwierig, und mehr als einmal war sie drauf und dran, die Flinte doch ins Korn zu werfen und sich noch einmal einen Professor zu suchen. Nachdem sie den halben Sonntag über ihren Diagrammen und Tabellen gebrütet hatte, kam sie zu dem Ergebnis, dass gleich der folgende Donnerstag ein guter Termin sein könnte. Es war keine Zeit zu verlieren. Nicht dass Ingo es sich anders überlegte.

Also Donnerstag. Aber als es nun ernst wurde, gab es tausend Kleinigkeiten zu regeln. Sie musste zum Beispiel vorher noch zum Friseur. Obwohl sie sich andererseits auch fragte, wozu eigentlich, schließlich wollte sie Ingo ja nicht verführen. Moralisch wäre es angemessen gewesen, Ingo in Sack und Asche entgegenzutreten, und was die Haare betraf, vielleicht mit einem kariertem Kopftuch. So ein Aufzug hätte unterstrichen, dass es nicht um ein Vergnügen ging; aber vielleicht würde es gerade deswegen umso länger dauern? Männer waren da oft seltsam. Veronika würde sich mit einem ansprechenden Äußeren zwar in eine moralische Grauzone begeben, konnte damit die Angelegenheit an sich aber ohne Zweifel beschleunigen. Also doch zum Friseur. Das wiederum war frühestens Dienstag möglich, weil die Friseure bekanntlich am Montag nicht arbeiten. Weiß der Himmel, warum! Auch unter diesem Aspekt war Donnerstag kein schlechter Tag. Ungünstiger war freilich die berechnete Uhrzeit: Es müsste am besten nachmittags passieren, aber vermutlich hatte Ingo erst am Abend Zeit.

„Soll er halt seinen Kurs schwänzen", sagte Marianne, für die immer alles so einfach war.

Was auch ein Problem war: Würde Ingo sich nach vollbrachter Tat tatsächlich wie vereinbart diskret zurückziehen? Nicht auszudenken, wenn nicht! Sollte er später mal auf die Idee kommen, seine Vaterrechte einzufordern, so würde Veronika damit schon fertig werden. Aber was, wenn er die Gelegenheit ausnutzte, sich als Freier gebärdete und sich womöglich in eine hitzige Leidenschaft hineinsteigerte? Und sie würde alle Hände voll zu tun haben, ihn wieder aus dem Hotelbett zu bekommen – oder noch schlimmer, wenn sich dieser Tropf ganz ernsthaft in sie verliebte? Wenn es ihm gegen alle Absprachen ernst werden würde? Wie sollte sie ihn dann loswerden? Sogar im Heckental wurden die einzig nennenswerten Untaten aus verschmähter Leidenschaft begangen. Vor ein paar Jahren hatte zum Beispiel ein Lehrer mitten in Heckenheim mit einem Luftgewehr auf seine getrennt von ihm lebende Gattin geschossen; er hatte sie verfehlt, aber das Projektil hatte im Schaufenster von Optik Laug zwei teure Brillen zerstört. Es war damals eine Riesensache gewesen, mit Kriminalpolizei und Fotoreportern; natürlich hatte der Lehrer nicht nur die Brillen ersetzen, sondern auch seinen Beruf aufgeben müssen. Veronika sah einen aufgrund eines unauslöschlichen erotischen Erlebnisses aus der Bahn geworfenen Ingo; womöglich würde er auch auf sie schießen oder ihr mit einem Messer auf dem Marktplatz auflauern ...

„Und du?", fragte Marianne.

„Was ich?"

„Was ist, wenn du dich in ihn verknallst?"

„Du spinnst ja."

„Oder er ist so gut im Bett ... Da sollen sie ja im Osten richtig ... "

„Hör auf mit deinen Geschmacklosigkeiten!" Das war nun wirklich lächerlich.

War der Zeitpunkt für die Durchführung des Projekts weitgehend von der komplizierten weiblichen Natur vorgegeben, so blieb noch über den Ort zu entscheiden – eine ganz wichtige Frage, auf die Veronika lange keine Antwort fand. In den ersten Tagen, als der verwegene Plan in ihr herangereift war, hatte sie sich ein verschwiegenes, romantisches Waldhotel vorgestellt, irgendein gediegenes Haus hinter hohen Buchshecken, weitab im Odenwald oder auf der Alb. Ein Ort, den man dann sehr viel später der erwachsenen Tochter zeigen konnte. „Da oben, im ersten Stock ... " Davon war sie wieder abgekommen. Verschwiegen war schon in Ordnung, das musste sein, aber wozu romantisch? Besser war ein Kettenhotel in einer Großstadt: das Stuttgarter Ibis. Das lag zentral, war völlig anonym, sauber und obendrein preiswert.

Nachdem sie das Ibis ins Auge gefasst hatte, war sie ein paarmal daran vorbeigefahren und hatte zumindest die Fassade inspiziert. Hier also würde es passieren. Dann beschlichen sie wieder Zweifel. Sie hatte früher schon mehrmals in einem Ibis-Hotel genächtigt und erinnerte sich daran, dass dort die Zimmer doch recht beengt waren. Man hockte in ihnen irgendwie aufeinander. Sie malte sich die Stunden mit Ingo in diesem engen, schmalen Hotelzimmer mit seiner kärglichen Ausstattung aus und glaubte dabei zu ersticken – der irritieren Geruch eines fremden Mannes würde ihr die Luft abschneiden. Eines Mannes, den sie nicht liebte.

Durch Zufall schnappte sie dann noch etwas auf: Ihr Vater erzählte von einem Kunden, der vor dem Abflug in Echterdingen in Stuttgart nächtigte, um nicht in aller Herrgottsfrühe von Heckenheim bis zum Flughafen fahren zu müssen. Sparsam wie alle Heckentaler, hatte er sich dafür das Ibis ausgesucht, und Veronika erschrak heftig, weil sie sich vorstellte, besagter Kunde hätte sie gesehen, wie sie mit ihrem Kulturbeutel unterm Arm und frisch besamt aus dem Hotel schlich. Damit schied das Ibis endgültig aus, trotz klarem Preisvorteil.

Schon drängte die Zeit. Stuttgart war also zu gefährlich. Kleinere Orte wie Kornwestheim oder Schorndorf, die die nötige Anonymität nicht gewährleisten konnten, schieden ebenfalls aus, zumal dort überall Kunden wohnten, die beste Erinnerungen an Käfer-Reisen pflegten, das galt sogar für Heilbronn und Pforzheim. Und nun wurde es schon eng, denn Karlsruhe war zu weit, Frankfurt sowieso – sie wollte doch noch am selben Abend wieder zurück sein. Was tun? Aufgeben? Doch wieder zum Professor? Adoptieren? Kinderlos?

„Was hältst du von Sindelfingen?“ Ja, wenn Veronika ihre Marianne nicht hätte.

„Sindelfingen?“

Natürlich! Sindelfingen war geradezu ideal. Durch die großen Unternehmen am Ort gab es Hotels, die ausreichend anonym waren, und südlich von Stuttgart war Käfer-Reisen bislang nicht aktiv geworden.

„Aber nicht unter meinem eigenen Namen“, sagte Veronika.

„Wieso das denn?“

„Kannst nicht du ...“

„Ich? Mein Gott, Veronika. Reiß dich bitte zusammen.“

Schließlich setzte sich Marianne ans Telefon – und erhielt schlechte Nachrichten: Im Sindelfinger Ramada kostete die Nacht saftige 345 Mark im Doppelzimmer inklusive eines reichhaltigen Frühstücksbuffets sowie Benutzung von Schwimmbad und Sauna. Das war Veronika entschieden zu teuer. „Wozu denn ein Schwimmbad?“

Marianne rollte mit den Augen. Sie hielt die Hand übers Telefon. „Du bist unmöglich! Willst du dein Kind etwa in einer Absteige hinterm Bahnhof machen? Ich buche jetzt."

„Nein! Halt! Warte! Nein! Nicht!"

„Ja, hören Sie? Bitte ein Doppelzimmer auf den Namen ..."

„Nein! Nicht! Bitte, Marianne! Bitte!"

Marianne stöhnte. „... auf den Namen ... Knapp! ... Ja, genau, wie kurz und knapp."

Hinterher maulte Veronika trotzdem. „Im Mercure hätt' es bloß die Hälfte gekostet."

„Noch einen Ton und ich erzähl alles dem Friseur deiner Mutter."

Damit war alles fix: Datum, Uhrzeit, Ort, Teilnehmer. Veronika fuhr noch am selben Nachmittag nach Ludwigsburg, passte Ingo ab und gab ihm letzte Instruktionen: „Und sei bitte pünktlich." Man hatte ja so einiges gehört von drüben.

*

Hartmut Pöppges, Unternehmer aus Iserlohn, war einer der Initiatoren des Elbe-Centers in Dessau. Während eines Stehempfangs anlässlich der Grundsteinlegung unter freiem Himmel, zwischen Bauwagen und Containern, stand er auf einmal neben mir.

„Sind Sie an guten Geschäften interessiert? Ich meine, jetzt wo der arme Kuballa nicht mehr kann, wie er will."

Ich versuchte, ihn mit meiner Standardantwort abzuspeisen: „Kommt drauf an."

Pöppges fasst mich am Ellenbogen und schob mich hinter einen Container. „Der Rubel rollt jetzt wieder", sagte er.

Ich hob abwehrend das Champagnerglas und antwortete: „Na, für Rubel wären Sie wohl nicht aus Iserlohn herübergekommen."

„Kommt ganz drauf an", grinste er. Dann fragte er, ob ich als Steuerberater aus dem Westen wisse, was ein Transferrubel sei. Ich wusste es natürlich nicht, aber es interessierte mich auch nicht. Pöppges wollte es mir trotzdem erklären. „Eine hochinteressante Sache", flüsterte er. „Passen Sie auf: Der Transferrubel war das Außenwirtschaftsgeld der DDR und galt nur zwischen den Bruderländern des Ostens."

„Tempi passati", sagte ich.

„Noch nicht ganz. Wenn man die richtigen Beziehungen hat, kann man sogar aus diesem Geld noch was Ordentliches machen. Und neulich hab ich tatsächlich ein paar sehr interessante Leute kennengelernt."

„Schön für Sie." Ich wollte eigentlich mit dem Bürgermeister über die zweite Bauphase des Elbe-Centers sprechen. Aber Pöppges ließ nicht locker.

„Passen Sie mal auf, Herr Knapp, ich erklär Ihnen das jetzt ganz auf die Schnelle." Er schaute sich um, als wolle er mich in eine Verschwörung einweihen. Da niemand auf uns achtete, fuhr er fort: „Haben Sie den Einigungsvertrag gelesen, Herr Knapp? ... Sehen Sie, das ist der Fehler. Das sollten Sie schnell nachholen." Er klopfte mir herablassend auf die Schulter. „Es ist die Geschäftsidee des Jahrhunderts!"

Pöppges tischte mir eine abenteuerliche Geschichte auf: Zusammen mit ein paar Freunden wollte er über eine Außenhandelsgesellschaft der gerade untergehenden DDR ein paar LKW-Ladungen mit Werkzeugmaschinen nach Bulgarien oder Polen verkaufen. Die Empfänger sollten den Verkaufserlös auf das Außenwirtschaftskonto überweisen in den mittlerweile so gut wie wertlosen Transferrubeln, dem alten Außenwirtschaftsgeld des Ostens.

„Damit haben wir, nur mal als Hausnummer, fünf Millionen Transferrubel auf unserem Konto. Natürlich will heute kein Mensch noch Transferrubel haben, denn in ein paar Wochen ist Währungsunion, da wird das sozialistische Geld abgeschafft. Doch was kaum einer weiß: Der gute alte Transferrubel hat noch eine Gnadenfrist bis Jahresende. Wer Transferrubel hat, der darf sie noch bis 31. Dezember in D-Mark umtauschen. Zum offiziellen Umtauschkurs. Aus fünf Millionen Blechrubel werden zehn in harter Währung. Ganz legal, ganz offiziell. Na, klingelt's jetzt bei Ihnen?"

Ich hatte es nicht verstanden. „Woher haben Sie denn die Maschinen?", fragte ich.

„Mensch, Knapp! Ich hab doch gehört, dass Sie 'ne ganz ausgeschlafene Nummer sein sollen. Diese Maschinen ... Jetzt passen Sie mal auf: Nehmen wir an, Sie haben ganz besonders gute Freunde da unten in Bulgarien. Jetzt sagen Sie denen: Es eilt! Ich schick euch erst mal nur 'ne Rechnung, und ihr bezahlt schon mal. Soll euer Schaden nicht sein, Freunde. Hauptsache, ihr bezahlt schnell. Das machen die gern, denn der Transferrubel ist auch in Bulgarien nichts mehr wert."

„Ach?"

Pöppges schaute mich herablassend an. „Mein Gott, die ganze Welt ist im Umbruch, ob da noch irgendwelche Werkzeugmaschinen wirklich nach Bulgarien geschickt werden ... Die da unten haben auch andere Sorgen."

„Aber das wäre ja dann eine fingierte Rechnung?"

„Mensch, Knapp! Warum so förmlich? Fingierte Rechnung ... wie böse das klingt. Wichtig ist doch nur, dass das Geld rechtzeitig fließt. Dass Sie aus praktisch nichts zehn Millionen Mark gemacht haben. Und was das Beste ist: Es gibt betragsmäßig nach oben keine Grenzen. Wenn Sie wollen, können Sie auch fünfzig Millionen auf die Rechnung schreiben. Ich würde allerdings empfehlen, es nicht zu übertreiben. Die Kirche im Dorf lassen, wie man so schön sagt."

„Aber ... ist das alles denn erlaubt?"

„Selbstverständlich! Was denken denn Sie? Es ist vielleicht eine kleine Unschärfe im Einigungsvertrag, aber absolut legal. Wenn Sie mich fragen, das ist die Geschäftsidee des Jahrhunderts."

„Schön für Sie. Ich habe leider weder Geschäftsfreunde in Bulgarien noch in Polen."

„Hören Sie, Herr Knapp", sagte Pöppges und wechselte wieder ins Flüstern. „Wir, also ein paar Freunde aus Iserlohn, wir haben da einen ehemaligen VEB-Boss an der Hand, der hat

Superkontakte nach Osteuropa. Aber wir dachten, es wäre vielleicht nicht schlecht, auch einen Steuerfritzen mit im Boot zu haben, nicht dass am Schluss nur der Fiskus kassiert ... Na, was denken Sie? Kuballa wollte es machen, aber mit dem können wir ja nicht mehr rechnen. Wollen Sie stattdessen einsteigen? Sie können doch sicher Kleingeld brauchen? Sagen wir zwei, oder drei?"

„Ich bitte Sie! Wegen dreitausend Mark setzte ich doch nicht meine Reputation aufs Spiel."

„Mensch, Knapp! Lassen Sie doch endlich die Provinz hinter sich. Nicht dreitausend – drei Millionen."

Mit Gaunern mache ich prinzipiell keine Geschäfte.

Ich traf Paul ein paar Tage später ganz zufällig auf dem Parkplatz von Obi, als ich eine Schaukel für die Kinder abholte und er Farbeimer für die neuen Käfer-Filialen einlud.

„Aufbau Ost, was?", fragte ich etwas provokant, meinte es aber eigentlich nicht so. „Dabei müssen andere nicht so schleppen", sagte ich noch, meinte es aber auch nicht so. Später tat es mir leid, aber damals, na ja, ein Wort gab eben das andere. Aber ich habe ihm gleich gesagt, dass ich die Sache im Grunde für eine gewissenlose Geschäftemacherei hielt. Und er solle um Gottes willen die Finger davon lassen. Und dass bei diesen Größenordnungen die Staatsanwälte keinen Spaß verstehen. „Das gibt mindestens fünf Jahre!"

Aber die Größenordnung war gerade der Reiz an der Sache. Mit den Millionenbeträgen war es um Pauls Urteilsvermögen geschehen. Die große Zahl hatte sich sofort in sein Hirn eingefressen und die Synapsen ausgehebelt. „Wenn alles nur zu einem Viertel wahr ist, dann bleiben immer noch riesige Beträge übrig." Da draußen gab es also nicht nur für die Leute aus dem Osten, sondern auch für ihn einen Neuanfang – einen Neuanfang als Multimillionär. Vielleicht war das endlich die Gelegenheit, auf die er immer gewartet hatte? Nicht mühselig in neuen Filialen eigenhändig Wände streichen und Teppiche verlegen und dann hoffen, dass ausreichend viele Leute Lust auf eine Busreise nach Würzburg oder an den Bodensee haben würden. Stattdessen gleich mit großen Summen agieren. Nicht mehr arbeiten, sondern entscheiden. Geld von einem Konto zu einem anderen bewegen. Nicht mehr Kleingewerbetreibender sein, sondern richtiger Unternehmer mit allem Drum und Dran. In der Bank mit dem Direktor verhandeln. Dann könnte ihm auch die Azoospermie egal sein.

Ich konnte es nicht verhindern: Paul glaubte, „freie Sicht zum Horizont" zu haben. Er las den Einigungsvertrag und telefonierte mit der Außenwirtschaftsabteilung seiner Bank.

„Tu's nicht", beschwor ich ihn.

Aber er plante schon die Details, denn die Kontakte, die einer wie dieser Pöppges aus Iserlohn zum Ostblock hatte, die hatte Paul schon lange. Schließlich war er eng verwandt mit dem früheren stellvertretenden Leiter der Außenhandelsabteilung des VEB Hermann Richter.

„Du willst doch nicht diesen Ingo mit hineinziehen!", rief ich entsetzt.

Was hatte ich da angerichtet? Hätte ich bloß nie Kuballa im Krankenhaus besucht. Wäre ich bloß nie nach Dessau gefahren. Hätte ich Pöppges, diesen Betrüger, nur gleich angezeigt.

Als Paul um ein Gespräch bat, fürchtete Ingo zunächst, Paul hätte alles herausbekommen mit Veronika und der Fortpflanzung in Sindelfingen und wolle sich nun womöglich mit ihm prügeln. Nun aber, sehr erleichtert, schüttelte er Paul herzlich die Hand, und der spendierte am Kiosk von Frau Beicher eine Bockwurst mit Laugenbrezel. „Wie geht's so?" Diesbezüglich hatte Ingo für Paul gute Nachrichten: Er war noch immer ohne Beschäftigung. „Meine Kenntnisse im Außenhandel sind überhaupt nicht gefragt", klagte er und verstand die Welt nicht mehr. Aber dem konnte jetzt abgeholfen werden. „Vielleicht ja doch", sagte Paul und eröffnete seinem Vetter eine Perspektive für einen Neuanfang, der diesen Namen wirklich verdiente. Nicht unter veränderten Rahmenbedingungen weiter vor sich hin wursteln und schauen, ob es am Monatsende auch für die Miete reichte.

„Ihr habt ausgesorgt. Auf Dauer! Bis ans Lebensende. Ihr könnt euch alles leisten, Haus, Auto, Reisen rund um die Welt. Was ihr wollt!"

Millionär. Das klang nicht schlecht. Schon gar nicht für einen wie Ingo: arbeitslos, mit Familie im fremden Land, mit der falschen Ausbildung, dem falschen Dialekt und der falschen Windjacke. Und dann erst die teure Wohnung, in der sie seit drei Wochen wohnten. Hätte Gottfried Käfer nicht die Kaution ausgelegt, sie würden noch immer am Amselweg im Gästezimmer hausen.

Andererseits ... Ingo war nicht gerade ein typischer dynamischer Existenzgründer, keiner von denen, die auf den Existenzgründerseminaren der IHK vorgestellt wurden. Er rieb sich nachdenklich die große Nase und gab zu bedenken, er wäre als Arbeitnehmer besser aufgehoben, wenn man ihn nur ließe. Überhaupt blieb Ingo vorsichtig gegenüber Dingen, von denen er nichts verstand, und davon gab es neuerdings viele. Erst vor Kurzem, erzählte er Paul, habe zum Beispiel ein Bekannter aus Plauen zwölf Versicherungsverträge unterschrieben, und jetzt säße er ratlos da, addiere die Policen und wundere sich, dass so etwas in Deutschland erlaubt sei. Der wäre besser weniger dynamisch gewesen.

Aber Paul war kein Versicherungsvertreter, sondern als Verwandter vertrauenswürdig, und außerdem hatten Ingo und seine Familie ihren Verwandten viel zu verdanken. Daher war Ingo grundsätzlich bereit, auch mal über ungewöhnliche Ideen nachzudenken. Und hatte er nicht erst ein paar Tage zuvor über eine ungewöhnliche Idee Veronikas nachdenken müssen? Aber so viel wusste Ingo schon von der Marktwirtschaft: Millionen aus dem Nichts waren nur beim Lotto erlaubt.

Mit Engelszungen musste Paul auf Ingo einreden, um ihm die Millionen schmackhaft zu machen. Auch wenn Paul es nicht so direkt sagen wollte, er war bei diesem Projekt auf Ingo angewiesen, denn der hatte nun mal die unerlässlichen Kontakte nach Polen.

„Du musst rüberfahren und mit deinen polnischen Freunden sprechen. Ganz schnell! Wir haben nicht viel Zeit. In ein paar Wochen muss alles erledigt sein."

Schließlich war Ingo einverstanden, aber er hatte noch was auf dem Herzen: Ob Ulla nicht bei Käfer im Reisebüro anfangen könnte? Sie habe schon mal im Büro gearbeitet. Vielleicht halbtags?

Paul konnte sich nur wundern, dass ein Millionär in spe um eine Halbtagesstelle für seine Frau bettelte, anstatt nach der nächsten Maserati-Vertretung zu fragen; das wäre angemessen gewesen. Sorgen hatten die Leute! Aber da musste Ingo vermutlich erst noch hineinwachsen, und Paul sagte: „Kein Problem. Sie kann nächsten Montag anfangen." Ingo bedankte sich überschwänglich.

*

Drei Tage vor der Währungsunion war es endlich so weit. Donnerstag. Eisprung! Veronika hatte sich für ein dunkelgraues Escada-Kostüm entschieden, eines mit einem Rock, den man bei Bedarf so zurechtzupfen konnte, dass er ein wenig kürzer aussah. Hohe Absätze, aber wenig Schmuck, nur ihre bewährten blauen Ohrclips – nicht dass sie, falls ein überstürzter Aufbruch notwendig werden würde, etwas Wertvolles zurücklassen müsste. Make-up, sehr sorgfältig, aber auch sehr dezent. Auf die tief ausgeschnittene Bluse hatte sie trotz Mariannes Zuspruch verzichtet und trug stattdessen den grauen Pullover. Das war seriöser. „Herrgott", schimpfte Marianne, „willst du ihm einen Bausparvertrag verkaufen?"

Eine Stunde vor der vereinbarten Uhrzeit war Veronika im Hotel. Sie sah sich im Foyer erst nach allen Seiten um, bevor sie sicher war, dass aus keiner Ecke ein bekanntes Gesicht hervorschaute – der alte Schroth samt einem unstatthaften Verhältnis oder Daismann mit der Hand in der Bluse seiner Sekretärin. Erst dann nahm Veronika die Sonnenbrille ab und steuerte entschlossen auf die Rezeption zu. „Hat mein Mann schon eingecheckt? Wir haben reserviert. Ein Doppelzimmer." Zwischen „mein" und „Mann" hatte sie nicht gestockt, nicht für den Bruchteil einer Sekunde.

„Auf welchen Namen, gnädige Frau?"

„Für ... Knapp ... für Knapp, ein Doppelzimmer." Um ein Haar hätte sie den falschen Namen genannt. Ihr war augenblicklich heiß geworden. Was für eine idiotische Idee, einen anderen Namen zu verwenden. Wenn sie jetzt auch noch einen Ausweis ... Aber sie bekam den Schlüssel ohne den Ausweis.

„Zweiter Stock, Zimmer 283. Einen schönen Aufenthalt, Frau Knapp", wünschte die Dame mit einem Ich-weiß-doch-alles-Lächeln.

Endlich konnte Veronika den Ort der Tat in Augenschein nehmen, und dort vor allem das französische Doppelbett. Sie schaute sich gründlich um, fachmännisch inspizierte sie die Einrichtung. Das hatte sie von ihrem Vater gelernt; der Hoteleinkauf ist eine der Grundlagen der Touristik. Eine gut gefüllte Minibar gab es und einen Fernseher, das war gut ... vielleicht würde sich der Abend in die Länge ziehen. Die Aussicht war bescheiden – Veronika schaute auf die Rückseite des Gebäudes einer Lebensversicherung und zog sicherheitshalber die Vorhänge zu. Sie kontrollierte die Dusche, die war heute besonders wichtig. Als ihr der Grund dafür wieder so richtig ins Bewusstsein kam, genehmigte sie sich ganz gegen ihre Gewohnheit einen Campari – dabei hatte ihr Vater ihr immer eingeschärft, nie was aus der Minibar zu nehmen. Mit dem Glas in der Hand setzte sie sich auf die Bettkante und probierte die Matratze aus. Sie wippte ein paarmal und war zufrieden. Da fiel ihr ein, dass sie Ingo gar nicht informiert hatte, dass das Zimmer weder auf ihren noch auf seinen Namen gebucht war. Wenn er sich jetzt an der Rezeption als Ingo Kalinke vorstellte und nach Frau Szyrcyck fragte ... um Gottes willen! Sie schnappte sich ihre Tasche und rannte ins Foyer hinunter. Da stand er auch schon und schaute ratlos nach allen Seiten.

Wenigstens hatte er auf seine taubengraue Windjacke verzichtet und ein normales Jackett angezogen. Kaum hatte er Veronika gesehen, stürmte er auf sie zu und streckte ihr die Hand entgegen. Da Veronika gerade noch bemerkt hatte, dass die Ich-weiß-doch-alles-Frau von der Rezeption neugierig herüberlugte, blieb ihr nichts anderes übrig, als gleich den Arm um den verblüfften Ingo zu legen. „Schön, dass du da bist."

„Ja, äh ... ich wusste nicht, auf welchen Namen ..."

„Geht's vielleicht noch lauter?"

Schnell zog Veronika Ingo an der Rezeption vorbei, aber der Dummkopf hörte einfach nicht auf zu quasseln. „Ich hätte nämlich nicht gewusst, unter welchem Namen ..."

„Grüß Gott, Herr Knapp!", rief die Dame von der Rezeption lächelnd herüber.

Ingo schaute irritiert zurück, er überlegte, ob diese überraschende Anrede womöglich eine Anspielung enthielt. Sakko zu eng? Hose zu kurz? Bevor er antworten konnte, schubste ihn Veronika in den Lift. Wenn sie eines nicht ausstehen konnte, dann Leute, die schwer von Begriff waren. Das fing ja gut an.

Fünf Minuten später saßen sie im Zimmer auf den beiden schmalen Sesseln (sehr schmal für 345 Mark) und überlegten, ob sie sich zur Einstimmung an der Minibar bedienen sollten.

„Nimm dir einfach, was du willst, ich zahl alles", forderte Veronika Ingo mit der gebotenen Großzügigkeit auf.

„Ein schönes Zimmer", sagte Ingo. „Wirklich."

„Schön, dass es dir gefällt."

„Doch, sehr. Ist bestimmt nicht billig."

„345 Mark."

„Oh – so viel. Na ja, schön ist es schon. Wirklich."

Angesichts der leicht unterkühlten Stimmung machte Veronika den Vorschlag, erst einmal gemeinsam ein Gläschen Sekt mit Orangensaft zu trinken. Vielleicht taute er dann ein bisschen auf? „Das ergibt sich dann schon", hatte Marianne gesagt, die sich in diesen Dingen immer allzu leicht tat. Also, was nun? Gleich an Ort und Stelle mit dem Ausziehen anfangen oder wie im Fernsehen: ins Bad verschwinden und ohne was herauskommen. Vielleicht könnte man auf das Ausziehen doch ganz verzichten. Vielleicht sollte sie ein nettes Geplauder beginnen? Wie geht es Ulla? Und deiner Kleinen, wie hieß sie doch gleich? Erst mal anstoßen! Aber um Gottes willen, auf was?

„Prost, Ingo."

„Ja. Prost!"

Damit war die erste Viertelstunde vorbei. Wenn es so weitergeht, dachte Veronika, sitzen wir morgen noch hier. Um zehn spätestens wollte sie wieder zu Hause sein.

„Also ... das ist jetzt ... irgendwie ...", druckste Ingo herum, „... das ist jetzt irgendwie eine komische Situation ..."

Veronika hatte Mühe, sich zu beherrschen, und ganz allmählich bekam sie eine Wut auf diesen Kerl, der da stocksteif neben ihr herumsaß und verlegen an seinem Sektglas nuckelte. Musste sie denn alles selber machen!? Und das Ganze würde sich womöglich in den nächsten Monaten noch ein paarmal wiederholen. Mein Gott! Da waren ja IVF-Apparate besser drauf.

„Ich geh dann schon mal ins Bad", sagte sie. Das Fernsehen hat letztlich doch die besten Tipps. „Du kannst ja ... schon mal ... " Sie zeigte aufs Doppelbett. Ingo sprang sofort auf und stotterte beflissen: „Ja ... ja gleich, sofort ..." Dabei stellte er sein Glas so ungeschickt ab, dass es umkippte und der Sekt auf das Tischchen und von da auf den Teppich spritzte. Der teure Sekt aus der Minibar.

Veronika war sich nun ganz sicher, dass sie den falschen Mann engagiert hatte, verklemmt und ungeschickt, und hätte sie nur irgendeine Idee gehabt, wie sie den jungen Adonis aus der Erasmus-Apotheke noch während der Eisprungphase, also innerhalb der nächsten Stunden, nach Sindelfingen schaffen konnte, sie hätte Ingo sofort und auf der Stelle Geld fürs Taxi in die Hand gedrückt.

Sie trat ins Bad. Also ausziehen – aber wie weit? Unterwäsche oder nackt? Ganz nackt? So wie Ingo sich anstellte, musste sie damit rechnen, dass er furchtbar erschrecken würde. Doch jetzt zahlte sich das teure Hotel aus: Im Badezimmer gab es einen schönen flauschigen, weißen Bademantel, den man für 125 Mark auch käuflich erwerben konnte. So was hätte es im Ibis nicht gegeben. Also ganz unbekleidet, aber darüber den Bademantel.

Als Veronika aus dem Bad kam, lag Ingo schon brav im Bett. Das heißt, er saß mehr, als er lag, und ganz ausgezogen war er offenbar auch nicht. Unterhemd und Unterhose hatte er sicherheitshalber anbehalten, und nun starrte er vor sich auf die Tagesdecke. „Bad ist frei", rief Veronika, um deutlich zu machen, dass er sich vorher ordentlich zu waschen hatte. Ingo verstand und trollte sich unverzüglich. Als er nach endlosen Minuten wieder herauskam – er war immerhin so schlau gewesen, den anderen Bademantel anzuziehen –, lag Veronika im Bett und blätterte gelangweilt in einer Hotelzeitschrift. Sie hatte nicht daran gedacht, sich ein Buch mitzubringen. Im Ernst: Wer hätte in dieser Situation an so etwas gedacht?

„Das hat ja ewig gedauert, warst du denn so schmutzig?", giftete sie, dass er erschrocken zusammenfuhr. Das war sicher nicht der richtige Ton für diesen Spätnachmittag. Ingo setzte sich auf die Bettkante, er sah sie lange und sehr intensiv an, dann zog er langsam den Bademantel aus und sagte schließlich: „Na, dann woll'n wir mal!"

Veronika beschloss, diese unsägliche Bemerkung zu ignorieren. Sie legte die Zeitschrift weg und schlüpfte ebenfalls aus dem Bademantel.

Es wurde ernst.

Nachdem sie sich zwei, drei Minuten mit dezenter Neugier gemustert hatten, kam Veronika um eine irritierende Feststellung nicht herum: Ingos Penis war bestenfalls ein Viertel erigiert, und obwohl sie noch ein paar Minuten zugab, waren keinerlei Anzeichen für Fortschritte zu erkennen. Ingo zupfte hilflos daran herum und war dann auch schon dabei, entschuldigende Erklärungen für den traurigen Anblick zu stottern.

Mir bleibt auch nichts erspart, dachte Veronika bitter. Von Zeugungsunfähigkeit bis Erektionsschwäche musste sie das ganze Spektrum männlicher Unzulänglichkeit auskosten. Ihr war bewusst, dass diese neue Wendung ihres Geschicks alle Pläne über den Haufen zu werfen drohte. Jetzt ging es nicht mehr darum, ob Ingo die richtige Windjacke trug oder ob er sie mit den angemessenen Worten an der Bettkante begrüßte, jetzt ging es, ganz grundlegend, um Können oder nicht Können.

Es kam also ganz auf sie und ihren persönlichen Einsatz an. Sie musste ihr Schicksal buchstäblich in die eigene Hand nehmen. Mittlerweile war aus dem Viertel ein Garnichts geworden: Der Penis, durch den Anblick der fremden, nackten Frau erschreckt, schickte sich an, sich wie ein Schildkrötenkopf in den Panzer in den Unterleib zurückzuziehen, um sich dort zu verstecken.

Veronika legte versöhnlich ihren Arm um Ingos Schulter und sagte erstaunlich gefasst: „Das kriegen wir schon wieder hin." Es klang fast schon zärtlich. Dabei hatte sie keinerlei Vorstellung, wie das hinzukriegen wäre, ihr war lediglich klar, dass mit einer schnellen, rein fortpflanzungstechnisch orientierten Nummer heute nicht mehr zu rechnen war. Sie würde mitnichten um zehn zu Hause sein, hier wartete noch ein Stück Arbeit auf sie.

Dafür musste sie ihre Vorsätze fallen lassen. Schon den Austausch einfacher Zärtlichkeiten hatte sie in ihrer Planung nicht vorgesehen. Sicher, ganz ohne Berührungen würde es nicht gehen, schon anatomisch war das nicht zu vermeiden. Aber sie hatte sich beispielsweise fest vorgenommen, Ingo nicht zu küssen, und wollte ihn eigentlich auch nicht „unten" anfassen. Und jetzt? Nun war ihre erste Maßnahme, ihm sachte zwischen die Beine zu greifen. Ein Erfolg stellte sich nicht ein. Sie schaute verstohlen auf die Uhr: schon vier vorbei! Die optimale Zeit hatte sie auf 15:00 bis 16:30 berechnet.

Unterdessen hatte Ingo seinen Schock überwunden und versicherte, das würde ihm zum allerersten Mal passieren – „ganz ehrlich!" Veronika wiederum versuchte ihn zu besänftigen: Das sei der Stress, die ungewohnte Umgebung, die fremde Frau, der Sekt mitten am Nachmittag. Sie verstieg sich sogar zu der Behauptung, sie wäre im Grund ganz froh, dass es so war, denn das hieße doch, dass er sich in seinem Inneren ein wenig sträube gegen dieses moralisch nicht unbedenkliche Vorhaben, was ihn als sittlich hochstehenden Mitmenschen ausweise und ihn von daher wiederum genau zum richtigen Partner für dieses delikate Projekt machen würde.

Mehr als zwei Stunden beschäftigten sich die beiden miteinander. Veronika versuchte sich vergeblich zu erinnern, was ihre Frauenzeitschriften für solche Fälle empfohlen hatten, irgendwo im Ratgeberteil zwischen Sommermode und Hauswirtschaft, was zu tun war, wenn gar nichts mehr ging. „So machen Sie jeden Mann verrückt!": Hätte sie diese Seiten doch nicht immer überblättert. Obwohl sie sich nicht einmal sicher war, ob das, was für jeden galt, auch für diesen merkwürdigen Mann aus dem Osten gelten würde. Offenbar waren die dort tatsächlich ganz anders.

Allmählich gewöhnten sich die Hände der beiden an den Körper des anderen, sie griffen weiter aus, tasteten schließlich überall herum und machten dabei auch die eine oder andere Entdeckung – nichts Spektakuläres, aber immerhin, man kam sich näher. Auf diese Weise wich Schritt für Schritt auf beiden Seiten die Verkrampftheit und es ergaben sich sogar ein paar durchaus erotische Momente. Aber zwischen Ingos Beinen versteckte sich noch immer dasselbe kümmerliche Würmchen und wollte und wollte sich nicht regen.

Wie Veronika es dann doch noch schaffte, verriet sie nicht einmal Marianne. „Leicht war es nicht", sagte sie nur, und kein Nunerzähl-Doch konnte sie erweichen.

Als Veronika einige Zeit später wieder aufwachte, lag sie warm und weich in Ingos Armbeuge, als würde sie dort hingehören. Im Fernseher lief die Tagesschau. So spät war es schon! Der so nicht geplante Verlauf dieses außerehelichen Beischlafs hatte die Verhältnisse umgedreht: Nun war es Ingo, der Veronika gegenüber voll der Dankbarkeit war. Mehrfach betonte er, dass er es nur schwer hätte verkraften können, wenn es bei dem geblieben wäre, wonach es zunächst ausgesehen hatte, wovor ihn der unermüdliche Einsatz, aber auch das große Verständnis von Veronika bewahrt hatte. Er war ihr dafür so dankbar.

An eine Abreise am selben Abend war nun natürlich nicht mehr zu denken; bloß gut, dass Paul unterwegs war und Veronika nicht erwartete. Später ließen die beiden ein paar Sandwichs kommen, Ingo verschlang die Brote gierig und demonstrativ, auch den größeren Teil von Veronikas Anteil, die kaum Appetit hatte. Die alkoholische Abteilung der Minibar leerten sie gemeinsam, ganz ohne Rücksicht auf die Kosten. Ingo aß sogar noch die Erdnüsse. Am Ende schliefen beide erschöpft wieder ein – erschöpft nicht so sehr wegen der körperlichen Verausgabung, sondern weil die seelische Anspannung von ihnen genommen war.

Nachts gegen halb zwei wurde Veronika wach, weil der schlaftrunkene Ingo erneut nach ihr tastete. Nach kurzem Bedenken ließ sie ihn gewähren. Doppelt hält besser, dachte sie. In den Morgenstunden kam es sogar noch zu einem dritten Vollzug des Verkehrs, worauf sich Ingo völlig rehabilitiert sah und bereits wieder erste Anzeichen von männlichem Übermut zeigte. Beim Frühstück (natürlich auf dem Zimmer) langte er mehr als ordentlich zu. „Aller guten Dinge sind drei“, grinste er, ganz mit sich selbst zufrieden. Veronika schaute stur auf ihr Marmeladebrötchen. Wenn er noch ein einziges Mal so was Dämliches sagt, werf ich ihn raus und gehe wieder zum Professor, dachte sie. Laut sagte sie aber nur: „Schmatz bitte nicht.“

Um zehn setzte sie ihn am Stuttgarter Hauptbahnhof ab, dankte ihm und er noch einmal ihr. Er schüttelte ihr lange die Hand; sie kündigte an, sie würde ihm Bescheid geben, ob ein weiteres Treffen erforderlich sei. So gingen sie auseinander und jeder war halbwegs zufrieden mit sich.

Juli

Paul hatte Ingo für die Fahrt nach Polen mit etwas Bargeld ausgestattet und schon deswegen erwartet, dass dieser regelmäßig Bericht erstatten würde, wie er denn mit den polnischen Partnern vorankäme. Aber Ingo ließ wieder einmal nichts mehr von sich hören. Paul fuhr bei Ulla vorbei, um zu hinterlassen, dass er sich unverzüglich melden solle, und war erstaunt, dass er Ingo dort antraf. Gemütlich saß er am Küchentisch, las Zeitung und trank Bier aus der Flasche.

„Und? Wie war's in Polen?", wollte Paul wissen.

Ingo druckste herum und rückte schließlich damit heraus, dass er gar nicht dort gewesen war.

„Du warst noch nicht da?", rief Paul verärgert. „Die Zeit läuft uns doch davon! Wir haben jetzt fast eine Woche verloren! Du musst sofort ..."

Aber Ingo sagte, es täte ihm leid, er habe ganz kurzfristig entschieden, dass ihm die Umschulung zum EDV-Kaufmann doch wichtiger sei. Er wolle halt etwas Solides machen. Er habe sich die Sache noch einmal gründlich überlegt und sei zu dem Schluss gekommen, dass das mit dem Transferrubel eben doch eine Nummer zu groß sei für ihn, er selbst sei ja nur ein kleines Rädchen. Immer gewesen. Und so würde es auch bleiben. So eine große Sache passe einfach nicht zu ihm.

Paul war sprachlos. Ingo tat es natürlich leid, sehr leid, vor allem weil Paul sich in die Sache so reingehängt habe, und das Geld, das ihm Paul für die Fahrt nach Polen vorgestreckt habe, das würde er selbstverständlich zurückzahlen. Tatsächlich legte er die tausend Mark auf den Tisch. Es sei ein großer Betrag für ihn, aber er habe es nicht angerührt, schließlich sei er ein ehrlicher Mensch. Obwohl Ulla vorgeschlagen hatte, damit erst einmal eine schöne Reise zu machen und das Geld dann in Raten abzustottern.

Paul konnte locken und drohen, wie er wollte. Dass Ingo die Zukunft seiner Familie aufs Spiel setze. Dass er ihn schon noch kennenlernen würde. Ingo blieb stur. Es tat ihm wirklich sehr leid, aber er als kleines Rädchen und dann diese riesigen Summen, nein, das würde nicht gut gehen. Eine Million, er könne sich gar nicht vorstellen, wie viel das sei. Davon würde ihm ganz schwindelig.

„Und was willst du stattdessen machen?", fuhr ihn Paul an. „Meinst du, als EDV-Kaufmann haben sie auf dich gewartet? Auf einen, der vor einem Monat zum ersten Mal eine PC-Tastatur gesehen hat?"

Dafür habe er ja den Kurs gemacht, sagte Ingo, nun schon ein wenig eingeschnappt

„Du Traumtänzer!" Paul begann sich angesichts des drohenden Scheiterns seines Projekts in Rage zu reden. „Arbeitslos wirst du sein, sonst nichts. Langzeitarbeitslos. Was glaubst du denn? Kein Mensch braucht einen Außenhandelsexperten aus einem DDR-Kombinat. Was denkst du dir denn? Siehst du nicht fern? Ihr werdet in die Sozialhilfe rutschen, du und deine ganze Familie. Ganz nach unten werdet ihr durchgereicht!"

„Wer tüchtig ist, findet immer Arbeit", sagte Ingo. Er hatte diesen Satz öfter im Fernsehen gehört, von seinen Landsleuten, die man auf dem Stuttgarter Königsplatz in den ersten Wochen nach der Wende mit einem Mikrofon nach ihren Zukunftsplänen gefragt hatte und die dann – immer ein wenig trotzig – darauf bestanden, dass man mit ihnen rechnen müsse, weil sie zupacken könnten und sich dabei für nichts zu schade seien, und dass man ihnen deshalb keine Angst machen könne. Jetzt, aus Ingos Mund, klang er immer noch ein wenig trotzig. Darüber konnte Paul nur lachen. „Und du glaubst, dass du tüchtig bist? Du? Ausgerechnet du!" Paul kochte vor Zorn.

Zum Glück streckte jetzt Ulla ihren Kopf ins Zimmer. „Ihr streitet doch nicht etwa?", fragte sie.

Paul winkte ärgerlich ab. Sein schöner Plan! Den durchzuziehen, das wäre tüchtig gewesen. Aber Ingo schaute nur noch beleidigt auf die Tischkante, und Paul blieb nichts anderes übrig, als zum Ausdruck zu bringen, wie tief enttäuscht er war. „Ich bin menschlich sehr enttäuscht von dir." Grußlos verließ er die Wohnung seines Vetters mit dem festen Vorsatz, sie nie wieder zu betreten. Und diese Ulla, die jetzt ohne Ausbildung und ohne Erfahrung bei Käfer-Reisen arbeitete, die würde er bei nächster Gelegenheit vor die Tür setzen. „Dann sollen sie doch beide sehen, wie tüchtig sie sind!"

*

An einem Donnerstag im Juli erreichte das Verhängnis den Saal Diana. Ein schwüler Tag war es gewesen, bleiern heiß und stickig, und ein kurzer Regenguss am Abend hatte kaum Abkühlung gebracht. Im Saal schwitzten die Mitglieder des Clubs Diana trotz weit geöffneter Fenster über ihrem Gaisburger Marsch und ihrem Trollinger. Daismann hatte einen knallroten Kopf, hinten auf seinem Hemd zog sich eine breite dunkle Spur vom Nacken bis zum Hosenbund, Schroth legte das Taschentuch, mit dem er sich die Stirn abtupfte, gar nicht mehr aus der Hand. In diesem ungesunden Klima dauerte es nicht lange, bis die Rede mal wieder auf die Steuern kam, dieses bohrende Ärgernis. Jemand berichtete von den Wundertaten eines gewissen Herrn Ehrlich, der, das wurde ausdrücklich betont, wirklich so hieß. Dieser Herr vertrat eine Unternehmens- und Finanzberatungsgesellschaft mit Sitz in Heidelberg und konnte, so wurde berichtet, halbwegs betuchten Steuerzahlern beim Steuersparen wirksamer unter die Arme greifen als jeder Steuerberater. „Absolut seriös – von der Sparkasse empfohlen", berichtete Hans Schroth und rieb sich den Hals. „Der ist ganz anders als diese Steuerberater ... Nein, der Mann hat was auf dem Kasten, der versteht wirklich was vom Geschäft." Gerhard Jobst von der Sonnen-Apotheke kannte diesen Ehrlich natürlich auch schon. „Der weiß, worauf's ankommt! Wenn du richtig investierst, dann kriegt das Finanzamt von dir keinen Pfennig mehr."

Dem Oskar Täubner (Büromaschinen) hatte der famose Wundermann angeblich eine Steuererstattung von über fünfzigtausend Mark in Aussicht gestellt. Daraufhin hatte der Täubner „alles sofort wieder investiert!“ Die ganzen Fünfzigtausend und noch was dazu! Alle wussten Bescheid, bloß Gottfried Käfer hatte keine Ahnung. „Wo investierst eigentlich du, Gottfried?“

Gottfried murmelte etwas von neuen Filialen in den neuen Ländern – Investitionen, die jeden Pfennig verschlangen. Da konnte einer wie der Schroth nur lachen, Täubner und Fuhrmann lachten gleich mit, und Eugen Schäufle, Herrenausstatter und Self-Made-Humorist, der über die Gabe verfügte, sich Witze in großer Zahl merken zu können, rief quer über den Tisch: „Weißt, Gottfried, ich sag immer: Einer muss die Steuern ja zahlen – aber ich hab nicht g'wusst, dass du's bisch!“ Jetzt lachten auch noch Laug, Daismann und Jobst. Drogist Kerber hob seinen Trollinger – schon der vierte heute Abend – und sagte gut gelaunt: „Gottfried, wir danken dir!“ Es tat schon weh, vor den eigenen Freunden so dazustehen. Hans Schroth, der eigenen Angaben zufolge die nächsten fünf Jahre überhaupt keine Steuern mehr zahlen brauchte, erbarmte sich schließlich und versprach, diesen Herrn Ehrlich zu bitten, sich mal ein wenig um den armen Gottfried zu kümmern. „Wirst sehen, der Kerl hat wirklich was drauf.“

Ehrlich! Wenn einer schon so heißt! Aber als er am übernächsten Nachmittag vor der Tür stand, sah er gar nicht aus wie einer dieser typischen Vertreter, sondern wie ein Mann von Welt. Nein – wie ein Herr von Welt! Braungebrannt, sportlich, Ende vierzig, mit einer fülligen, blonden Welle über der Stirn. Er sah aus, als käme er direkt vom Golfplatz, frisch geduscht, geföhnt und deodoriert. Oder aus der neuen Tennishalle am Grottenteich. Dunkelblauer Anzug, blaues Hemd mit weißem Kragen, gelbe Krawatte, goldene Manschettenknöpfe, alles tipptopp – die Budapester handgenäht. Er erweckte überhaupt nicht den Eindruck, er habe es nötig, anderen Leuten etwas aufzuschwatzen. Gottfried Käfer fand ihn auf Anhieb sympathisch. Dieser Ehrlich roch geradezu nach Erfolg, nach Erfolg auf dem Golfplatz, Erfolg auf dem Tennisplatz, Erfolg im Geschäft, Erfolg bei Frauen, ja auch das und warum denn nicht?

Da hatte sich Herr Ehrlich auch schon mit größter Selbstsicherheit der Hand Gottfried Käfers bemächtigt – ein kurzer, fester Griff. „Ich bin Ehrlich! Lachen Sie nicht, ich kann es nicht ändern, ich heiße wirklich so. Werner Ehrlich von der Immovesa." Er reichte Käfer seine Visitenkarte. „Sagen Sie nicht, nomen est omen! Keine Vorschusslorbeeren! Ich kann Ihnen sagen, mit dem Namen bin ich ein geschlagener Mann."

„Na, mit Ihrem Namen müssen Sie in Ihrer Branche doch ..."

„Keine Spur! Glauben Sie das bloß nicht, Herr Käfer! Welcher Geschäftsmann kann denn herumgehen und immer sagen: Ich bin Ehrlich? Nein, mit dem Namen bin ich geschlagen. Meier oder Schmidt, das wär's. Ich bin Meier, oder: Werner Schmidt von der Immovesa – ein Traum. Aber Ehrlich ..."

Die Philosophie der Eigennamen, das war ein Thema nach dem Geschmack von Gottfried Käfer. „Da hätten Sie heiraten sollen! Und den Namen Ihrer Frau annehmen. Das geht heute alles." Nach den Frauen mit Doppelnamen kamen neuerdings sogar Bindestrich-Männer auf. Auch so ein Thema.

„Meine Frau ist eine geborene Zurkiewicz. Mit Ceh-Zett hinten. Buchstabieren Sie das mal am Telefon. In einem Auslandsgespräch! Oder Ehrlich-Zurkiewicz, das sprengt jede Visitenkarte. Da sag ich lieber: Ehrlich währt am längsten, gell!"

Gottfried Käfer führte seinen Gast vom Windfang ins Wohnzimmer. „Was zu trinken, Herr Ehrlich? Einen Cognac vielleicht? Ein Zwetschgenwasser? Von den eigenen Zwetschgen!"

„Ganz ehrlich: Zu einem eigenen Zwetschgenwasser sag ich nicht Nein."

„Zum Wohlsein!"

„Prost, auf gute Geschäfte. Ahhr – der ist aber gut!"

Gottfried Käfer schenkte glücklich nach.

Ehrlich klopfte mit dem Finger an die Flasche. „Selbst gebrannt! Nicht wahr? Das schmeck ich gleich, weil es nicht nach Spirituosensteuer riecht!"

„So weit kommt's noch. In meinem eigenen Haus!"

„Na, Sie sind gut, Herr Käfer. Glauben Sie, dass das Finanzamt das stört? Schauen Sie sich doch mal um in Ihrem schönen Haus. Zeigen Sie mir was, das Sie nicht versteuert haben." Er wies mit großer Geste auf das Käfersche Wohnzimmer.

Gottfried Käfer nickte traurig. Der Mann hatte recht. Wenn man sich überlegte, wie viele Steuern allein hier im Wohnzimmer steckten

„Ja, so ist das. Sie schuften, aber man nimmt Ihnen das meiste von dem, was Sie im Schweiße Ihres Angesichts verdient haben, wieder weg – so sieht es doch aus! Die Hälfte von Ihrem Einkommen, einfach weg! Die Hälfte? Habe ich die Hälfte gesagt? Schön wär's! Jeden Vormittag ab Viertel nach zehn", sagte Ehrlich, „und das sollten Sie sich merken und jeden Tag um diese Zeit auf die Uhr sehen, jeden Tag ab zehn Uhr fünfzehn arbeiten Sie nur noch fürs Finanzamt."

„Tatsächlich?", rief Gottfried erschrocken. Und das, wo er abends oft länger im Geschäft blieb. Er nahm sich vor, künftig lieber früher zu kommen als später zu gehen.

„Und wofür zahlen wir, bis wir schwarz werden? Sie leisten was, damit andere sich's auf der faulen Haut bequem machen können. Ich will ja nichts gesagt haben, aber Sie lesen ja selber Zeitung. Je mehr verteilt wird, desto gieriger werden die Hände ausgestreckt. Arbeiten oder arbeiten lassen, das ist für viele bloß ein Rechenexempel. Ja, warum denn selber schaffen, wenn ein Herr Käfer einspringt?"

Jetzt hatte Gottfried Käfer einen roten Kopf und sein Puls hämmerte. Das Zwetschgenwasser und Ehrlichs Vortrag über den empörenden Verfall der guten Sitten hatten ihn mitgerissen. Was alles erlaubt war, war tatsächlich allerhand. Das bestätigte seine Auffassung, dass die eigentliche Ursache aller Übel darin bestand, dass nicht entschieden dagegen vorgegangen wurde.

Ja, dieser Ehrlich sprach genau das an, was Gottfried Käfer selber schon längst gedacht hatte, aber nicht so treffend hatte ausdrücken können. Und auch wenn es im Saal Diana jeden

Donnerstag genauso gesagt wurde, hier und heute hatte es einen ganz neuen Schwung.

„Was lernen wir daraus, Herr Käfer? Hilf dir selbst, dann hilft dir Gott, heißt es schon in der Bibel! Wir warten nicht, bis das Finanzamt von unserem Geld gnädig wieder was herausrückt. Wir geben es erst gar nicht her. Ich sage nur: Immobilien!"

„Immobilien?"

„Sie können nur noch in Immobilien gehen, Herr Käfer. Immobilien sind das Schlupfloch, durch das Sie Ihr Vermögen in Sicherheit bringen können. Vergessen Sie alles andere. Lassen Sie sich nichts aufschwatzen. Schiffsbeteiligungen – Finger weg! Filmförderung – höchste Vorsicht!"

„Aber ich hab mir sagen lassen ..."

„Können Sie in ein Schiff hineinschauen? Wissen Sie, ob es Ihnen nicht unterm Lack wegrostet? Panamesische Flagge, griechischer Kapitän und philippinische Mannschaft. Nur das Geld ist deutsch. Das Wasser ist nämlich chinesisch, haha! Und beim ersten Sturm versinkt das Schiff im Indischen Ozean. Das kann Ihnen bei Immobilen nicht passieren. Seit zweihundert Jahren die beste Anlageform. Schon der alte Goethe hatte seine Immobilien. Und heute ist das interessanter denn je, denn ... " Lange Pause.

„Ja?"

Ehrlich beugte sich vor und wurde vertraulich. „Aufbau Ost! Jawohl! Das wird riesige Summen verschlingen. So immens, das halten die da oben noch unter Verschluss. Das ist streng vertraulich. Aber das können Sie sich ja an den Fingern abzählen, wie viel das kostet. So viel Nullen hat mein Taschenmesser gar nicht. Haha!"

„Haha." Der war gut, den musste sich Gottfried Käfer merken.

„Vierzig Jahre Misswirtschaft, das ist kein Pappenstiel. Es muss ja alles neu aufgebaut werden, alles. Vor allem die Häuser sind in einem grauenvollen Zustand. Leipzig, Halle, Gera, Rostock und so weiter und so fort. Ich höre immer von Plattenbauten – Platten ja, aber Bauten? Slums, sind das. Slums, so weit das Auge reicht.

Und erst das flache Land. Da sieht es aus wie in Palästina nach dem dritten Kreuzzug. Verrostet, verrottet, verkommen. Abrissbirne – was anderes hilft da nicht mehr." Wieder Pause. Ehrlich hielt den Zeigefinger in die Luft: „Aber wer soll neue Häuser denn bezahlen? Vater Staat muss Straßen und Brücken bauen, da schaut ja schon die Erdkruste durch den Asphalt!"

Gottfried Käfer vergaß nachzuschenken, weil er überlegte, wer für neue Häuser zuständig war. Kohl? Gorbatschow? Waigel? Genscher war, wenn überhaupt, nur für Halle zuständig. Aber wer für Gera? Und wer für Magdeburg? Endlich schenkte er nach und erhielt dafür die Antwort: „Sie, Herr Käfer!"

„Ich?"

„Jetzt ist der private Investor gefragt. Das ist sein Beitrag zur Einheit! Hier hat er die Gelegenheit, der Gemeinschaft was zurückzugeben. *Do ut des*, wie der Lateiner sagt. Und damit man es auch gern macht, spendiert uns der Fiskus Sonderabschreibungen für Immobilien. Auf gut Deutsch: Sie sparen Steuern! Ja, Herr Käfer! Sie sparen doppelt: Sie schützen Ihr Vermögen nicht nur vor dem Zugriff des Fiskus, Sie bauen gleichzeitig welches auf! Jawohl! Und jetzt kommt das Allerbeste ..." – Kunstpause. „Sie werden sagen, gerade ich als Unternehmer hab kein Geld übrig. Ich muss schließlich in meinen Betrieb investierten, ist es nicht so?"

„Nun ja ... schon ..."

„Dann passen Sie jetzt mal auf. Es ist alles nur ein Rechenexempel. Lassen Sie uns einfach ein Beispiel durchrechnen. Nehmen wir an, Sie kaufen ein Objekt für, sagen wir, na? Für hunderttausend. Nur als Hausnummer. Sie finanzieren achtzigtausend und legen selbst zwanzigtausend dazu. Für die müssen Sie schon mal keine Steuer zahlen. Das heißt, ihre Ost-Immobilie kostet Sie schon mal bloß die Hälfte!"

„Prima."

„Prima? Das finden Sie prima? Ich nicht, ehrlich gesagt, haha."

„Nicht?"

Da hatte Gottfried Käfer schon geglaubt, verstanden zu haben, worauf die Sache hinauslief, aber nun sah er Ehrlich ratlos an. Der rechnete ihm vor, wie die Immovesa die Investitionen optimiert hatte: Man bräuchte bloß mehr Kredit aufzunehmen, dann könne man auch mehr Steuern sparen. Je mehr, desto besser. „Sie müssen unterm Strich überhaupt kein eigenes Geld einsetzen. Letzten Endes zahlt das Finanzamt Ihre Immobilie. Ich sage nur: Aufbau Ost!"

Gottfried staunte. Hatte er es richtig verstanden? Das alles gab es ... gewissermaßen umsonst? „Und das ist legal?", fragte er verblüfft.

„Legalissimo! Von unseren Anwälten und Steuerexperten doppelt und dreifach geprüft. Brief und Siegel drauf."

Nun fehlte nur noch das Objekt, die Immobilie selbst.

„Hier kommt endlich die Immovesa ins Spiel. Wir haben uns die interessantesten Objekte herausgesucht, mit unserem wirklich bahnbrechenden Finanzierungskonzept verbunden und bieten optimiertes Steuersparen aus einem Guss! Tutti kompletti! Also wo? Wo würden Sie heute investieren? Na?"

„Berlin?"

„Bravo! Ausgezeichnet. Ich merke schon, ich spreche mit einem Fachmann. Prost! Berlin wird Hauptstadt. Ministerien, Ämter, Behörden, alles kommt nach Berlin, und in jedem Amt hocken Tausende von Beamten und verbrutzeln Ihre Steuergelder. Aber sie brauchen ein Dach überm Kopf. Berlin wird expandieren, ach was, explodieren wird es in den nächsten Jahren. Dagegen sind London und New York Kartoffeldörfer. Die Mieten werden nach oben schießen wie eine Rakete, und wer rechtzeitig in Immobilien investiert hat, ist ein gemachter Mann: Er profitiert von einer unglaublichen Wertsteigerung. In ein paar Jahren wird man dort händeringend nach Immobilien suchen. Wenn Sie wieder verkaufen wollen, verdienen Sie sich eine zweite goldene Nase. Und nicht vergessen: Alles zahlt das Finanzamt."

„Und das geht wirklich?" Käfer konnte es immer noch nicht glauben. An und für sich bekam man in der Geschäftswelt schließlich nichts geschenkt, das war jedenfalls bisher immer so gewesen. Aber bisher war vieles anders gewesen, und nun in diesen neuen, historischen Umständen ...

Ehrlich hob die Stimme. „Aber in Berlin ist der Zug im Grunde schon abgefahren. Dieser Geheimtipp ist längst nicht mehr geheim. Zu hohe Grundstückspreise, da werden heute unverschämte Summen verlangt. Sie werden es nicht glauben: Neuntausend Mark für den Quadratmeter und mehr."

„Neun-tau-send?"

„Habe ich selber schon gesehen, schauen Sie sich ruhig um. Nein, Berlin ist schon zu teuer. Leider. Lohnt sich also kaum noch. Aus, vorbei! Zu spät, Herr Käfer. Tschüss und auf Wiedersehen." Pause. „Aber ... " Pause. „Aber: der Speckgürtel von Berlin!"

„Speckgürtel?"

„Die Orte außen herum: Teltow, Mahlow, Zeuthen, Stahnsdorf, Neuenhagen und natürlich Potsdam. Alles schön grün, alles ruhig, gepflegt, aber beste S-Bahn-Verbindung. Da lebt es sich gut, da wollen die Leute hin, vom Staatssekretär bis zur Schreibkraft. Ein, zwei Jahre und Sie werden diese Orte nicht wiedererkennen. Daher müssen Sie ran an den Speck, rein in den Speckgürtel. Und zwar dahin, wo der Speckgürtel am fettesten ist! Nach Ba-bels-berg! Jawohl! Die deutsche Filmstadt vor den Toren Berlins. Marlene Dietrich, Heinz Rühmann, Gustav Gründgens! Das deutsche Hollywood. Da wird jetzt gewaltig investiert. Riesige Summen. Da entsteht wieder das Zentrum des deutschen Films. Regisseure, Kameraleute, Schauspieler, alles kommt nach Babelsberg. Und genau da befindet sich unser Objekt!"

Ehrlich zog eine Prospektmappe aus der Tasche und ließ sie mit großer Geste auf den Tisch fallen: Kurfürstenpark! In riesigen Buchstaben.

Jetzt wurde es ernst. „Vollständig renovierter Altbau. Klassische Architektur – das ist kein Plattenbau! Vorkriegsware, hohe Räume, Stuckdecken, Parkettböden, Flügeltüren – hochherrschaftlich! Ein Traum, sag ich Ihnen. Dreißig Wohneinheiten, vor allem große Apartments, also das, was die Leute suchen. Denken Sie dran: Lieber drei kleine Einheiten als eine große. Rentiert sich besser. Kleiner Tipp von mir. Gratis, weil ich so ehrlich bin, haha. Na, was sagen Sie nun, das sieht doch nach was aus, oder?"

„Schon, ja, aber Berlin. Da fährt man doch zehn Stunden. Ich dachte eher an was Näheres, irgendwo an der Grenze vielleicht?"

„Aber Herr Käfer, Sie sollen doch da nicht einziehen. So schön es ist."

„Aber man muss doch mal nach dem Rechten sehen ..."

„Halt! Kommando zurück. Kleines Missverständnis: Sie sind Investor, nicht Häuslebauer! Sie legen Geld an. Geld ist ortsunabhängig. Sie fahren schließlich auch nicht jede Woche nach Frankfurt und schauen nach, wie es Ihrem Bundesschatzbrief geht, oder? Haha!"

„Haha! Nein, bestimmt nicht." Unmöglich, sich diese guten Witze alle zu merken.

„Sehen Sie! Um das Haus kümmert sich die Hausverwaltung. Wird alles perfekt organisiert. Sogar die Mieter."

„Die Mieter?" Man bekam also nicht nur Steuern, sondern auch noch Miete!

„Um die Mieter kümmert sich die Hausverwaltung. Und damit nichts schiefgeht, gibt es auch eine Mietgarantie. Wir sind schließlich Profis. Dafür schalten wir einen Treuhänder ein: Sehen Sie, die Garantisa übernimmt die Mietgarantie. Sehr renommiertes Haus, die sind auf so was spezialisiert. Ebenfalls Profis. Sie als Investor können schließlich nicht dafür einstehen, wenn ein Mieter mal knapp bei Kasse ist."

Jetzt war Gottfried Käfer vollends verblüfft. „Also das heißt, wenn der Mieter nicht zahlt, dann zahlt diese Garantisa?"

„So ist es. Das ist wie eine Versicherung. Die Miete ist Ihnen sicher. Aber ... " Wieder hob Ehrlich mahnend seinen Zeigefinger. „... Sie werden mich fragen, wo ist denn da der Pferdefuß, ohne Pferdefuß gibt's nicht. Tja, tut mir leid, auch im Kurfürstenpark gibt's leider, leider einen Pferdefuß: Das Objekt ist schon so gut wie verkauft. Auch hier im Raum Stuttgart haben wir etliche Objekte verkauft. Der Besitzer eines großen Autohauses in Waiblingen zum Beispiel, gleich zehn Einheiten. Es sind nur noch vier oder fünf Einheiten da. Aber auch die nicht mehr lange. Ich sage immer, keine Eile, abwarten und Tee trinken. Aber meine Kollegen bei der Immovesa, junge, hungrige Leute, die sind immer auf Trab."

„Ja ... und was ist mit anderen Häusern?"

„Natürlich. Es gibt ja Dutzende. Wird ja überall investiert. Von Rostock bis Plauen, wir bauen, bauen, bauen! Haha. Aber, Herr Käfer, wenn Sie investieren wollen ... nicht dass Sie sich gedrängt fühlen – bloß nicht! ... aber wenn, dann hätte ich gerne, dass Sie, Herr Käfer, im Kurfürstenpark dabei sind. Weil es das Beste und das Schönste ist, was derzeit überhaupt auf dem Markt ist."

Nun breitete er den Prospekt aus und führte den Kurfürstenpark in allen Einzelheiten vor, von der Kellertreppe bis zum Wasserhahn. Alles wurde in bester Qualität von renommierten Firmen gebaut und installiert, und er vergaß nicht, bei jedem Detail darauf hinzuweisen, dass im Grund ja das Finanzamt alles bezahlen würde. Angesichts dessen war der Kaufpreis – runde dreihunderttausend Mark je Einheit – im Grund eine Lappalie. „Die Handwerker sind schon drin. Bezugsfertig Sommer nächsten Jahres. Finanzierung durch die Sparkasse Heckental. Ja, Herr Käfer, sehen Sie: Die hiesige Sparkasse ist unser Partner. Seriöser geht's wirklich nicht mehr, das müssen Sie zugeben."

Gottfried gab es zu.

„Lesen Sie sich alles gut durch. Ein paar wenige Einheiten sind noch zu haben. Gut überlegen, Entscheidung treffen und dann – willkommen im Bund der Steuersparer."

Im Flur rumpelte es. Frau Käfer kehrte geräuschvoll heim, und sie war nicht allein; Veronika schien mitgekommen zu sein. Das war Gottfried gar nicht recht, er hätte diese geschäftliche Verhandlung gern ungestört zu Ende gebracht. Seine Frau, die auf dem Standpunkt beharrte, dass das Sparbuch die einzig mögliche Form der Geldanlage sei, würde das Gespräch mit Herrn Ehrlich sicher nicht voranbringen, sie würde mit Bedenken und Nörgeleien den neuen Geschäftspartner womöglich verprellen. Und die gute Gelegenheit, endlich auch einmal ordentlich Steuern zu sparen, würde womöglich ungenutzt verstreichen. Am Ende wäre er dann wieder der Einzige vom ganzen Club, der noch so dumm war, Steuern zu zahlen. Und er würde sich fragen lassen müssen, ob er nicht habe investieren *dürfen*.

Aber noch ehe er die Verhandlungen über seine neuen Investitionen vertagen konnte, waren die Damen schon im Zimmer, hatten Ehrlich kurz gemustert und ohne viel Umstände in der Sitzgruppe Platz genommen. Veronika hatte sich gleich einen Prospekt gegriffen und studierte den Kurfürstenpark, während Ehrlich wieder begann, über seinen Namen zu schwadronieren, ohne Rücksicht darauf, dass er diese Vorstellung eine halbe Stunde zuvor schon für Gottfried gegeben hatte. „Ich wollte, ich könnte Meier oder Schmidt heißen ... aber meine Frau ist eine geborene Zurkiewicz ... Ich hab's vorhin schon zu Ihrem Herrn Gemahl gesagt ... und überhaupt: Ehrlich währt am längsten!" Geduldig und routiniert trug er noch einmal die Sache mit den Steuern vor. „Ich frage Sie: Zahlen Sie gern Steuern?"

Das Zahlen von Steuern war auch der ängstlichen Sparsamkeit von Frau Käfer ein Ärgernis, und die Auffassung, man müsste jede Möglichkeit wahrnehmen, diese unnütze Ausgabe zu umgehen, in ihren Augen gar nicht so verkehrt. Andererseits: Die famose Idee dieses durchaus netten Herrn hatte unzweifelhaft mit der Aufnahme eines größeren Kredits zu tun, das hörte sie deutlicher heraus als ihr Gatte. Und Schulden zu machen, das war der guten Frau einfach ganz grundsätzlich zuwider. „Wissen Sie, ich komm aus einer Winzerfamilie. Mein Vater hat nie Schulden gemacht. Keinen Pfennig. Sein ganzes Leben nicht."

„Aber Ihr seliger Herr Vater hat vermutlich auch nicht über die Hälfte seines Einkommens dem Finanzamt überlassen müssen, gnädige Frau." Herr Ehrlich verstand es, im Herzen der Geschäftsfrau zu lesen.

Aber heute hatte er es auch noch mit Veronika zu tun. Die legte den Prospekt auf den Tisch, und ohne die Diskussion über die moralische Vertretbarkeit der Kreditaufnahme im Wandel der Zeit abzuwarten, sagte sie kurz und trocken: „Das Objekt kommt mir völlig überteuert vor." Einen Augenblick herrschte in der Sitzgruppe betretenes Schweigen. Gottfried Käfer rutschte tief in den Sessel zurück, er war von diesem Einwurf seiner Tochter mehr als peinlich berührt. Er würde es nie verstehen, wie die jungen Leute es fertigbrachten, einen so versierten Fachmann wie diesen Herrn Ehrlich, einen Mann von solchem Format, so grob und verletzend anzureden, als wäre sie die Expertin für Immobilien im Berliner Speckgürtel. Gerade weil er dem Herrn Ehrlich so gerne zugehört hatte, ärgerte ihn die Selbstsicherheit seiner Tochter.

Ehrlich hatte nur kurz Luft geholt, und nach der Zwischenfrage „Ach? Kennen Sie sich aus mit Immobilien?", spulte er die Vorzüge seines Angebots herunter. Die Ausstattung, hochwertig, an der Grenze zum Luxuriösen. Ein Lift! Ein Südbalkon! Das Parkett! Die Bäder! Die Verkehrsanbindung! Die Preise vergleichbarer Lagen! Kurz: der Kurfürstenpark war ein Schnäppchen, von allem anderen abgesehen. Aber er hatte das Pech, dass Veronika ihn nicht mochte. Er war ihr zu glatt und zu geschwätzig. Und überhaupt: blaues Hemd, weißer Kragen, gelbe Krawatte – das war die klassische Heiratsschwindlerausstattung. „Wenn Ihr Park so lukrativ ist, frage ich mich, wieso dann noch nicht alles verkauft ist."

Ehrlich war Profi genug, um zu wissen, dass die Luft aus dieser Verhandlung heraus, dass hier und heute kein Abschluss mehr möglich war. Diese dumme Gans hatte ihm das Geschäft in letzter Minute vermasselt. Er warf Veronika einen feindseligen Blick zu, den sie verstand und mit einem unverschämten Grinsen erwiderte. Man verabschiedete sich. „Ich lasse Ihnen die Unterlagen da, lesen Sie sich's in aller Ruhe durch, Herr Käfer. Ich dränge Sie bei Gott nicht. Aber ich kann Ihnen leider keine Option offenhalten. Was verkauft ist, ist verkauft." Dann war er draußen.

Noch ehe Gottfried Käfer seine sonst so geschätzte Tochter fragen konnte, wie sie dazu käme, seine Geschäftspartner derartig vor den Kopf zu stoßen, hatte diese schon den Spieß umgedreht und ihn zur Rede gestellt. „Sag mal, Papa, bist du noch bei Sinnen? Du hast doch nicht ernsthaft vorgehabt, so was zu kaufen?“ Gnadenlos zerpflücke sie alle Argumente: Dass er gar keinen Steuersatz von fünfzig Prozent hätte („Nur dann kann die Steuerersparnis den Investitionen entsprechen!“), dass die Abschreibung ganz falsch berechnet war, dass er doch gar keine Ahnung von den in Babelsberg ortsüblichen Grundstückspreisen hätte, und dann: „Wer sind denn diese Firmen? Immovesa und Garantisa? Du kennst diese Leute doch gar nicht. Wer weiß denn, ob die nicht in fünf Jahren pleite sind, dann kannst du dir deine Mietgarantie an den Hut stecken.“

„Du nimmst immer das Schlechteste von allen Menschen an. Aber so kann man letzten Endes überhaupt keine Geschäfte machen.“ Gottfried Käfer rühmte sich seiner Menschenkenntnis und zankte sich mit seiner Tochter über die mutmaßlichen Charaktereigenschaften des Herrn Ehrlich. „Wenn die Sparkasse mitmacht, hat es Hand und Fuß. Die sind doch Fachleute, das musst du doch zugeben.“

Nicht mal das gab Veronika zu. „Hast du nicht neulich selber gesagt, dass die Sparkasse auch nicht mehr das ist, was sie mal war?“

Niemals hatte er das gesagt, und wenn, dann hatte er es zumindest nicht so gemeint. „Du drehst mir ja das Wort im Munde um!“

Schließlich beendete Frau Käfer die Debatte und betonte noch einmal, ihr Vater habe niemals auch nur einen Pfennig Kredit aufgenommen. „Ich bin bloß froh, dass ich die Mutti heute noch begleitet hab“, setzte Veronika hinzu. „Gar nicht auszudenken, wenn wir nicht rechtzeitig dazugekommen wären.“

Am Abend erzählte sie Paul, dass ihr Vater allmählich alt würde. „Auf einen, der Ehrlich heißt, hätte er sich früher nie und nimmer eingelassen. Wie ein Heiratsschwindler sah der aus.“

Für Gottfried Käfer war die Angelegenheit zu einem Ärgernis geworden. Das Angebot des Herrn Ehrlich erstreckte sich ja nicht bloß auf Immobilien und aufs Steuersparen, sondern ging weit darüber hinaus: Es bedeutete Dabeisein, Mitmischen, nicht wieder der Dumme sein – auf Augenhöhe mit Leuten wie dem Schroth oder, warum nicht, dem Daismann. Am meisten aber ärgerte er sich darüber, dass sein Urteil in geschäftlichen Angelegenheiten offenbar nicht mehr galt. Dass die eigene Frau kein Verständnis für seine Pläne aufbrachte, war normal, das war vierzigjährige Gewohnheit. Dass aber die Tochter, die er sonst immer auf seiner Seite wusste, dieses g'scheite Mädle, ihm Knüppel zwischen die Beine warf, ihn vor einem Dritten blamierte, das wurmte ihn besonders. „Was ich sag, zählt wohl gar nicht mehr", brummte er beim Zähneputzen. Ein wenig Menschenkenntnis konnte man ihm doch wohl schon auch zutrauen.

Gleich am nächsten Vormittag entschloss sich Gottfried, bei der Sparkasse vorbeizuschauen, sich ganz unverbindlich zu erkundigen, was es mit dem Projekt Kurfürstenhof auf sich hatte. Vielleicht ließ sich da was in Erfahrung bringen, über andere Interessenten beispielsweise. Er war noch nicht halb über den Oberen Marktplatz, als er Ehrlich sah. Der kam aus der Sparkasse und hielt direkt auf ihn zu. Was sag ich denn jetzt, überlegte Gottfried Käfer und hätte sich am liebsten in eine Seitenstraße verdrückt. So weit war es schon, dass er sich genieren musste, wenn er einen Geschäftspartner traf. Er gab sich heldenhaft einen Ruck und ging festen Schritts auf Ehrlich zu.

„Herr Käfer, ja so was. So früh schon aktiv?" Ehrlich gab sich launig, und Gottfried war erleichtert, dass ihm der Mann die Obstruktionen seiner kleinkarierten Familie nicht nachtrug.

„Na, Sie sind gut, Herr Ehrlich! Es ist gleich halb zehn. Da bin ich normalerweise schon weiß Gott wo."

„Ja, da will ich Sie auch gar nicht aufhalten. Einen erfolgreichen Tag noch. Und Gruß zu Hause!" Und schon war er weg.

Gottfried Käfer schaute ihm verblüfft nach. Dass Ehrlich mit keinem Wort die geschäftlichen Angelegenheiten erwähnt hatte, beunruhigte ihn. Es kam ihm der schlimme Gedanke, dass er eben womöglich die letzten Einheiten des Kurfürstenparks unter Dach und Fach gebracht haben könnte, und dieser Gedanke begann ihn augenblicklich zu ärgern. Er schaute sich um. Drüben auf der Westseite stand Ehrlich jetzt unter den Arkaden vor der Drogerie Kerber, und schon musste er mit ansehen, wie Kerber dem Ehrlich von innen aufsperrte, ihn mit Handschlag begrüßte und in den Laden bat. „Na bravo", murmelte Gottfried. „Kann mir schon denken, was die zwei da verhandeln." Wahrscheinlich würde am Ende im ganzen Heckental tatsächlich nur noch einer Steuern zahlen.

„Nein, ganz verkauft ist das Objekt Kurfürstenhof meines Wissens noch nicht, Herr Käfer", sagte sein persönlicher Berater bei der Sparkasse. Das war neuerdings ein Herr Benske. Nur neue Gesichter im ganzen Laden. War das überhaupt noch seine Sparkasse? „Wären Sie denn interessiert, Herr Käfer? Ein prima Objekt. Sie müssten allerdings bald zu einem Entschluss kommen. Das Objekt ist eigentlich schon überzeichnet ..."

Auf dem Rückweg von der Sparkasse schaute Gottfried noch auf einen Sprung bei Hans Schroth vorbei, um ihn über Ehrlich und den Kurfürstenhof auszufragen. Er musste warten und nahm auf einer kaffeebraunen Couchgarnitur aus brasilianischem Büffelleder Platz, musste sich aber zweimal umsetzen, bis er halbwegs bequem saß. Komplett, mit einer Dreier-, einer Zweiercouch und einem Sessel kam die Garnitur auf zwölftausend Mark. Die Leute hatten einfach zu viel Geld. Dafür machte doch eine vierköpfige Familie zwei Wochen Urlaub in der Karibik. Nachdem er sich eine Viertelstunde über dieses und jenes geärgert hatte, kam sein Freund endlich.

„Unterschrieben hab ich noch nicht", sagte Schroth. „Ich nehm vielleicht noch meinen Sohn mit ins Boot, der muss auch dringend was mit der Steuer machen."

Angeblich hatten Kerber, Fuhrmann und Laug schon unterschrieben. „Ich glaub, der Laug hat den ganzen zweiten Stock gekauft. Aber sag's nicht weiter, dem Laug seine Frau darf's nämlich nicht wissen." Und jetzt lachten sie, Schroth und Käfer, gemeinsam über den Laug, den kleinen Optiker. So einer, der

Laug. Dem schafft die Frau an, was er tun darf und was nicht ... Es war unfassbar.

*

Ulla arbeitete jetzt halbtags in der Filiale Schätzingen, wo sie versuchte, sich in der Welt der Touristik zurechtzufinden. Für sie war alles neu. Sie hatte ja keine persönliche Reisevergangenheit und war weder am Vierwaldstätter See noch in Mallorca gewesen – aus Gründen, die allen bekannt waren und für die sie nichts konnte. „Sie hat die Mauer nicht gebaut", erklärte Gottfried Käfer seinen Angestellten. Aber Frau Birg, Frau Schmick, Frau Wiakowski, Frau Lenzert oder Herr Bayerle auch nicht. Und es war doch kein Dauerzustand, dass Ulla die Kunden fragen musste, wie es denn an der Algarve so aussähe, anstatt umgekehrt.

„Außer Erzgebirge und Usedom kennt die nix", sagte Frau Birg.

„Schlimm, wenn man nicht verreisen kann", sagte die Schmick. Aber sie sprach auch das eigentliche Problem an: „Muss so jemand dann ausgerechnet in einem Reisebüro arbeiten? Vielleicht wäre da ein Schreibwarengeschäft besser gewesen."

„Sofern sie schreiben kann", sagte Herr Bayerle. Aber Frau Schmick konnte darüber nicht lachen.

Ulla wusste wirklich gar nichts. Die sorgsam verklausulierten Beschreibungen der Kataloge: „Lebhaftes Familienhotel", „Meerblick" oder „Vorwiegend junge Gäste" – Ulla nahm jedes Wort für bare Münze und verstand überhaupt nicht, um was es dabei ging. Es waren dann die durch zahlreiche Reisen gewitzten Kunden, die ihr erklärten, wie es tatsächlich gemeint war.

Ulla selbst fand ihr Unwissen nicht tragisch, blieb immer heiter und gelassen. Es gab in der Schätzinger Filiale bald Kunden, die sich trotz fachlicher Defizite lieber von einer munteren Ulla Kalinke als von einer miesepetrigen Dagmar Wiakowski beraten ließen. Das galt insbesondere für Herren ab fünfzig, die sich bei der unerfahrenen, aber umso charmanteren Ulla als Männer von

Welt produzieren konnten. „Was? In Korfu waren Sie auch schon, Herr Jakob? Also, das müssen Sie mir erzählen!" Worauf Herr Jakob eine Dreiviertelstunde von seinen diversen Reiseabenteuern rund ums Mittelmeer berichtete. Bei Ullas Kolleginnen kam diese Art der Kundenbetreuung weniger gut an. „Wenn Sie ihn schön bitten, bringt er das nächste Mal seine Diasammlung mit", blaffte die Wiakowski. Schließlich wird die Arbeit ja nicht weniger, wenn eine Kraft, die ohnehin nur eine halbe ist, mit älteren Herren durch den Halbtag flirtet.

Paul hatte es lange nicht wahrhaben wollen. Die frühen Anzeichen, all die untrüglichen Kleinigkeiten hatte er einfach ignoriert. Sicher, es gab immer Gründe, in der Filiale in Schätzingen nach dem Rechten zu sehen, mehr als genug. Ulla hatte noch so viel zu lernen, denn so eine IATA-Buchung oder die Bedienung von Start-Amadeus war immer noch ganz schön kompliziert, das lernte man nicht von heute auf morgen. Und diese Frau Wiakowski war auch nicht immer eine Hilfe, schon gar nicht, wenn eine Migräne im Anflug war.

Natürlich klagte Paul über die zusätzliche Arbeit und die Fahrerei, aber in Wahrheit fuhr er jetzt ganz gern hinüber nach Schätzingen. Dass er Ulla aufgrund der menschlichen Enttäuschung, die er mit Ingo erlebt hatte, eigentlich entlassen wollte, war längst vergessen. Sie konnte ja nichts dafür, dass ihr Mann so ein Esel war.

Paul hätte es auch an anderen Dingen merken können. Zum Beispiel daran, wie oft er mit Ulla in Streit geriet, in kleine, aber heftige Streitereien, wenn sie schon wieder vergessen hatte, einen Telefonanruf aufzuschreiben oder von einem Kunden eine falsche Adresse notiert hatte. Einmal war er am Nachmittag nach Schätzingen gekommen, da saß eine Kundin ganz alleine im Laden und beschwerte sich, dass sie seit einer Viertelstunde nicht bedient würde. „Wenn Sie jetzt nicht gekommen wären, also ich wär wieder gegangen." Paul hatte sich umgeschaut, aber der Laden war tatsächlich leer, auch die Teeküche und die

Toilette. Es stellte sich heraus, dass Ulla vergessen hatte abzuschließen, als sie in die Mittagspause gegangen war – fast eine Stunde war der Laden unbesetzt und unverschlossen gewesen! Zur Rede gestellt, hatte sie das auch noch lustig gefunden. „Huch! Tatsächlich? Eine Stunde? Und es ist nichts geklaut worden? So ehrlich sind die Leute hier? Also, das hätt' ich nicht gedacht!" Mit herausfordernder Heiterkeit legte sie Paul nahe, sich doch nicht so aufzuregen. „Ist doch nichts passiert!"

Auch wenn es fast täglich zu solchen kleinen Auseinandersetzungen kam, er mochte diese Heiterkeit und dieses unverschämte, freche Lachen, mit dem sie ihm und allem begegnete und mit dem sie am Ende jede Auseinandersetzung auflöste. Und wie sie ihn immer ganz nebenbei, wie unabsichtlich, wie selbstverständlich berührte, am Arm, an der Schulter. „Weißt du, Paul, ich glaube ..." „Paul, sag mal ..." Und schon wieder lag ihre Hand auf seinem Arm, leicht und ganz beiläufig. Wenn sie mittags ging, natürlich sehr pünktlich, weil sie ihre Tochter von der Schule abholen musste, dann stand Paul hinterm Schaufenster und sah ihr nach, wie sie die Bahnhofstraße hinaufging. Wenn sie an der Ecke Mühlenstraße verschwunden war, wartete er noch ein paar Minuten, in der Hoffnung, sie würde vielleicht noch einmal zurückkommen.

Ulla hatte ganz andere Sorgen. Sie saß eines Morgens in ihrer neuen IKEA-Küche und rechnete. Sie rechnete noch mal und ein drittes Mal und dann hatte sie auf einmal ein ganz unangenehmes Gefühl. Auf dem Weg zur Arbeit schaute sie bei der Paracelsus-Apotheke vorbei, im Reisebüro zog sie sich kurz in die Toilette zurück, und dann war sie schwanger. Noch während sich Ullas Gatte Ingo in aller Stille außerehelich für Veronikas Nachwuchs abmühte, hatte ein eher beiläufiger ehelicher Verkehr mit Ulla zu einem schnellen Erfolg geführt.

Im ersten Moment war Ulla geschockt und meldete sich krank. Sie brauchte jetzt erst mal Ruhe und musste gründlich nachdenken. Eigentlich hatte sie nicht vor, das Kind zu bekommen. Ihre Verhältnisse waren schon mit einem Kind schwierig genug: ihr

Arbeitsplatz unsicher, weil sie mit der ungewohnten Arbeit nicht zurechtkam, und das Gehalt trotz verwandtschaftlicher Beziehungen zur Geschäftsleitung bescheiden. Eine größere Familie ließ sich damit nicht ernähren, zumal auch Ingo beruflich nicht auf die Beine kam. Er hatte sich in Kursen und Umschulungen festgefahren und würde auf absehbare Zeit nicht mehr als Arbeitslosenhilfe zum Lebensunterhalt beisteuern können. Überhaupt Ingo: Sie hatte sich in letzter Zeit ohnehin gefragt, was sie mit ihm noch zu schaffen hatte; sie würde ohne ihn mindestens genauso gut zurechtkommen. Und nun sollte sie ausgerechnet von ihm ein zweites Kind bekommen? Da wäre eine medizinische Lösung das kleinere Übel, das würde sie nach ein paar Tagen hinter sich haben.

Andererseits hätte sie nicht grundsätzlich etwas gegen ein zweites Kind einzuwenden gehabt, entsprechende Rahmenbedingungen vorausgesetzt: ein Vater, der einen sicheren Arbeitsplatz und geregeltes Einkommen zu bieten hatte. Vielleicht konnte sie ihrem neuen Kind so einen soliden Papa besorgen? Einen wie ... Paul, nur zum Beispiel. Sie musste ihm die tatsächlichen genetischen Verhältnisse ja nicht gleich auf die Nase binden. Hatte Ingo nicht erst neulich erzählt, dass eben dieser Paul und seine Veronika seit Jahren vergeblich an ihrer Fortpflanzung arbeiteten? Dass sie sogar über eine Adoption nachdachten?

Die Idee elektrisierte sie, setzte neue Kräfte frei. Je länger sie darüber nachdachte, desto besser gefielen ihr die neuen Aussichten. Paul war ein erfolgreicher Geschäftsmann, Schwiegersohn und Teilhaber, ein Unternehmer – allein von den Alimenten würden sie und Monika und das Kleine besser leben können als von dem, was sie jetzt verdiente. Und welcher Mann, der seit Jahren vergeblich auf Nachwuchs hofft, würde seine Vaterschaft infrage stellen, wenn sie ihm plötzlich zuflog? Umso weniger, als es ganz im Interesse Pauls sein würde, eine Beziehung zu ihr mit möglichst wenig Aufsehen abzuwickeln. Er würde in aller Stille zahlen, und zwar ausreichend.

Vielleicht waren die moralischen Aspekte dieses Plans ein

wenig fragwürdig, aber auch das nur auf den ersten Blick. Sobald es Ulla nämlich genauer betrachtete, war das Vorhaben irgendwo zwischen Notwehr und gutem Recht angesiedelt. Man konnte es einer Mutter schließlich nicht verargen, wenn sie versuchte, für ihre Kinder solide Verhältnisse zu schaffen. Wozu nun mal ein regelmäßiges Einkommen gehörte. Sie litt hier in diesem fremden Land, in diesem Tal mit seinen eigenartigen Menschen, ohnehin unter erschwerten Bedingungen. War es nicht jenseits juristischer Spitzfindigkeit sogar die Pflicht jeder echten Mutter, auch für eine solide wirtschaftliche Basis ihrer Mutterschaft zu sorgen?

Ulla überschlief die Sache, aber am nächsten Tag sah die Welt nicht anders aus. Also schritt sie zur Tat. Über ihr Outfit machte sie sich weniger Gedanken als Veronika kurz zuvor bei einer durchaus vergleichbaren Gelegenheit; Ulla war sich ihrer Wirkung auf Paul sicher. Der erwartete sie nach der Mittagspause schon mit Ungeduld – natürlich war sie wieder zu spät in die Filiale gekommen. „Ein Tässchen Kaffee, Paul?“

Der Nachmittag verging mit erotischem Geplänkel, das sich verklausuliert immer um das Thema Beischlaf drehte. Nur wenige Kunden störten. Kurz vor Geschäftsschluss legte Paul ein wenig zu, er wollte nicht noch einen Tag verlieren. Jetzt waren seine Avancen schon kaum mehr verklausuliert. Das Gespräch hatte sich in die Teeküche verlagert, und nun, außerhalb des Sichtbereichs des Schaufensters, kam Paul Ulla tatsächlich näher. Er zog sie an sich und tastete ihren Rücken hinunter, und Ulla schüttelte ihn nicht ab, sondern fragte ihn zweideutig, wo das alles hinführen solle. Er fand schnell die passende Antwort: „Vielleicht zu ... gutem Sex?“

Sie lachte ihm frech ins Gesicht und schob ihre Hand unter sein Hemd. „Guter Sex? Na, das möchte ich sehen.“

Einfach wurde es nicht: Entweder war die Anrichte der Teeküche drei Zentimeter zu hoch oder Paul drei Zentimeter zu klein – missliche Umstände, die den Aktionen eine gewisse Verkrampftheit verliehen. Die beiden hielten inne und sahen sich nach einem besseren Plätzchen um. Ulla schlug vor, sich auf den kleinen Tisch zu verlagern. Paul schüttelte den Kopf. „Das hält er nicht aus!“ Auch die Stühle waren kein geeigneter Platz, sie hatten Armstützen. Also blieb nichts anderes übrig – für ein Hotel war keine Zeit, Paul musste sich auf die Zehen stellen.

Hinterher gab es für jeden ein großes Glas Wodka. „Und das soll guter Sex gewesen sein?“, fragte Ulla und grinste Paul schon wieder unverschämt an. Es tat ihr sofort leid. Sie hatte es wirklich nicht böse gemeint, sie hatte es so dahingesagt, wie sie manchmal etwas so dahinsagte, was sie nachher bereute. Paul schluckte ein paarmal, denn er hatte die durchaus temperamentvolle Begegnung mit Ulla trotz der misslichen Umstände für ziemlich gut gehalten. Viel mehr konnte er nicht bieten, und wenn das kein guter Sex war ...

Ulla tat es jetzt ehrlich leid. Sie wollte Paul nicht verärgern. Schließlich musste sie der Glaubwürdigkeit halber mehr als einmal mit ihm verkehren, und da waren herabsetzende Bemerkungen kontraproduktiv. Und es war ja auch wirklich nicht so schlecht gewesen. „Weißt du, das ist mir nur so herausgerutscht. War ein Scherz. Ganz ehrlich.“

Damit war das zweite Treffen beschlossene Sache. Es fand gleich am nächsten Tag statt und verlief sehr harmonisch. Beide waren besser vorbereitet und entschlossen, sich nicht wieder von den Umständen irritieren zu lassen. Paul hatte diesmal für ein angenehmes Ambiente gesorgt und sich unter einem Vorwand den Schlüssel für unser Wochenendhäuschen im Schönbuch geborgt. Ulla hatte sich fest vorgenommen, keine dummen Bemerkungen zu machen, und so wurde es ein recht schöner Abend. War das nun guter Sex gewesen? Ulla schwor, dass sie sich an keinen besseren erinnern könne, aber so ganz glaubte ihr Paul nicht mehr. Das hatte sie ein für alle Mal verpatzt, das konnte ihr nun leid tun, wie es wollte.

Noch ein drittes Mal kamen sie zusammen, diesmal wieder in der Teeküche. Ulla war so schlau gewesen, aus dem Laden einen Schreibtischstuhl ohne Armlehnen mitzunehmen. Aber sie hatten den Verkehr in die Mittagspause gelegt, sodass alles mit Hast geschah. Ulla musste schnell los, um Monika von der Schule abzuholen, und gleich würde die Wiakowski kommen. Diesmal war man sich einig, dass es kein guter Sex gewesen war.

August

Vier Wochen später bat Ulla Paul um ein persönliches Gespräch. „Aber nicht im Laden!" Paul erschrak fürchterlich, weil er glaubte, irgendetwas wäre durchgesickert. Hatte Ingo etwas herausbekommen? Und drohte nun, die Angelegenheit an die große Glocke zu hängen? Oder Frau Wiakowski, wegen dieser verräterischen Flecken auf dem Schreibtischstuhl? Er überstand kaum die Stunde bis zum vereinbarten Treffen im Stadtpark. Dort schaute er sich konspirativ und gründlich um, sodass ihn ein älterer Spaziergänger ansprach: „Suchen Sie was, Herr Käfer?" Es war Herr Sauerbier, ein guter Kunde – im letzten Jahr „Königsstädte Marokkos, zwei Wochen Busrundreise ab Stuttgart, HP 2.200" –, einer von denen, die Paul auch nach Jahren als Schwiegersohn immer noch mit dem Namen der Firma ansprachen. Paul war gezwungen, zwei Extrarunden durch den Park zu drehen, um nur ja den Eindruck eines harmlosen Mittagspausenspaziergängers zu erwecken.

Ulla kam mit Sonnenbrille, hatte rot geweinte Augen und war schwanger. „Natürlich von dir. Du kannst vielleicht Fragen stellen!", antwortete sie empört. Seine Frage war zwar sachlich mehr als berechtigt, aber für einen Liebhaber ganz und gar nicht anständig. Dabei wusste Ulla nicht, dass sie mit dem Zeitpunkt ihrer Eröffnung unverschämtes Glück hatte: Wenige Wochen zuvor hätte Paul ihr vermutlich mit überlegenem Lächeln einen kleinen Stegreifvortrag über Azoospermie gehalten – nicht zu verwechseln mit Impotenz. Aber das Rad der Geschichte hatte sich weitergedreht und das Thema Azoospermie vom Tisch gefegt.

Am Freitagmorgen hatte Veronika nämlich wieder einmal ihren Teststreifen kontrolliert, und diesmal hatte er die richtige Färbung. Sie hatte sich auf den Rand der Badewanne gesetzt und für einen Moment war ihr schwindlig geworden. Nach all den Jahren! Sie war doch ihr ganzes Leben anständig gewesen, auch in den schwierigen Fragen des Lebens. Nun hatte sie ein Mal, ein einziges Mal, den Pfad der Tugend verlassen, und ihre ehebrecherische Aktion war umgehend belohnt worden. Wie das wohl der Vikar Ritter von der Erlöserkirche erklären würde?

Gleich am Nachmittag war Veronika in die Praxis von Frau Doktor Wiechmann gegangen und hatte die Nachricht überbracht. Die Frau Doktor fragte nicht nach, sie sagte nur „Glückwunsch!“ und wunderte sich nicht einmal. Am Abend hatte Veronika Paul mit der neuen Situation vertraut gemacht. Natürlich hatte er nicht „Von mir?“ gefragt, er kannte doch seine Veronika, Azoospermie hin oder her. Stattdessen hatte er sich begeistert über die Medizin ausgelassen. „Ärzte! Koryphäen! Klugscheißer!“ Veronika hatte sich gut vorbereitet und konnte eine ganze Liste ärztlicher Irrtümer unter besonderer Berücksichtigung der Reproduktionsmedizin vortragen.

Veronika hatte keinen Grund, Pauls Selbstbewusstsein in irgendeiner Weise zu dämpfen, und so waren sie beide glücklich. Paul hatte für ein paar Stunden sogar Ulla vergessen, gemeinsam sank man ins Ehebett, und es war nach langer Zeit das erste Mal, dass sich die beiden ganz ohne Erwartungen, Befürchtungen und Berechnungen einander hingaben. War das nun der berühmte gute Sex gewesen? Na ja, es war schon ganz in Ordnung, da konnte er sich nicht beschweren. Wollte er auch gar nicht. Aber um ganz ehrlich sein – der Abend mit Ulla im Schönbuch, das war richtig guter Sex gewesen.

Seit diesem Tag war jedenfalls das Thema Azoospermie erledigt, und wenn es noch eines Beweises bedurft hätte, dass er sich sein Eheglück selbst verdient hatte, so war er nun durch Ulla erbracht. Aber so erfreulich die Tatsache sein mochte, dass auch Ulla schwanger war, so problematisch war sie doch. Gerade jetzt konnte er Veronika nicht mit außerehelichen Aktivitäten kommen. Undenkbar.

Leider war Ulla in dieser Hinsicht kompromisslos. „Wegmachen kommt nicht infrage. Das hab ich einmal gemacht. Nicht noch mal."

„Bist du dir wirklich sicher?"

„Ich hab zwei Tage über nichts anderes nachgedacht."

„Ich meine, nicht dass du denkst, ich wollte dich unter Druck setzen ..." Das klang nicht mal ehrlich, und Ulla zog es vor, darauf nicht zu antworten.

„Was sagt denn Ingo dazu?" Einen Moment lang hoffte Paul, er könne den Balg, der seine Schuldigkeit bereits getan hatte, vielleicht seinem nichtsnutzigen Vetter unterschieben.

Aber da stellte sich Ulla dumm. „Was hat denn Ingo damit zu tun?" Von dem würde sie sich über kurz oder lang ohnehin trennen, bekannte sie. „Aber keine Angst, ich komm schon alleine klar. Musst mich nicht heiraten." Daraufhin schaute Paul so erleichtert, dass Ulla herzlich lachen musste.

*

Veronikas Sorgen: Eigentlich hätte Veronika jetzt glücklich sein können, endlich, nach so vielen Jahren, nach so vielen Enttäuschungen, kam ihre Familienplanung in Schwung. Aber die veränderten Lebensumstände, die ungewohnte Kost – sie musste jetzt für zwei essen –, das alles setzte ihr mehr zu, als sie erwartet hatte. Außerdem ging es so langsam voran, machte so wenig Fortschritte. Frau Doktor Wiechmann fiel auch nicht mehr ein, als schon wieder Geduld zu verlangen.

Überhaupt hatte sich Veronika das alles ganz anders vorgestellt. Die Menschen, die sie in ihren Zustand eingeweiht hatte, Familie, Kollegen, ein paar Bekannte, hatten zunächst ein frohes Gesicht gemacht und waren dann einfach zur Tagesordnung zurückgekehrt, als sei diese Schwangerschaft das Selbstverständlichste der Welt. Tante Erika fragte beiläufig: „Und? Alles in

Ordnung?“ Und Frau Fingerhut stellte zufrieden fest: „Gut siehst du aus!“ Von ihren zwei Fehlgeburten erzählte sie nur Frau Käfer: „Sagen Sie bloß der Veronika nichts.“ Und das war's dann schon mit der Anteilnahme, denn Frau Sailer war im letzten Herbst gestorben und die Gräsers waren jetzt beide im Heim.

Außer ihrer Mutter, die mit immer neuen Ratschlägen auf sie einredete, interessierte sich eigentlich niemand für Veronika. Und die Mutter beklagte, dass sie als werdende Großmutter nun gewissermaßen offiziell eine alte Frau sei. Leicht war es nicht, ihr etwas recht zu machen.

Auch mit Paul hatte es Veronika nicht leicht. Ihn hatte sie immerhin zum ersten azoospermischen Vater der Medizingeschichte gemacht, aber er würdigte das keineswegs so, wie es angebracht gewesen wäre. Er war nicht die Art werdender Vater, die Veronika in ihren Zeitschriften kennengelernt hatte – immer mit einem Ohr auf dem wachsenden Bauch und vor lauter Anteilnahme selbst mit den typischen Symptomen einer Schwangerschaft gesegnet: Übelkeit, Ziehen im Rücken, Spannen in der Brust.

Paul war Veronika nicht im Entferntesten so dankbar, wie er es aus ihrer Sicht hätte sein müssen. Angesichts der tatsächlichen Verhältnisse war das ein komplizierter Gedanke, und vielleicht hatte Veronika deswegen jetzt häufiger Kopfschmerzen. Sie ließ ihn seine mangelnde Anteilnahme spüren. „Ich bin im zweiten Monat, falls es dich interessiert.“ Und dass Paul so gar nichts von ihrem Seitensprung gemerkt hatte, so absolut gar nichts, das war sowieso typisch für ihn, so wenig einfühlsam wie er war. Kein Wunder, dass das Verhältnis der werdenden Eltern in diesem Jahrhundertsommer beidseitig merklich abkühlte.

*

Pauls Sorgen: In Pauls Leben gab es nicht nur eine Schwangere, sodass er seine Vatergefühle aufteilen musste. Zunächst hatte sich Ulla wieder mal krank gemeldet; sie war der Auffassung, wenn der Chef sie schon geschwängert hatte, dann hatte sie sich ein paar Extratage zu Hause auf jeden Fall verdient.

Paul lag das kleine Abenteuer noch immer und viel mehr als erwartet auf der Seele. Eine ganze Woche lang überlegte er, ob es zu früh wäre, bei Ulla anzurufen und sich nach ihrem Befinden zu erkundigen. Jeden Abend auf dem Heimweg machte er einen weiten Umweg, der ihn aus unterschiedlichen Richtungen immer am Haus von Ulla vorbeiführte. Er fuhr dann so langsam, wie es ohne aufzufallen möglich war, und schaute, ob oben im zweiten Stock Licht brannte, ob Ulla zu Hause war oder nicht. Das Licht brannte. Sie war also da. Und jetzt? Er fuhr langsam weiter, hielt ein paar Ecken später an und dachte nach. Sie war zu Hause, das wusste er nun, aber was sollte er mit dieser Information anfangen? Mit einem Stein im Magen fuhr er nach Hause. Am nächsten Abend war es genauso und auch am übernächsten. Dann fasste er sich ein Herz und rief doch bei Ulla an. Er verlangte eine Aussprache und erschreckte sie mit dem Nebensatz: „Und darüber, wie es weitergeht ..."

Paul hätte sich schnell und bequem aus der Affäre ziehen können. Er würde nur jeden Monat einen relativ bescheidenen Geldbetrag überweisen müssen, schließlich fiel ihm Ulla ja nicht mit Vorwürfen, Tränen oder herzzerreißendem Schluchzen lästig. Sie drohte auch nicht. Ein Dauerauftrag und vielleicht das eine oder andere Weihnachtsgeschenk, mehr würde nicht erforderlich sein.

Überraschend zwischen zwei Schwangere gestellt, neigte sich Pauls Herz wider alle Vernunft Ulla zu. Natürlich war es purer Wahnsinn, vor allem angesichts dessen, was alles für Veronika sprach ... seine ganze wirtschaftliche Existenz, die er sich gerade noch aufgebaut hatte.

Nicht einmal die offenkundige Tatsache, dass Ulla nichts von ihm wissen wollte, hielt ihn auf. Zunächst bekam er sie gar nicht zu Gesicht. Sie blieb im Krankenstand, er dachte sich lange, umständliche Ansprachen aus, mit denen er sie davon überzeugen wollte, dass sie nur mit ihm nicht bloß prima Sex, sondern auch das Glück ihres Lebens finden könnte. Das musste sie doch auch gespürt haben? Er saß an seinem Schreibtisch, glotzte blind in die Prospekte, nahm seine Umgebung nur schemenhaft wahr und wog im Stillen jedes einzelne Wort seiner Ansprache ab. Er feilte an den Formulierungen, und weil er nichts aufschreiben konnte, musste er sich in Gedanken wieder und wieder alles von Anfang an vorsprechen. Wenn dazwischen das Telefon klingelte oder jemand das Wort an ihn richtete, kam er aus dem Konzept und es ging alles von vorn los. Weil er ja tausend mögliche Einreden und Widersprüche zu berücksichtigen hatte, war sein stummer Vortrag schließlich so lang und verworren geworden, dass er vollends den Faden verlor. Kein Wunder, dass er von Tag zu Tag zerstreuter wurde und seine Aufgaben vernachlässigte.

Einmal sah er Ulla in der Fußgängerzone am Oberen Markt. Sie kam zusammen mit Monika vom Einkaufen. Er drückte sich schnell in einen Hauseingang, um nicht mit ihr zusammenzutreffen, denn darauf wäre er in diesem Moment nicht vorbereitet gewesen. Und womöglich hätte er das Falsche gesagt und nicht wieder gutzumachenden Schaden angerichtet. Sie ging in die Sonnen-Apotheke, er versteckte sich hinter der Ecke des Rathauses. Als sie aus der Apotheke kann, schlich er ihr nach, lief aber einer anderen Frau in die Arme. „Sie sind doch der Schwiegersohn vom Herrn Käfer? Gut, dass ich Sie treff'. Können Sie mir sagen, ob am Dienstag für den Bodensee noch Plätze frei sind? Aber nur die vorderen drei Reihen!"

Es war Frau Filgental, und Paul hätte sie am liebsten erdrosselt.

*

Ullas Sorgen: Für Ulla war es auch nicht einfach. Sie war erst ein paar Wochen schwanger, da begann sie zu ahnen, dass ihr Plan doch eine ziemlich dumme Idee sein könnte. Paul war offenbar nicht zufrieden damit, bei ihr seine Zeugungsfähigkeit unter Beweis gestellt zu haben. Er rief jetzt fast jeden Tag an und wollte wissen, wie es ihr ging; ja, er wollte sich sogar mit ihr treffen.

So war das nicht geplant gewesen, und schon hatte Ulla das unangenehme Gefühl, dass ihr die ganze Angelegenheit über den Kopf wachsen könnte. Am Ende würde Paul womöglich die eigene Frau, das eheliche Kind und das Unternehmen des Schwiegervaters verlassen und sich wie eine Klette bei ihr anhängen wollen. Womöglich als mittellose Klette. Für Arbeitslosengeld oder Sozialhilfe hätte sie auch bei Ingo bleiben können – und sich das ganze Kind sparen können, denn das würde sie auch noch durchfüttern müssen, und vielleicht noch Paul selbst, statt umgekehrt. Ein dämlicher Plan war das gewesen.

*

Ingos Sorgen: Aber niemand von uns ahnte damals, worüber sich Ingo unterdessen Sorgen machte und wie klein alle unsere Sorgen gegen seine waren. Es sollten noch Jahre vergehen, bis wir erfuhren, von welchem Kaliber diese Sorgen waren. Aber es ist fraglich, ob wir ihm überhaupt hätten helfen können.

*

Meine Sorgen: Das Elbe-Center und ein Nachrichtensprecher des Südwestfunks.

*

Mariannes Sorgen: Keine – das war zu erwarten gewesen.

September

Seit Juli, also seit man drüben mit richtigem Geld bezahlen konnte und musste, waren die Käfer-Reisebüros in Erfurt, Jena und Apolda in vollem Betrieb. Zwei Geschäfte waren in eigenhändig renovierten Läden untergebracht, die Filiale Apolda befand sich provisorisch in einem Container. Freilich waren Busreisen in den Westen jetzt im September kein Renner mehr. Jetzt prügelte sich niemand mehr um einen Fensterplatz für eine Fahrt von Erfurt zur Nürnberger Burg, obwohl die Preise nach wie vor bis aufs Äußerste kalkuliert waren. Bis auf unvertretbare zwölffünfzig war Käfer-Reisen für diese Tour heruntergegangen. Und wenn der Bus, der für 175 Mark für drei Tage nach Paris fuhr, nicht ausgelastet wurde, dann zahlte Käfer-Reisen drauf. Wenn es nach Paris ging, dann wurde der Bus ja noch halbwegs voll – aber Salzburg, aber Hamburg mit Hafenrundfahrt, aber München mit Tegernsee? Dafür gab es ganze sieben Anmeldungen. In die Dreiflüssestadt Passau wollte gar keiner mehr: ruinöse einundzwanzig Mark mit gutbürgerlichem Mittagstisch, und keine einzige Anmeldung. Ein Interessent hatte zu diesem einmaligen Angebot allen Ernstes gesagt: „In der Kantine vom Sportverein kostet das gleiche Gulasch nur dreisiebzig und ich muss dafür nicht acht Stunden im Bus hocken." Von einem anderen Reisenden bekam Gottfried Käfer anstelle einer Bezahlung für eine dreitägige Fahrt nach Wien ein Nachtsichtgerät aus den Beständen der Volksarmee überreicht. Gottfried nahm die Tauschware ausnahmsweise an, weil der Bus sowieso fahren musste, und so hatten jetzt die Käfers endlich ihr eigenes Nachtsichtgerät. Aber mehr als eines konnte man nicht brauchen.

Diese dramatische Entwicklung in der Umsetzung der Reisefreiheit stellte das Engagements von Käfer-Reisen im Osten, kaum hatte es begonnen, schon wieder infrage. Bloß gut, dass man außer den Bus- noch die Katalogreisen hatte, aber mit den schmalen Provisionen, die da übrig blieben, ließ sich ein ordentlicher Geschäftsbetrieb kaum am Laufen halten.

So sah es in Erfurt aus, wo das Geschäft unter der Leitung der von Kornwestheim dorthin übersiedelten Frau Urban wenigstens halbwegs ordentlich lief. Schlimmer war die Lage in Jena. Hier wurden die beiden Tafeln, auf denen die aktuellen Angebote ausgeschrieben waren – „Würzburg 17 Mark mit Mittagessen" – während der Mittagspause entwendet. Am helllichten Tag! Und selbst das wäre noch zu verschmerzen gewesen, aber das dortige Geschäft war zu weit von der Innenstadt entfernt, es hatte keine Lauflage, weil das geplante Ladenzentrum in der Nachbarschaft nicht zustande kam. Demzufolge blieb die Kundenfrequenz gering. Jetzt erst merkte man das, bei zurückgehendem Andrang, wenn einem die Leute nicht mehr die Türe einrannten wie in jenen wunderbaren, märchenhaften ersten Wochen des allgemeinen Neuanfangs. Und erst in Apolda! Hier war die Lauflage zwar besser, denn das Geschäft lag gleich schräg gegenüber vom Bahnhof, aber der Container war mittlerweile zwischen Baustellen eingekeilt und für Kunden kaum noch zugänglich. Da halfen auch die bunten Wimpel über dem Eingang nichts.

Aber das eigentliche Problem war ein ganz anderes. Die Menschen, für die man das alles doch machte, waren eine einzige Enttäuschung, die Kunden nicht anders als die Mitarbeiter. Anfangs hatte Gottfried im Club Diana gejammert: „Ich krieg kein Personal!“ Jetzt hatte er Personal, aber dieses Personal hatte vom Reisebüro-Geschäft keine Ahnung: „Die denken, sie brauchen nur einen Katalog aufschlagen und das war's dann. Die interessiert nur eins – wie sie selber billig verreisen können.“ Ein generelles Problem, das weit über den Einzelfall hinauswies: Beim Schroth wollte das Personal die Möbel zum Einkaufspreis – „und darauf noch Personalrabatt!“ Auch Schroth konnte es nicht fassen. Waren diese Mitarbeiter dann eingestellt, kamen erst recht merkwürdige Angewohnheiten zu Tage. „Nach der Mittagspause gehen sie erst mal zum Friseur, dann zur Kinderkrippe und dann schaun sie vielleicht noch beim Zahnarzt vorbei.“ Im Club Diana war man sich jetzt einig, dass das Wirtschaftssystem drüben letztlich an einer viel zu laschen Arbeitsauffassung gescheitert war. Dieses merkwürdige Land, wunderte sich Schroth, hatte den Leuten, denen es vierundzwanzig Stunden am Tag hinterhergeschnüffelt hatte, einfach zu viel durchgehen lassen. „Billige Mieten, subventionierte Wurst und tagsüber eine ruhige Kugel schieben, das funktioniert nirgends.“

Gottfried Käfer konnte es ja im Grunde egal sein, wenn andere

Leute ein ganzes Wirtschaftssystem verfrühstückten. Aber nun, in Erfurt, Jena und Apolda, da bedrohte der Schlendrian sein eigenes Wirtschaften. Doch es half nichts, wenn man sich ins Rößle setzte und einen Donnerstagabend lang über Kohl, Krause, Diestel und all die anderen herzog oder über die Treuhand schimpfte oder über den Lafontaine, den alten Sozi, der doch erst recht nichts besser machen würde. Otto Daismann (Türdichtungen und Kofferraumverkleidungen, aber trotzdem selbst ein alter Sozi) forderte die Rückkehr von Helmut Schmidt, der sich doch schon in der Hamburger Flutkatastrophe bewährt hatte. Oskar Täubner (Büromaschinen) riet seinerseits zu einem Triumvirat bestehend aus Ernst Albrecht, Edzard Reuter und August Everding. „Politik, Wirtschaft und Kultur müssen Hand in Hand arbeiten!" Rolf Fuhrmann (Sanitärgroßhandel) wiederum klagte, es gebe überhaupt keine Persönlichkeiten mehr, sondern „nur noch Technokraten und Bürokraten". Schließlich packte Gerhard Jobst, der Apotheker, die Angelegenheit grundsätzlich an und erklärte der Runde, dass das neunzehnte Jahrhundert das Jahrhundert der Buchstabenmenschen gewesen sei, während nun im zwanzigsten Jahrhundert die Zahlenmenschen das Sagen hätten. „Man sieht ja, was dabei rauskommt."

Für einen Augenblick herrschte am Tisch Schweigen und die Zahlenmenschen des Heckentals beugten sich betroffen über ihre Teller.

Gottfried brauchte aber weder Zahlen- noch Buchstabenmenschen, er brauchte Kunden, und weder Helmut Schmidt noch August Everding würden sich in Apolda vor den Käfer-Container stellen und Kunden hereinlotsen. Nein, man musste die Sache schon selber in die Hand nehmen. Man musste selber vor Ort sein und alles selbst kontrollieren. Man musste nach den einfachsten Dingen sehen, zum Beispiel danach, ob morgens das Geschäft pünktlich aufgesperrt wurde, dass nicht stattdessen mitten am Vormittag ein Zettel an der Türe klebte: „Komme gleich!"

Gottfried Käfer hatte das selbst erlebt, als er auf der Rückfahrt von Erfurt unangemeldet bei seiner Filiale in Apolda vorbeigeschaut hatte – vierzig Minuten hatte er vor dem verschlossenen Container gewartet. „Ach Herr Käfer, haben Sie denn keinen Schlüssel?" Und überhaupt: „Am Montagvormittag kommt sowieso nie jemand. Das haben Sie doch jetzt selbst gesehen, dass keiner gekommen ist."

Gottfried war fassungslos. Vor allem darüber, dass die Frau offenbar aus voller Überzeugung dieser geschäftsschädigenden Auffassung anhing. Dabei war sie eine Fachkraft, die er ein paar Wochen zuvor von einer aufgelösten Intourist-Niederlassung übernommen hatte. Jetzt sah sie ihn mit großen Augen verwundert an und verstand einfach nicht, worüber er sich so aufregte. Während er noch zeterte und tobte – ganz gegen seine Gewohnheit, Streitfragen mit Mitarbeitern in bestem Einvernehmen zu regeln –, hatte die Frau in aller Ruhe Kaffee gekocht und versucht, ihren Chef zu beruhigen. „Sie dürfen sich wirklich nicht so aufregen, Herr Käfer. Denken Sie an Ihr Herz." Und dann hatte sie ihren mitgebrachten Karton geöffnet: „So, jetzt schauen Sie mal her", sagte sie stolz und zeigte ihm ganz zutraulich ein paar neue Stiefel. „Im Angebot, nur fünfundfünfzig Mark! Das schöne Leder! Da hätten Sie doch auch zugegriffen?"

Konnte man so jemandem wirklich böse sein? Natürlich konnte man, der Täubner vielleicht und der Schroth auf alle Fälle, natürlich auch der Daismann, Sozi hin oder her. Aber nicht Gottfried Käfer. Die Frau hatte sich so über die neuen Stiefel gefreut, hatte ihm die Stiefel unter die Nase gehalten, damit er das schöne Leder riechen und sich mitfreuen konnte. Nur fünfundfünfzig Mark, und sie hatte sich dafür nicht mal anstellen müssen. Außerdem war er hier auf die wenigen Leute angewiesen, die sich den Unterschied zwischen Linien- und Charterflug merken konnten. Auf der Rückfahrt unkte er düster: „Die werden alle noch umdenken müssen!"

Frau Theuerwein und Frau Pollart, die neuen Kräfte bei Käfer-Reisen in Jena, sahen das genau umgekehrt; sie forderten mehr Einfühlung von ihrem Chef. „Hier müssen Sie ganz umdenken! Bei uns hier läuft der Hase einfach anders."

Es zeigte sich, dass man die Niederlassungen nicht mit gelegentlichen Kontrollbesuchen leiten konnte. Das Beispiel der Filiale Erfurt, wo Frau Urban die Fäden in der Hand hielt, bewies ja, wie wichtig es war, dass eine fachlich versierte Kraft vor Ort war. Herr Bayerle lehnte Gottfrieds Vorschlag, die Leitung in Jena zu übernehmen, geradezu brüsk ab. „Da würd ich mir lieber was antun, als da hingehen!“ Frau Birg hatte Familie, kam aber auch aus grundsätzlichen Erwägungen nicht infrage. Frau Häfner aus der Filiale Backnang musste sich um ihre kranke Mutter kümmern und Frau Lenzert wollte nicht so weit weg sein von ihrem Mann. „Aus gutem Grund“, wie die Birg hinter vorgehaltener Hand sagte.

Man musste es also wieder einmal selbst machen. Gottfried bedauerte, dass er dafür nun doch zu alt war, und damit blieb nur noch Paul. Er musste rüber und das Ruder in die Hand nehmen. Nur für ein oder zwei Monate. Das traf sich insofern gut, als Paul nach seinem kurzen Ausflug in die Welt der Promiskuität froh war, seiner angespannten häuslichen Situation für eine Weile den Rücken kehren zu können. Zwar war Veronika schwanger und hatte in ihrem Zustand Anspruch auf eine gewisse Unterstützung, aber sie sagte: „Von mir aus kannst du fahren.“ Es war ihr nicht unrecht, wenn ihr Paul jetzt nicht ständig über den Weg lief, andererseits war sie doch eingeschnappt, weil er dieses Ansinnen überhaupt vorgebracht hatte – in ihrem Zustand.

Rüberfahren und nach dem Rechten sehen: Das war freilich nicht so einfach, wie es gedacht war. Es gab keine Unterkünfte, und auch Käfer-Reisen Jena, jetzt das führende Reisebüro am Ort, sah sich nicht in der Lage, der eigenen Geschäftsführung eine Bleibe zu verschaffen. „In den paar Hotelzimmern, die wir hier haben, haben sich schon Siemens und Zeiss festgesetzt“, hatten die Damen Theuerwein und Pollart gemeldet.

Frau Pollart bot Paul ihre neue ausziehbare Wohnzimmercouch an, die sie für 1.300 Mark im Saale-Center erworben hatte. Das war zwar nett gemeint, aber keine Lösung. Paul mietete lieber beim Autoverleih Künkel in Heckenheim ein Wohnmobil, was überraschenderweise auch nicht billig war. „Mitten in der Hochsaison, ja was glauben Sie denn, Herr Szyrcyck! Ich bin bis Jahresende ausgebucht! Ferien im Wohnmobil ist Trend. Also, 's tut mir ehrlich leid, aber ein Vorzugspreis ... nein, unmöglich, ab November gern, aber jetzt ..."

„Der Künkel nimmt's auch von den Lebendigen", schimpfte Gottfried. „Der soll von mir noch mal was wollen. In Zukunft schick ich die Kunden auch zum Avis oder zum Sixt. Da brauch ich mich nachher wenigstens nicht ärgern!"

Was half es? Wie immer in solchen Fällen: nichts. Avis und Sixt waren sowieso völlig ausgebucht, Eurocar desgleichen. Also wurde bei Künkel gemietet, für stolze 195 Mark pro Tag, und auch das nur, weil der alte Käfer noch einmal persönlich intervenierte. „Das ist aber wirklich das Äußerste, Gottfried!" Dafür hatte dieses Äußerste eine chemische Toilette, eine Dusche mit Zweihundertlitertank, einen Kühlschrank, einen zweiflammigen Herd, die volle Küchenausstattung und zusätzlich zwei Campingstühle und einen Sonnenschirm ohne Aufpreis.

Bis Nürnberg kam Paul nur langsam voran, weil der riesige Kasten mit seinen 75 PS kaum mit dem Fahrtwind fertig wurde, geschweige denn mit Steigungen. Ab Nürnberg erledigte sich dieses Problem, weil die Verkehrslage sich den technischen Möglichkeiten des Hymer-P30 angepasst hatte. Hinter Hormersdorf kam der Verkehr ganz zum Erliegen, wobei es auch kein Spaß war, den klobigen Wagen per Kupplung meterweise vorwärtszubewegen. Mehrmals war Paul versucht, einfach von der Autobahn abzufahren und die Tatsache auszunutzen, dass er in einem kleinen Apartment unterwegs war: Auf einem schattigen Parkplatz könnte er ein Tässchen Kaffee kochen, sich für eine Stunde aufs Ohr legen und sich schließlich, wenn der Verkehr sich verflogen hatte, ausgeruht wieder auf die Piste begeben. Leider hatte er vergessen, vor der Abfahrt den Kühlschrank zu füllen, es gab im Hymer weder Kaffee noch Milch, nur Propangas war da – und Wasser für den Fall, dass Paul hätte duschen wollen. Bei Schleiz gab er endlich auf und verließ die A9, um einzukaufen. Es war gerade Mittagszeit, also waren die Bäckereien und Metzgereien, von denen Paul die letzten Stunden geträumt hatte, geschlossen. Nach siebzehn Stunden Fahrt hatte Paul endlich Jena erreicht, aber da war das Käfersche Reisebüro schon geschlossen. Zehn Minuten vor Ladenschluss! „Wir haben nicht mehr gedacht, dass Sie noch kommen", erklärten ihm die Damen Theuerwein und Pollart am nächsten Tag.

An diesem Abend parkte Paul seinen Hymer gleich vor dem Reisebüro und hatte so morgens nur fünf Meter zur Arbeit – der beste Platz für durchgängige Kontrolle. Aber weit gefehlt. „Hier ist kein Wohnwagen-Stellplatz. Sie können hier nicht nächtigen", beschieden ihn zwei Stunden später die lokalen Behörden in Person zweier Streifenbeamter. Sie hatten auch kein Einsehen, als sich Paul als Investor zu erkennen gab, der dabei war, in Jena neue Arbeitsplätze in der Touristik zu schaffen.

„Ich arbeite hier für Ihre Stadt", warf er sich stolz in die Brust.

„Fahren Sie unverzüglich weiter!"

„Ist doch kein Parkverbot hier!"

„Trotzdem dürfen Sie hier nicht nächtigen."

„Warum nicht?"

„Wird's bald?"

Der Ton war alles andere als bürgerfreundlich, und fast wäre Paul ein böses Wort herausgerutscht, das sich auf eine mögliche Vergangenheit der beiden Beamten bei einer Vorgängerorganisation ihres jetzigen Arbeitgebers bezogen hätte, was ihm womöglich eine Anzeige wegen Beamtenbeleidigung eingebracht hätte.

„So wird das hier nie was", raunzte er noch, dann fuhr er in einen Vorort und stellte sich in eine Seitenstraße.

Es wäre vielleicht der richtige Platz gewesen, sich gründlich auszuruhen. Aber gegen zwei Uhr nachts wurde Paul durch laute Stimmen geweckt. Noch ehe er begriffen hatte, was vor sich ging, wurde an sämtlichen Türgriffen gerüttelt und auf die Motorhaube getrommelt. Paul hörte Flaschen klirren und unanständige Lieder singen. Er zog es vor, sich ruhig zu verhalten, und war froh, dass er alle Vorhänge ringsum zugezogen hatte. „Deutsche Frauen, deutsches Bier ..." wurden besungen, die restlichen Strophen konnte Paul nicht verstehen. Dann stiegen sie auf die Stoßstangen und ließen den Hymer auf und ab wippen. Paul hielt es weiterhin für geraten, nicht einzuschreiten, vielleicht hatten sie gar nicht gemerkt, dass das Fahrzeug bewohnt war. Er schwitzte Blut und Wasser, bis die Stimmen nach einer halben Stunde endlich weiterzogen. Lange hörte er sie noch in der Ferne grölen und war unschlüssig, ob er weiter still bleiben sollte oder schnell das Weite suchen – aber würde der Hymer auch problemlos anspringen? Wenn nicht, würden die nächtlichen Besucher vielleicht zurückkehren? Und wenn sie ihn mit einem Ausländer verwechselten? Ein Afrikaner oder ein Vietnamese war er erkennbar nicht, aber für einen Polen oder einen Russen könnte man ihn in der Dunkelheit schon halten. Er wartete noch eine Stunde, bevor er sich nach draußen wagte. Die Antenne und beide Außenspiegel waren abgerissen, ein Scheibenwischer bis zur Unbrauchbarkeit verbogen.

Am nächsten Morgen um 7 Uhr 30 stellte Paul das Wohnmobil vor das Rathaus. Er wollte sich offiziell und in aller Form bei der Stadt Jena beschweren. Er ließ sich zum Referenten für Wirtschaftsfragen führen; der war der Einzige, der so früh schon anwesend war. Er traf auf einen blassen, schmalen jungen Mann, der aus dem oberbayerischen Weilheim stammte. An ihm ließ Paul jetzt mit erhobener Stimme seinen Groll aus

„Soll das ein Investitionsklima sein? Was glauben Sie, wie viel wir bisher hier hineingesteckt haben? Und noch keinen Pfennig unterm Strich verdient! Ich bin keine Stunde hier und schon ... das sind doch Schikanen. Und heute Nacht! Soll ich Ihnen erzählen, was heute Nacht los war?" Paul erzählte es dem Referenten. „Und eines sage ich Ihnen: Wir machen noch heute das Reisebüro zu und stellen eine Vollzeit- und zwei Teilzeitkräfte raus, wenn Sie nicht ...! Und alle Unternehmer im ganzen Heckental werden ebenfalls ... dafür sorge ich persönlich!"

Große Worte, aber der Referent aus Oberbayern nahm Paul

den Wind aus den Segeln. Hilflos hob er die Arme. „Glauben Sie mir, für mich ist das hier auch alles neu", sagte der junge Mann. „Daheim in Weilheim hatten wir im letzten Jahr eine Arbeitslosenquote von 2,1 Prozent! Und hier ... Ich weiß gar nicht, was ich machen soll. Ich habe mich für drei Jahre hierher verpflichtet. Nicht dass Sie glauben, wegen der Buschzulage, so viel macht das nicht aus, das geht ja sowieso alles wieder drauf, durch die Fahrerei und weil Sie alles mitbringen müssen. Aber es hat geheißen, man käme dann schneller voran, es wär ein Karriereschub, wenn man hergeht. Aber das ..." Er sackte hinter seinem Schreibtisch zusammen. „Schauen Sie, ich wohne in einer Pension, draußen, zwanzig Kilometer von hier. Das Haus ist erst seit zwei Monaten eine Pension. Ich will gar nicht wissen, was es vorher war. Die einzige Dusche ist im Keller und es gibt nicht mal Frühstück. Jedenfalls ... also ich wär froh um so ein Wohnmobil ..."

Er brach ab. Paul, der kaum zugehört hatte, grollte: „Wir machen dicht und entlassen!"

„Ja mei", jammerte der Beamte, „ich würd Ihnen gern einen Kaffee anbieten, Herr Szyrcyck. Aber ... ich hab hier in der Küche so eine Art Hausverbot."

„Was?"

Der Referent stellte eine Einkaufstüte auf seinen Schreibtisch. „Ich fürchte, die Leute hier mögen mich nicht. Schauen Sie: Kaffeepulver und Dosenmilch hätt' ich sogar, aber kein heißes Wasser." Er zuckte entschuldigend mit seinen schmalen Schultern. „Und ich kann Sie nicht mal ins Café einladen, weil das einzige, das es gibt, vor elf Uhr nicht auf hat." Er schaute Paul mit großen traurigen Augen an und unterstrich seine Worte mit verzweifelten Gesten.

Schließlich sagte Paul: „Los! Kommen Sie." Gemeinsam gingen sie vors Rathaus, stiegen in den Hymer und kochten sich in der Bordküche Kaffee. Da saßen sie nun, auf der Eckbank hinter dem großen Panoramafenster, jeder mit einer Plastiktasse in der Hand.

„Ich will mit dem Wohnmobil vor dem Geschäft stehen dürfen“, forderte Paul.

„Ich red direkt mit dem Polizeipräsidenten. Ein Parteifreund aus Ingolstadt, den kenn ich persönlich. Für wie lange?“

„Sechs Wochen! Das muss reichen; dann fahr ich zurück.“

Der Referent holte tief Luft und sagte: „Sechs Wochen! Mein Gott, und ich hab noch fast drei Jahre.“

Draußen rüttelte die Polizei an den Türgriffen. „Sie versteh’n wohl kein Deutsch? Außerdem haben Sie keinen Rückspiegel!“ Nach einer sich über Stunden hinziehenden Rücksprache mit dem Polizeipräsidium durfte Paul den Hymer wenigstens in der Nähe des Reisebüros stehen lassen, sogar über Nacht, und er erhielt die persönliche Zusicherung des Polizeipräsidenten, dass die Polizei nächtens zwischendurch immer wieder mal ein Auge auf seine Sicherheit haben würde. Dafür verzichtete Paul auf den Abbau von zwei Arbeitsplätzen.

Vielleicht hatte er mit dieser Zusage aber den Mund schon zu voll genommen. Paul kontrollierte zwar jetzt das Geschäft, man öffnete pünktlich, hielt das Schaufenster und die Prospekte in Ordnung, es war immer frischer Kaffee für die Kunden da – aber mehr als zehn Anmeldungen kamen trotzdem nie zustande, egal wohin. Bei Flugreisen sah es ein wenig besser aus: Mallorca, Gran Canaria und vor allem Tunesien, wo es immer am billigsten war. „Die schauen bloß noch aufs Geld“, berichtete Paul nach Hause. Wie sollte er bei dieser Einstellung seinen Geschäftsplan einhalten? Doch, halt, eine ganz große Reise konnte er trotzdem verkaufen: Herr Dörschl, der blasse Wirtschaftsreferent aus Weilheim/Obb., Pauls einziger Freund in der Stadt und sein persönlicher Verbindungsmann im Rathaus, hatte bei ihm vier Wochen Neuseeland gebucht, im Britz-Wohnmobil, inklusive Flug mit New Zeeland Air via Los Angeles, Gesamtpreis für zwei Personen 16.500 Mark. „Vielleicht bleib ich ganz drunten“, sagte er.

Mit Abenteuerreisen nach Neuseeland ließ sich die Auslastung der Käfer-Busse natürlich nicht steigern. Auf diesem Gebiet hatte Paul mit seiner morgendlichen Pünktlichkeit nicht mehr bewirkt als die Damen Theuerwein und Pollart zuvor mit ihrer großzügigen Auslegung der Geschäftszeiten. Und sie versäumten nicht, es ihm jeden Tag unter die Nase zu reiben: „Da sehen Sie selber! Dass es nicht an uns liegt. Die Leute sind hier einfach anders." Überhaupt wussten Frau Theuerwein und Frau Pollart bestens Bescheid. „Mallorca geht immer. Mallorca und Tunesien. An die Sonne wollen die Leute! Ihre Busse können Sie verkaufen."

Das wirklich Ärgerliche an diesem dummen, inkompetenten, defätistischen und völlig unqualifizierten Geschwätz war: Es sah ganz so aus, als hätten die beiden auch noch recht. Paul meldete Woche für Woche nur magere Zahlen nach Heckenheim, und der alte Käfer konnte sich gereizte Bemerkungen über den Osten nicht länger verkneifen. „Vierzig Jahre haben sie wegen ihrer Reisefreiheit gejammert, und jetzt hocken sie alle daheim herum." Mallorca und Djerba, das war doch lächerlich. Dafür Reisefreiheit? Gottfried verstand die Welt nicht mehr. Mit „Gotische Kathedralen der Île-de-France" oder „Erbe der Etrusker" konnte man niemand in die Busse locken. Ganz anders hatte er sich das vorgestellt, ganz anders.

Ein gewisser Trost war, dass es anderen kaum besser erging. „Dem Schroth haben sie auf seiner Baustelle in Gera einen kompletten Bagger gestohlen!" Der Laug hatte in Halle schon die dritte Schaufensterscheibe einsetzen müssen und seinen Laden schließlich resigniert der Fielmann-Kette überlassen. Wenig später erledigte sich für Käfer-Reisen wenigstens der Problemfall Apolda: Der Container, der das dortige Reisebüro beherbergt hatte, brannte über Nacht aus. Die Versicherung zahlte wenigstens ein paar Tausender, das war mehr, als dort mit Busreisen zu verdienen war.

Im September kündigte ganz überraschend Frau Urban, die Filialleiterin in Erfurt. „Meinem Mann hat's in Thüringen nicht gefallen. Obwohl er von da kommt." Man munkelte in Heckenheim, Rudolf Urban, Gymnasiallehrer für Deutsch und Sozialkunde, habe ein restituiertes Wohnhaus in Erfurt auf kurzem Weg entmieten wollen, worauf ihm Unbekannte eines Abends auf dem Heimweg eine Abreibung verpasst und einen Wohnortwechsel empfohlen hätten. Andere Insider behaupteten, Urban habe was mit einer Schülerin vom Erfurter Gymnasium gehabt und die Abreibung sei von deren Verwandtschaft veranlasst worden. Wieder andere meinten, die Wahrheit liege wie so oft in der Mitte, weil die Schülerin in dem bewussten Haus gewohnt habe. Nun auf einmal erzählte man sich, dass schon die überstürzte Übersiedlung der Urbans von Heckenheim nach Thüringen mit einer Schülerin vom Heckenheimer Hölderlin-Gymnasium zu tun gehabt habe – deren Vater habe Urban vor die Wahl gestellt: „Anzeige oder auswandern!" So war das Ehepaar nach Thüringen gekommen.

Die Urbans waren damit auch in Heckenheim unmöglich. Frau Schwarzmaier von der Bäckerei Schwarzmaier in der Heilbronner Straße jedenfalls sagte zu Frau Käfer, dass sie einem Schürzenjäger wie dem Urban kein altes Brot mehr verkaufen würde. Frau Käfer wiederum sagte in der Metzgerei Heiner, die Schwarzmaiers sollten lieber mal vor der eignen Türe kehren. Der überraschend in den Ruhestand versetzte Urban übersiedelte samt Gattin am ersten Januar nach Lanzarote, wo es weder restituierte Wohnhäuser noch Gymnasien gab. Allerdings war nach dieser Episode die Filiale von Käfer-Reisen in Erfurt ohne Führung. Jetzt musste wirklich umgedacht werden.

*

Fast den ganzen Herbst des Jahres 1990 brachte Paul in Thüringen zu. Die ersten Wochen wohnte er im Hymer, dann endlich fand sich in Pössneck, etwa eine halbe Stunde südlich von Jena, bei Frau Schinzel, Großtante von Frau Pollart, ein Zimmer für ihn. „Seit letztes Jahr ihr Mann gestorben ist, ist ihr die Wohnung viel zu groß. Grad jetzt, wo auch noch die Miete steigt." Herr Schinzel hatte einen Schlaganfall gehabt, und, laut Pollart, vor seinem Ableben zwei Jahre nur aus einem Mundwinkel sprechen können. Was aber das Merkwürdigste war: Er hatte es das ganze Leben lang am Magen gehabt. Und war trotzdem am Schlaganfall gestorben.

Nach ein paar Tagen bereute es Paul, dass er den Hymer schon zurückgegeben hatte, denn die wenigen Quadratmeter, die das Zimmer umfasste, waren denkbar ungünstig auf Länge und Breite verteilt. Insbesondere aber waren die Umstände im Schinzelschen Badezimmer bescheiden – warmes Duschen beispielsweise erforderte eine Vorlaufzeit von mindestens zwei Stunden. Dafür war die Miete niedrig: Frau Schinzel war mit zweihundert Mark zufrieden – so viel hatte Paul für den Hymer am Tag bezahlen müssen. Damit rentierten sich die etwas unbequemen Umstände der neuen Unterkunft bereits ab dem zweiten Tag.

Paul legte auf die Miete noch zwanzig Mark drauf, unter der Maßgabe, dass die Schinzel ihm ein ordentliches Frühstück servierte: „Mit weichem Ei!"

„Jeden Tag?"

„Jeden Tag."

„Wenn Sie wollen, können Sie bei mir auch Abendbrot bekommen." Das lehnte Paul dankend ab. Da hatte er jedoch das gastronomische Angebot von Pössneck noch nicht näher kennengelernt. Schon ein paar Tage später sollte er um den Schinzelschen Brotaufstrich froh sein.

Dass Paul freiwillig mehr Miete zahlte, war einem anderen Hausgast gar nicht recht. „Das wissen Sie schon, dass Sie die Preise verderben", raunzte ihn Herr Eibing an. Paul hatte bis dahin von diesem anderen Mieter nichts gewusst – er hatte eigentlich gedacht, dass er sich das Bad nur mit der Schinzel teilen musste.

Tatsächlich aber störte Eibing die häuslichen Abläufe nur unwesentlich. Er war ein überaus stiller Untermieter und kam Paul im Bad nicht ins Gehege, weil er immer spät aufstand. Eibing war arbeitslos – bis vor einigen Wochen war er Ingenieur bei VEB Carl Zeiss gewesen, nun hatte man ihn abgewickelt. Mit seinen dreiundfünfzig Jahren schätzte er seine Aussichten auf dem Arbeitsmarkt realistisch ein und wartete nur noch auf die Rente.

„Er sagt, seit dem der Tod seiner Frau wäre ihm ohnehin alles egal", berichtete die Schinzel und zog dabei eine abschätzige Grimasse. „Ich glaub ihm kein Wort. Seine Frau! Ich bitte Sie, Herr Szyrcyck! In Wahrheit, also ganz im Vertrauen, ist der Genosse Eibing nämlich stockschwul." Außerdem habe es bei Zeiss etwas gegeben ... nicht so etwas wie bei Urban, aber es habe gereicht für einen raschen Abschied. Man habe sich erzählt, dass der Eibing IM Marabu gewesen sei. „Mir auch egal, wenn er die Miete pünktlich zahlt", sagte die Schinzel. Dann sah sie sich nach allen Seiten um und flüsterte: „Mein Mann war ja auch ... Sie verstehen schon ... " Sie hob beide Hände und verdrehte die Augen. Paul war sich nicht sicher, ob der verstorbene Schinzel, dessen Bild an prominenter Stelle das Wohnzimmer schmückte, stockschwul oder Mitarbeiter der Staatssicherheit gewesen war. Er fragte lieber nicht nach.

Am nächsten Abend klopfte Eibing an Pauls Zimmertür. Er hatte eine Flasche Korn unterm Arm und wollte auf gute Nachbarschaft anstoßen. Paul blieb reserviert und kippte den Korn rasch hinunter. Er müsse sehr früh raus, sagte er. „Bis Jena ist es ja auch eine ganz schöne Strecke."

Zwei Tage später stand Eibing wieder in Pauls Tür, diesmal hatte er eine Weinflasche dabei. „Ein Dornfelder. Sagt Ihnen das was?" Paul musste seinen Nachbarn wohl oder übel hereinbitten, aber ihm war nicht ganz wohl dabei, wobei er nicht hätte sagen können, ob ihn die homoerotische Variante oder der Marabu mehr beunruhigte. Eibing hatte außer der Weinflasche auch einen grünen Schnellhefter unterm Arm. „Interessieren Sie sich für Geschichte, Herr Szyrcyck?" Dafür interessierte sich Paul nicht im Geringsten. „Schade", sagte Eibing, und es blieb bei einem Glas.

Irgendwie musste Eibing zu Ohren gekommen sein, dass das Reisebüro Probleme mit der Auslastung seiner Busse hatte. Und so stand er ein paar Tage später wieder in Pauls Zimmer. „Warum sagen Sie denn nichts, Herr Szyrcyck?" Er hatte auch eine gute Idee mitgebracht: „Wenn die Leute sehen, dass der Bus leer ist, wollen sie erst recht nicht mit. Das ist ein Teufelskreis, wissen Sie." Er bot sich an, zur Vortäuschung einer höheren Auslastung selbst mitzufahren. „Kostet Sie keinen Pfennig. Ich hab doch sowieso nichts zu tun. Mir ist auch egal, wo Sie hinfahren. Ich setzte mich ganz ruhig hinten in den Bus, mache ein freundliches Gesicht und bin einfach nur anwesend." Mittags eine Bockwurst und ein kleines Bier wären als Aufwandsentschädigung völlig ausreichend. Außerdem hätte er den einen oder anderen guten Bekannten, der ebenfalls bereit wäre, als „Auslastungskader" mitzufahren. Ebenfalls für eine Bockwurst und ein kleines Bier. „Dann hätten Sie schon drei Passagiere mehr! Sieht doch viel besser aus als ein halb leerer Bus, nicht wahr?" Eibing hatte seinen Vorschlag kaum ausgesprochen, da schoss die Schinzel aus ihrer Küche und meinte, die Idee sei ganz famos und selbstverständlich würde sie ebenfalls mitkommen. Generell hieße es in diesen schwierigen Zeiten zusammenhalten: „Wäre doch gelacht, wenn wir Ihre Auslastung nicht in die Höhe treiben könnten." Und wenn nur Männer mitfahren würden, dann würde das doch auch irgendwie komisch aussehen.

An der Idee, die Auslastung der Omnibusse wenigstens optisch zu verbessern, war was dran, ohne Zweifel. Aber Paul hatte doch Bedenken, denn sollte dieses Täuschungsmanöver herauskommen, vielleicht sogar bei Panorama oder Report aufgegriffen werden, dann würde er den Laden gleich zusperren können. Oder wenn sich herausstellen würde, dass Käfer-Reisen sich nicht nur mit IM Marabu, sondern womöglich auch mit IM Flamingo, IM Pelikan und IM Basstölpel ausgelastet hatte. Dafür reichten schon Gerüchte.

Paul sagte, er würde es sich durch den Kopf gehen lassen, und dabei blieb es. Mitte November zog er dann noch mal um, er hatte endlich ein Zimmer in einem kleinen, aber im westeuropäischen Standard liegenden Hotel in Apolda gefunden. Die durchschnittliche Auslastung der Busse fiel währenddessen unter 25 Prozent, aber daran war auch das schlechte Herbstwetter schuld.

Oktober

Am 1. Oktober 1990 war es so weit: Ich räumte offiziell meinen Platz für diesen Nachrichtensprecher des Südwestfunks, mit dem Marianne neuerdings Tisch und Bett teilte.

Wenn es wenigstens jemand von Format gewesen wäre, ein Wissenschaftler, ein Politiker oder ein Künstler, ein Bildhauer zum Beispiel, meinetwegen sogar ein erfolgreicher Bauunternehmer. Jedenfalls jemand, der etwas in der Welt hinterlassen würde. Mehr als nur Schall.

„Warum spricht er nicht im Fernsehen?“, fragte ich. „Ist er so hässlich?“

Marianne lachte nur und sagte: „Keep cool!“

Solche Ausdrücke hatte sie von ihm gelernt: „Keep cool!“, „Shit happens!“ oder „Bingo!“ Früher hatte sie Brecht zitiert.

Ausgerechnet am 1. Oktober, knapp vor dem historischsten aller Augenblicke, trennte ich mich von Marianne. Ausgerechnet jetzt – es war Zufall, ja, aber trotzdem unpassend, widersinnig, paradox, aberwitzig, grotesk, absurd. Ich fragte Marianne, ob wir es nicht verschieben könnten, wenigstens um einen Monat. Mit dem 1. November hätte ich überhaupt kein Problem, behauptete ich. Im Stillen spekulierte ich darauf, dass am 1. November Allerheiligen ist, also ein Feiertag; der 1. Dezember wäre dann schon kurz vor Weihnachten, da ginge es wegen der Kinder nicht, und am 1. Januar wäre wieder Feiertag, sodass als nächstmöglicher Auszugstermin erst der 1. Februar infrage käme. Und im Verlauf von vier Monaten hat sich schon mancher Nachrichtensprecher in Schall und Rauch aufgelöst.

„Nein, Olaf, wir verschieben es nicht“, schnauzte sie mich an. „Jetzt haben wir die Sache die ganze Zeit wie zwei erwachsene Menschen durchgestanden, und nun fängst du auf einmal mit so einem kindischen Getue an. Dass dir das nicht selber peinlich ist. Ich hab dich wirklich für gescheiter gehalten. Was sollen denn die Mädchen denken?“

Also wurde ich wieder erwachsen und erkundigte mich, was

meine beiden Mädchen darüber dachten. Zum Beispiel über einen gewissen Sprecher des Südwestfunks. „Wie ist er denn so?"

„Ach, der Stefan ist schon in Ordnung", sagte Tanja. Der Stefan – so weit war es schon. „Er ist eigentlich ganz nett. Da brauchst du dir keine Sorgen zu machen, Papa." Jetzt begann ich, mir richtig Sorgen zu machen.

„Ich komme euch jede Woche besuchen", versprach ich. „Das hab ich mit Mami so ausgemacht." Aber die beiden meinten, das wäre gar nicht nötig, zumal sie jetzt immer so viel zu tun hätten, gerade am Wochenende. „Wegen dem Theaterstück und so." Dabei würde ihnen der Stefan helfen. Der Stefan sei nämlich auf der Schauspielschule gewesen. Und sie hätten mich auch so gern.

„Und wenn ihr zwischendurch ... Ihr könnt mich jederzeit anrufen."

Sie lächelten, weise und abgeklärt wie zwei alte Frauen. „Ja klar, Papa. Machen wir. Bestimmt."

„Und wenn ihr Sorgen habt ... oder wenn sonst was ist ... Ich bin immer für euch da."

„Klar, Papa. Wissen wir doch." Sie schauten sich wissend an. „Und wenn du Sorgen hast, musst du uns auch anrufen."

„Und in den Ferien werden wir alle zusammen richtig schöne Ferien machen ... wo ihr wollt ... vielleicht am Meer ... wir könnten zusammen ... eine Sandburg ..."

„Dürfen wir dir in den Ferien die Hamster bringen?", fragte die Große. „Aber du musst sie jeden Tag füttern! Und nicht vergessen!"

Ich fuhr nach Brunnen hinaus, wo ich mir im ersten Stock eines Zweifamilienhauses eine Vierzimmerwohnung (ein Schlafzimmer, ein Arbeitszimmer und zwei Kinderzimmer, um auf alle Eventualitäten vorbereitet zu sein) gemietet hatte, und leerte noch am selben Abend eine ganze Flasche Grappa. So laut ich konnte, sang ich italienische Lieder: Ich war mit Marianne oft in Italien gewesen; den Grappa hatten wir aus unserem letzten gemeinsamen Urlaub mitgebracht, und jetzt war er bei der Teilung des Haushalts an mich gefallen. Als ein Auto vorfuhr, lief ich hinunter, weil ich dachte, es müsste Marianne sein und sie würde mich zurückholen, weil sie eingesehen hatte, dass der Nachrichtensprecher ein Fehler gewesen war. Aber als ich unten ankam, war das Auto längst wieder fort. Ich war barfuß und im Unterhemd (Marianne hasst Unterhemden) und weil ich nicht unverrichteter Dinge umkehren wollte, schlug ich mein Wasser an einer Buchshecke ab (Marianne hasst Männer, die im Freien urinieren, und sie hasst Buchshecken). Dabei sang ich „Azzurro“ – wir hatten das Lied während unseres ersten Urlaubs in der Toskana immer im Autoradio gehört. „AHH ZZURRRRROOO!“ Wegen des Grappas konnte ich nicht mehr gerade stehen. Aber ich sang, so laut ich konnte: „AHH ZZURRRRROOO! IL POMERIGI ...“

Mit der freien Hand rüttelte ich verzweifelt am Buchs.

Herr und Frau Buck, meine Vermieter, die im Parterre wohnten, führten mich wieder hinein. Gemeinsam schoben sie mich die Treppe hinauf. Ich rief: „IL TRENO!! DEI DESIDERI!! AHH ZZURRRRROOO!“

Die Bucks legten mich auf mein Bett, er hob meinen Hintern hoch und sie zog mir die Hose von den Beinen.

Ich schrie, ich brüllte: „AHH ZZURRRRROOO!“

Frau Buck fragte: „Soll ich Ihnen einen Pfefferminztee kochen, Herr Knapp?“

Meine Stimme versagte, ich konnte nur noch in mein Kissen wimmern: „Il treno ... dei desideri ...“

Herr Buck warf seiner Frau einen vielsagenden Blick zu, sie nickte. Dann nahm er meinen Kopf in beide Hände, drehte ihn ein Stück zu Seite und sie schob mir rasch eine Schüssel vors Gesicht. Ich übergab mich sofort. Dreimal, viermal. Herr Buck reichte mir ein Taschentuch.

„Unser Sohn“, sagte Frau Buck, setzte sich auf die Bettkante und legte ihren Arm um mich, „unser Sohn ist auch geschieden.“

Am nächsten Tag war das Schlimmste vorbei. Ich hätte gerne mehr Zeit gehabt, mich zu grämen, mich zu bemitleiden, aber ich musste mich um das Elbe-Center kümmern, das plötzlich in eine finanzielle Schieflage geraten war. Ich blieb jetzt meist bis weit nach Mitternacht in der Kanzlei. Und jede zweite Woche musste ich nach Dessau in das neue Büro, das ich dort eingerichtet hatte. Das hätte ich Marianne sowieso nicht erklären können.

November

Dass Paul so viel Zeit in Thüringen zubrachte, fand im Hinblick auf Veronikas Zustand niemand in Ordnung, Frau Birg nicht, Frau Schmick nicht und Frau Fingerhut erst recht nicht, aber auch nicht Frau Heiner, Frau Schwarzmaier, Frau Fischerknecht und Frau Gieger – Metzgerei, Bäckerei, Friseur, Chemische Reinigung. Alle waren sich einig: „In dieser Zeit gehört der Mann an die Seite seiner Frau!" Frau Käfer war entschieden dieser Ansicht, aber sie hatte es ja kommen sehen. Gottfried meinte jedoch, das Geschäft ginge in diesem Fall vor, denn Veronika sei ja nicht krank, sondern im Gegenteil bester Gesundheit. Generell sei der Platz des Mannes draußen in der Welt, und zwar zu jeder Zeit, da sei er ganz konservativ, und diese Männer, die in der Schwangerschaftsgymnastik herumhockten ... also, da war es irgendwie doch kein Wunder, dass das Abendland in der Krise steckte.

Frau Käfer argwöhnte, dass diese Frau Schinzel in Wahrheit nicht zweiundsiebzig, sondern siebenundzwanzig sein müsse. Bäckermeister Schwarzmaier zum Beispiel sei regelmäßig zu Tagungen der Bäckerinnung nach Stuttgart gefahren, während die arme Frau Schwarzmaier in gesegneten Umständen gewesen sei ... und was habe sich schließlich herausgestellt? „Zweiundzwanzig und eine einfache Arzthelferin!" Frau Käfer überlegte ein paar Tage lang ganz ernsthaft, ob sie einen Privatdetektiv einschalten sollte. Schließlich tat ihr aber dann doch das Geld leid. So fuhr sie nur nach Göppingen, wo sie sich für zweiundzwanzig Mark von einer Frau Naric aus der Hand lesen ließ – und natürlich hatte sie recht gehabt, denn die Schicksalslinie konnte niemand täuschen. „Und das nächste Mal, Frau Käfer", sagte die Naric zum Abschied, „bringen Sie auch die Hand von Ihrem Herrn Schwiegersohn mit." Beide Frauen lachten herzlich.

Dezember

Konversion war einer der zahlreichen neuen Begriffe, die zu Beginn des Jahrzehnts die öffentlichen Diskussionen belebten. Man verstand darunter die durch die veränderten politischen Verhältnisse notwendig gewordene Umstellung industrieller Produktion von militärischen Gütern auf zivile. Im Grunde war es die Verwirklichung einer Forderung, die in den Achtzigern vor allem im damals noch eigenständigen östlichen Landesteil für Furore gesorgt hatte. Nun auf einmal wurde die Sache bemerkenswert unaufgeregt und ganz ohne Bibel umgesetzt. Vorerst wurde jedenfalls eine geringere Menge militärischer Sachmittel benötigt, und vor allem nicht mehr das, was bislang gebraucht worden war.

Im Heckental, das sich von den Händeln der großen Welt immer weit entfernt wähnte, konnte sich niemand vorstellen, ausgerechnet von einem so hochpolitischen Thema betroffen zu sein. Es wurden hier ja weder Panzer noch Kriegsschiffe gebaut, es gab weder Kasernen noch einen Truppenübungsplatz. Aber es kamen schon bald diverse Gerüchte auf, dass sich ausgerechnet bei der ortsansässigen Optische Präzisionswerke AG, dem Renommierbetrieb Heckenheims, einiges ändern würde. Das hatte zunächst ganz nach einem Thema für ein verspätetes Sommerloch ausgesehen, denn was sollte die OPW überhaupt konversieren können? Dann wurde jedoch ganz nebenbei publik, dass die OPW mit ihren rund zwölfhundert Mitarbeitern in Heckental-Korb all die Jahre und Jahrzehnte nicht bloß Ferngläser produziert hatte. Eigentlich wurden hinter den hohen Zäunen der OPW (jetzt erst fiel uns auf, wie gut gesichert diese Fabrik war) überhaupt keine Ferngläser hergestellt, sondern hauptsächlich optische Zielsysteme für Panzerfahrzeuge und für Lenkwaffen. Es stellte sich heraus, dass es sich bei der OPW um einen reinen Rüstungsbetrieb handelte – und das mitten im schönen Heckental.

Aber noch schlimmer war: Jetzt, da alles aufkam, da tat es dem Doktor Genser nicht einmal leid – im Gegenteil, er wollte seine Fabrik gleich ganz zusperren. Man sprach von einer Verlagerung der drastisch reduzierten Produktion nach Braga in Portugal. In Heckenheim würden nur noch achtzig Beschäftigte verbleiben, und die sollten nun tatsächlich Ferngläser herstellen – schon wieder so eine Ironie der Geschichte. Nun ja, das letzte Wort in Sachen Konversion war noch nicht gesprochen, Bürgermeister Trautner schaltete sich jedenfalls persönlich ein, um den Standort Heckental für die optische Industrie zu sichern. Vielleicht ließ sich ja noch was einfädeln – aber wenn, dann sicher nicht auf dem alten Niveau.

Von solchen Entwicklungen war die örtliche Geschäftswelt mehr betroffen, als sie anfangs wahrhaben wollte. Da ging nicht bloß der Absatz von Butterbrezeln in der Bäckerei Schwarzmaier zurück. Zum Beispiel mussten die Herren von der OPW nicht mehr so häufig verreisen – und sie organisierten ihre Reisen ab sofort selbst. „Tut uns leid, Herr Käfer. Natürlich waren wir zufrieden, keine Frage, aber es ist halt eine konzernweite Entscheidung." Auf eine ähnliche Idee war man zeitgleich und ganz ohne Konversion bei Bosch verfallen: Die Reisetätigkeit des lokalen Managements wurde ab sofort über die Zentrale abgewickelt. Von heute auf morgen schmolz das Käfersche Business-Reise-Center, die dritte Säule des Geschäfts neben den Pauschal- und den Busreisen, auf fünfzehn Prozent des früheren Umsatzes zusammen. Das war am Ende des Jahres 1990 der traurige Rest von Pauls schöner Geschäftsidee.

1991

„Wie wenn sie sich verschworen hätten", klagte Gottfried Käfer, aber da meinte er schon nicht mehr OPW und Bosch, sondern das Reisebüro Hellermann in Waiblingen, ein alter, ein uralter Partner, der über Jahre zuverlässig einen Beitrag zur Auslastung der Käfer-Busse geleistet hatte. Aus heiterem Himmel übernahm kurz nach Weihnachten bei Hellermann der Konkursverwalter die Regie. Und bedauerlicherweise war Werner Hellermann in der Hektik der Ereignisse nicht mehr dazu gekommen, die ausstehenden Überweisungen für Käfer-Reisen zu unterschreiben. Und das, obwohl man quasi befreundet gewesen war. Gottfried schimpfte ihn einen Lump, von dem er das nie gedacht hatte. Verschärfend kam hinzu, dass er Hellermann eine Woche darauf mitten in Ludwigsburg auf der Straße sah, aber nicht in Handschellen, nicht einmal in Sack und Asche, nicht mal zu Fuß, sondern in einem Auto. Wie ein normaler Bürger nahm dieser Lump am Straßenverkehr teil, als wäre nichts geschehen! Und das, obwohl er angeblich kein Geld mehr hatte und Käfer-Reisen 42.000 Mark schuldete.

„Das Auto hat er schnell noch seiner Frau überschrieben", mutmaßte Herr Bayerle.

„Ich an dem seiner Stelle tät mich im untersten Keller verstecken und mich zwei Jahre nicht mehr ans Sonnenlicht trauen", sagte Gottfried Käfer grimmig.

„Es gibt einfach keinen Anstand mehr", sagte die Schmick.

Um bei den schlechten Nachrichten zu bleiben: Die beiden ostdeutschen Zweigstellen Erfurt und Jena erwirtschafteten jetzt im Winter kaum die Heizkosten.

„An den Preisen liegt es nicht", jammerte Gottfried, seine Angebote waren betriebswirtschaftlich längst nicht mehr tragbar – für 25 Mark nach Salzburg und für 75 nach Amsterdam, und der Bus war trotzdem leer. Die Kosten spielten schon keine Rolle mehr, es ging nur noch darum, sich an den Standorten überhaupt noch zu halten und nicht die Segel streichen zu müssen. „Wir müssen einen Fuß in der Tür behalten. Wenn es wieder aufwärts geht ..."

Ja, wenn! Aber in den neuen Ländern hatten sich die Bedingungen verändert. Die Leute wurden, keiner wusste, warum, immer knauseriger, obwohl sie doch das neue, das gute, das richtige Geld hatten. Nun behaupteten alle, dass sie sich alles ganz, ganz anders vorgestellt hatten, das mit der D-Mark und überhaupt alles. Paul hatte neuerdings ein „ungutes Gefühl", wenn er drüben unterwegs war, er hielt die Autotüren lieber von innen verriegelt. Richtig unangenehmen war es manchmal; ging er beispielsweise zum Bäcker oder zum Metzger (immerhin: es gab jetzt auch in Erfurt schöne Metzgereien), dann verstummten dort augenblicklich alle Gespräche und er wurde von den anderen Kunden feindselig angestarrt. Dabei war das noch vergleichsweise harmlos, in Halle wurde sogar der Bundeskanzler mit Eiern beworfen. Dass man unter solchen Umständen mit fröhlichen Ausflugsfahrten nach Dinkelsbühl oder Nürnberg wenig hermachen konnte, lag auf der Hand.

Schließlich zogen Gottfried und Paul gemeinsam die Notbremse. Sie schlossen die Filiale in Jena, sang- und klanglos, ohne Luftballons, ohne Blasmusik und ohne Bratwürstl. Nicht einmal mit Herrn Dörschl aus Weilheim/Obb. stimmte man die Entscheidung ab.

„Das war ein kurzer Spaß." Gottfried versuchte sich nicht aufzuregen. Kurz und teuer. Die getätigten Investitionen musste man natürlich in den Wind schreiben, von der Arbeit, die man über viele Wochen hineingesteckt hatte, von den Tausenden von Kilometern, die man gefahren war, ganz zu schweigen. Wenigstens war man die laufenden Kosten los. Allerdings noch nicht ganz, denn Frau Theuerwein und Frau Pollart gingen arbeitsgerichtlich gegen ihre Entlassung vor. „*Das* können sie", schimpfte Paul, was aber ungerecht war, denn von sich aus wären die beiden Damen nie auf diese Idee gekommen. Dazu hatte es wiederum eines Anwalts aus Hildesheim bedurft, der jetzt mit seinem Wohnmobil durch Thüringen und Sachsen-Anhalt reiste und gezielt solche Einzelschicksale aufgriff.

Um das Maß voll zu machen, geschah auch in den heimischen Gefilden etwas Unangenehmes: Auf der Rückfahrt vom Elsass (23 Mark mit Mittagessen und Original Elsässer Flammkuchen) legte der große Mercedes von Käfer-Reisen wie schon so oft an der Raststätte Pforzheim eine Pause ein. Es war schon spät, finster, windig, Regen, für März eindeutig zu kalt, und es dauerte endlos, bis die alten Herrschaften alle wieder im Bus waren. Dann stellte eine Dame fest, dass sie ihr wertvolles Halstuch in der Raststätte vergessen hatte. Als alle Fahrgäste wieder vollzählig waren, versperrte ein dänischer Reisebus die Weiterfahrt. Der Fahrer des Käfer-Busses, Herr Neuner, musste noch einmal aussteigen und den dänischen Bus vorbeilotsen. Dabei musste es passiert sein – als nämlich nach einigem Hin und Her endlich weitergefahren werden konnte, fiel niemandem auf, dass einer fehlte: Herr Jakob, vierundachtzig, langjähriger Stammgast und manchmal ein wenig verwirrt, war noch einmal ausgestiegen. In dem ganzen Durcheinander hatte er die Orientierung verloren und war nebenan in den dänischen Bus eingestiegen. Er hatte zufällig seinen Platz in Reihe 21 unbesetzt gefunden, es sich hier gemütlich gemacht und war nach dem ereignisreichen Tag eingeschlafen und erst wieder aufgewacht, als der Bus am anderen Morgen vor einem Hotel in Mailand hielt. Herr Jakob war sogar noch mit ausgestiegen, und erst als sich herausstellte, dass für ihn kein Zimmer reserviert war und die Mitreisenden so merkwürdig auf ihn einredeten, wurde ihm klar, dass irgendwas nicht stimmte. Aber was? Da Herr Jakob weder Dänisch noch Italienisch sprach, dauerte es fast den ganzen Vormittag, bis alles aufgeklärt werden konnte.

Im Käfer-Bus war das Fehlen des alleinstehenden Herrn Jakob niemandem aufgefallen, und beim Aussteigen in Heckenheim verliefen sich die Kunden schnell. Hinterher war der Trubel umso größer: Kurz nach Mitternacht wurde Gottfried Käfer aus dem Bett geholt. Zwei Polizisten standen vor der Tür und, noch schlimmer, die Tochter des alten Jakob: Wo war der alte Herr? Neuner musste aus Backnang kommen, aber der schwor Stein und Bein: „An der Raststätte war ich noch vollzählig." Also musste auf dem Heimweg von der Ausstiegsstelle am Bahnhofsplatz etwas passiert sein. Frau Brögle war sich hundertprozentig sicher, Jakob an der Willhelmsbrücke noch gesehen zu haben. Jetzt rückten Einsatzfahrzeuge aus, gegen drei Uhr kam per Blaulicht eine Hundestaffel aus Ludwigsburg herüber. Das THW suchte mit starken Scheinwerfern die Ufer des Heckelbaches ab.

Inmitten all dieser Aufregung stand zutiefst betroffen und mit stark erhöhtem Blutdruck Gottfried Käfer. Er hielt ständigen Kontakt mit der Einsatzzentrale und bemühte sich, die Suche nach seinem Fahrgast nach Kräften zu unterstützen. „Neuner! Noch mal! Erinnern Sie sich! Sind Sie wirklich sicher, dass er mit zurückgefahren ist?"

„Ganz sicher, Herr Käfer! Ich hab beim Einsteigen in Pforzheim alle durchgezählt."

„Und beim Aussteigen?"

„Das wissen Sie doch selber, dass man da nicht mehr zählen kann. Da sind sie doch immer wie der reinste Hühnerhaufen." Frau Stöckle, die Tochter des alten Jakob, Lehrerin am Gymnasium in Waiblingen, geriet außer sich. „Das ist men-tschen-ver-ach-tend!" Und zu Gottfried gewandt: „Ich mach Sie verantwortlisch, Herr Käfer! Main Vater war Ihne' a'vertraut!" Dabei war Gottfried doch ärztlicherseits gehalten, jede Aufregung zu vermeiden.

Bei Tagesanbruch sollten Taucher eingesetzt werden. Das verhinderte zunächst das schlechte Wetter, aber ab acht suchten zwei Männer in Gummianzügen von der Willhelmsbrücke abwärts den Grund des Heckelbachs ab, bis kurz vor elf über den Polizeifunk die Nachricht eintraf, dass ein Herr Jakob im Mailänder Polizeipräsidium säße, den dortigen Beamten bei Cappuccino und Kuchen von seinen schönsten Busreisen erzähle und im

Übrigen auf Abholung warte. „Das werdet Se mir bießen", zischte die Stöckle empört.

Im Heckentaler Tagblatt hieß es zwei Tage später auf der vierten Seite in viel zu dicken Buchstaben: „Reisebus vergisst Fahrgast!" Es gab ein Foto von einem zufrieden strahlenden Jakob mit der Bildunterschrift: „Wohlbehalten zurück in Heckenheim: Hermann Jakob (84) nach seinem unfreiwilligen Ausflug nach Mailand (Italien). Auf Busreisen will der rüstige alte Herr künftig verzichten." Natürlich konnte Käfer-Reisen nichts dafür, nicht einmal dem Neuner konnte man einen Vorwurf machen. Nachträglich kam heraus, dass die Damen Köck und Filgental sehr wohl gesehen hatten, wie der alte Jakob wieder ausgestiegen war. „Wir haben uns schon gewundert, was der noch mal draußen will." Trotzdem sagten die Leute: „Das hätt's früher auch nicht gegeben, dass der Käfer einen Fahrgast vergisst."

Frau Birg und Herr Bayerle hatten jedenfalls zu tun, die Kunden zu beruhigen und ihnen zu versichern, dass so ein einmaliger Zwischenfall nicht die Regel sei. „Nie ist etwas passiert bei Käfer-Reisen, kein einziger Unfall, nichts in siebenundzwanzig Jahren!" Aber es war ein denkbar schlechter Zeitpunkt, weil das Geschäft mit den Busreisen ohnehin rückläufig war. Auch das zum ersten Mal in siebenundzwanzig Jahren.

Das rückläufige Geschäft zwang Gottfried Käfer, Aktiva flüssig zu machen. Er verkaufte ein paar seiner Omnibusse. Leider nicht den neuen Mercedes, der im Monat eine Leasingrate von zwölftausend Mark verschlang, denn die Leasinggesellschaft verweigerte eine vorzeitige Rückgabe. Er konnte immerhin einen leidlich gut erhaltenen Setra verkaufen; Schimmel-Reisen aus Pforzheim zahlte dafür noch fast sechzigtausend Mark.

Das war nun aber allerdings eine Sache, die Gottfried einiges Kopfzerbrechen bereitete. „Der Schimmel? Warum will denn der Schimmel auf einmal einen gebrauchten Setra? Ich dachte, der ist längst nicht mehr im Busgeschäft." Ausgerechnet in dieser Zeit, in der Busreisen offenbar nicht gefragt waren, expandierte einer wie Schimmel-Reisen, der doch schon in besseren Zeiten nicht in der Lage gewesen war, das Geschäft zu halten. Darauf angesprochen, hatte Eberhard Schimmel zuerst merkwürdig herumgedruckst, dann aber zugegeben, dass er seine Busse (mittlerweile waren es schon zehn!) in den neuen Bundesländern fahren ließ.

„Zehn Busse? Im Osten? Aber die wollen doch alle nur nach Mallorca", wunderte sich Gottfried und ließ nicht locker, bis Schimmel mit der Sprache herausrückte. „Na ja, Reisen sind es eigentlich nicht."

„Jetzt heraus mit der Sprache, Eberhard – so lang, wie wir uns kennen!"

Endlich gab Schimmel zu, dass seine Busse jeden Tag früh morgens um fünf von Schleiz, Apolda, Kreischa und Gera nach Fürth und Nürnberg fuhren und jeden Abend wieder zurück – sie brachten Pendler zu Quelle und zu Grundig.

„Hin und her, hin und her, jeden Tag?"

„Außer Sonntag. In der Früh eineinhalb Stunden, da kommt man gut durch. Am Abend können es schon zwei oder drei werden." Da wäre so ein neuer Mercedes, wie ihn Gottfried nun hatte, einer mit Toilette an Bord, nicht schlecht gewesen. Aber das war bei diesem Geschäft kostenmäßig einfach nicht drin. Und der Setra tat es ja auch.

„Und dieses Hin und Her rentiert sich?", fragte Gottfried verwundert.

„Ach weißt du, reich wird man dabei nicht. Kannst dir ja denken, dass da nur ein paar Pfennige hängen bleiben."

Da konnte sich jemand wie Gottfried Käfer nur wundern. Was hatte solch ein Menschentransport noch mit Reisen zu tun? Reisen bildet! Es erschließt die Welt, erweitert den Horizont; fremde Landstriche, Kulturen, Menschen. Gottfried Käfer war froh, dass er nicht so tief gesunken war wie der Schimmel. Trotzdem behielt er diese Informationen lieber für sich – nicht dass Paul auf die Idee käme, so etwas ebenfalls anzuzetteln.

Aber fürs Erste kamen die sechzigtausend Mark, die Schimmel

für den alten Setra zahlte, gerade recht. Damit ließen sich die Verluste aus der Hellermann-Pleite und drei fällige Leasing-Raten für den Mercedes abdecken. Mit solchen vorübergehenden Liquiditätsengpässen musste man im Geschäftsgang rechnen, das war schließlich normal. Und andere Bereiche liefen ja halbwegs gut, die Busreisen ab Heckental beispielsweise, mit den neuen Zusteigemöglichkeiten in Remseck, Fellbach und Esslingen ... Na ja, ausgebucht waren die Busse nicht, nicht einmal der schöne neue Mercedes mit seiner Toilette, für die man eigentlich einen Aufschlag hätte verlangen müssen, anstatt einen Spätbucherrabatt einzuräumen. Aber die Auslastung war immerhin gut genug, dass die Betriebswirtschaft unterm Strich halbwegs aufging.

Die Reduktion des Fuhrparks war freilich eine zweischneidige Sache. Weniger Kosten, das war ja nur die eine Seite. Andererseits durfte es natürlich nicht so aussehen, als müsse Gottfried seinen Fuhrpark zusammenstreichen. Dieser Eindruck durfte auf keinen Fall entstehen, nicht im Heckental. Da traf es sich gut, dass Gottfried für sich selbst einen neuen Firmenwagen brauchte. Der Mercedes Diesel, den er seit mittlerweile elf Jahren fuhr, sah weniger nach einem dynamischen, mittelständischen Unternehmer aus als nach einem Handwerker. Gar nicht davon zu reden, nach was ein beigebrauner Benz auf dem Parkplatz des Rößle aussah neben dem silbrig neuen 420er vom Schroth zum Beispiel oder dem strahlend gelben Porsche von Otto Daismann. Sogar der Jobst fuhr seit ein paar Wochen ein Mercedes-Coupé, wobei man sich schon fragen konnte, woher ausgerechnet der das Geld dafür hatte. Jedenfalls sah es allmählich fast so aus, als ob Gottfried sich kein richtiges Auto leisten könne.

Was er aber von der ansässigen Mercedes-Vertretung zu hören bekam, hatte ihm die Lust auf einen neuen Wagen gleich wieder verdorben: Die Lieferfrist betrug acht Monate, und für den schönen, bestens erhaltenen 190er bot Auto-Würz nicht mehr als viertausend Mark. Auch bei alten Stammkunden galt die Schwacke-Liste. „Der Würz hat's wohl nicht mehr nötig", schimpfte Gottfried. Was Hans Schroth nur bestätigen konnte. „Mein 420er ist einmal im Monat kaputt, erst die Handbremse, dann das Schiebedach, jetzt die Kupplung. Das rechte Fenster zieht bei zweihundert. Soll das deutsche Wertarbeit sein? Das war mein letzter Benz. Ich hab mit dem Seifert gesprochen, der macht mir einen Superpreis für einen BMW."

Diesmal aber war Gottfried Käfer schneller. Während Schroth noch über Superpreise verhandelte, hatte er schon gehandelt. Und Auto Seifert am Zeppelinring, draußen im Gewerbegebiet an der B 331, der sich schon seit einiger Zeit im gesamten Tal in die Kundenbeziehungen von Mercedes-Würz hineindrängelte, machte auch Gottfried Käfer ein fantastisches Angebot: BMW 735i, 215 PS, „240 in der Spitze, Herr Käfer!" Bestens ausgestattet war diese Spitzenleistung deutscher Wertarbeit und kostete summa summarum 108.000 Mark. Für den 190er, der jetzt auf einmal noch älter aussah, ganz, ganz uralt, bot Seifert glatte achttausend, was für Gottfried schließlich den Ausschlag gab.

„Respekt", sagte Hans Schroth am nächsten Donnerstag beim Wildschweingulasch. Damit hatte sich der BMW ideell schon bezahlt gemacht, aber wirtschaftlich würde es noch eine Weile dauern. Zumal sich die Krise des Geschäfts ausgerechnet jetzt von Woche zu Woche zuspitzte. Zunächst war sich Gottfried noch sicher gewesen, dass die Zahlungsprobleme eine Episode bleiben würden. Als aber der BMW zwei Wochen später geliefert werden sollte, sah die Lage schon wieder ein wenig düsterer aus. Den Dienstags-Bus zur Insel Mainau beispielsweise hatte man absagen müssen, zum ersten Mal nach dreiundzwanzig Jahren! Es hatte nur drei Anmeldungen gegeben – unter anderem ausgerechnet von Herrn Jakob, der seinen Wiedergutmachungsgutschein einlösen wollte.

Diese Probleme gingen das Autohaus Seifert natürlich nichts an, unterschrieben war unterschrieben. Jetzt zum Zeppelinring hinauspilgern und höflich anfragen, ob man die Angelegenheit eventuell stornieren könnte, das wäre undenkbar gewesen. Keine zehn Minuten später hätte es der Schroth erfahren, nach fünfzehn Minuten hätten es der Jobst, der Daismann und der

Fuhrmann gewusst, dass Gottfried Käfer sein neues Auto nicht bezahlen konnte. Und die ganze Stadt hätte sich gefragt, was Gottfried Käfer wohl als Nächstes würde nicht mehr zahlen können. Den Strom? Die Miete? Die Brezeln? Bald hätte ihn niemand mehr gegrüßt.

Andererseits waren die Käferschen Kreditlinien bereits restlos ausgeschöpft und flüssig war die Firma ja schon lange nicht mehr. Gottfried rief beim Seifert an und sagte, sein Steuerberater habe ihm zum Leasing geraten. Das war zwar geschwindelt, aber so wurden aus 108.000 Mark 1.850 Mark – im Monat.

Drei Tage später stand der BMW vor dem Geschäft. „Respekt, Respekt", sagte Hans Schroth und schlich um den neuen Wagen herum. Er und alle anderen – Daismann, Jobst, Laug, Täubner, Fuhrmann, Vierholz und vor allem die Sparkasse –, jeder konnte sehen, dass mit Käfer-Reisen alles in bester Ordnung war.

Trotzdem, irgendwas lief grundsätzlich schief in diesen Wochen. Irgendwas, das durch den flauen Geschäftsgang allein nicht zu erklären war. Kaum schienen nämlich die Geschäfte auf niedrigerem Niveau halbwegs ins Lot zu kommen, kaum waren die dringendsten Zahlungsverpflichtungen erfüllt, da fehlte schon wieder auf unerklärliche Weise Geld.

Veronika, die sich in die Buchhaltung gut eingearbeitet hatte, war irritiert und schaute sich wieder und wieder die Konten an. Sonderbar. Wo war all das Geld geblieben? Zum Beispiel das Geld, das Schimmel für den Setra gezahlt hatte, da musste doch noch was übrig sein. Sie verstand es nicht.

„Umbuchungen", erklärte ihr Vater und stellte komplizierte Berechnungen auf, nach denen alles seine Ordnung hatte. Aber jedes Mal, wenn Veronika es in Ruhe selber nachrechnete, fehlten unterm Strich doch wieder zwanzig-, dreißig- und dann sogar vierzigtausend. Auf einmal waren es schon sechzigtausend. Sie begriff es nicht, fragte wieder nach, aber ihr Vater bestand darauf, dass alles seine Richtigkeit hatte. Das sei „branchenüblich", er könne es jetzt nicht so ausführlich erklären, aber sie könne sich darauf verlassen, dass er alles im Griff habe. Bis zum Quartalsende würden sich diese Umbuchungen ganz von alleine auflösen, im Übrigen aber freue er sich, dass sie ihre neue Aufgabe so ernst nehme, und das in ihrem Zustand. Wo sie doch bestimmt andere Sorgen hätte. Er nahm seine Tochter in den Arm, aber da ging das Telefon, und anschließend kam Herr Buck in den Laden wegen einer wichtigen Frage im Zusammenhang mit der Fahrt zum Blautopf, und schließlich war es fünf geworden und Gottfried musste schnell noch nach Kornwestheim.

Ein paar Tage später, Ende Februar, fehlten plötzlich hunderttausend.

„Diese Buchungen versteh ich einfach nicht", sagte Veronika zu Paul. Der versprach, sich darum zu kümmern, hatte dann aber doch keine Zeit. Dann bekam Veronika auch noch Grippe, und Frau Doktor Wiechmann riet ihr, sich „so weit es irgend möglich ist" zu schonen, was am besten zu Hause ginge. Natürlich wollte Veronika nichts riskieren und stellte sich darauf ein, den Rest ihrer Schwangerschaft weitgehend liegend zu verbringen. „Ich hab schon mit der Mutti geredet, sie kommt und kocht." Worauf Paul sich dringend in einigen neu in den TUI-Katalog aufgenommenen Hotels in Teneriffa umsehen musste, was fraglos für alle drei die beste Lösung war. Unterdessen fuhr Gottfried fort, auf den Konten von Käfer-Reisen herumzubuchen – schließlich war es ja noch immer seine Firma.

Die Sparkasse Heckental war in dieser Frage allerdings anderer Ansicht. Sie schrieb Gottfried jetzt Briefe, die er wohlweislich tief unten in den Schubladen seines Schreibtisches versteckte, wenn er sie nicht gleich mit sich herumtrug, als wären es Liebesbriefe. Gut, dass Paul jetzt in Teneriffa war; Gottfried hatte ihm ausdrücklich zugeredet. Obwohl es andererseits schon auch seltsam war, dass der Mann schon wieder in der Welt herumreiste, während die Frau mit einer schwierigen Schwangerschaft zu Hause lag. Hauptsache, Paul und Veronika waren für eine Zeit lang vom Kontakt mit der Sparkasse abgehalten.

Ausgerechnet in dieser Woche hatte Marianne den Nachrichtensprecher – den Stefan – wieder aus unserer Wohnung geworfen, aber sie wollte trotzdem an der eingeleiteten Scheidung festhalten, sodass auch ich andere Dinge im Kopf hatte als die Buchhaltung von Käfer-Reisen.

Aber Gottfried wollte sich sowieso nicht helfen lassen. Er verwendete einen nicht geringen Teil seiner gesundheitsbedingt reduzierten Energie darauf, niemand hinter seine Geheimnisse kommen zu lassen. Er gab weiter den munteren Reiseonkel und versuchte jedermann mit besonders guter Laune, mit Zuversicht und Tatkraft zu täuschen. Das fiel ihm immer schwerer, und je tiefer er in seinen Schwierigkeiten versank, umso mehr musste er fürchten, dass man ihm die Probleme einfach ansah. Nicht einmal im engsten Familienkreis offenbarte er sich, nicht einmal Veronika gegenüber erlaubte er sich die geringsten Andeutungen. „Die hat genug mit sich zu tun", dachte er, was ja auch stimmte, weil ja noch die Frage „Kaiserschnitt oder natürlich" zu klären war. Auch das Thema „Wassergeburt" stand noch im Raum. Und einen Namen musste sie auch noch finden.

Wollte Gottfried schon die Familie nicht mit seinen Angelegenheiten belasten, so eigneten sich auch seine guten Freunde nicht als Anlaufstelle für seine Sorgen. „Beim Geld hört die Freundschaft auf", sagt eine alte Redensart im Heckental, und die kannte natürlich auch Gottfried Käfer. Lieber wäre er zu Fuß nach Stuttgart gelaufen und vom Fernsehturm gesprungen, als einem seiner Diana-Freunde Einblick in seine Situation zu gewähren, geschweige denn um Rat oder gar um Unterstützung zu fragen. Das war undenkbar. Nicht einmal gegenüber dem Laug, dem Optiker, ließ er etwas verlauten, obwohl den offenbar auch etwas drückte. Hermann Laug hatte sich noch am Donnerstag vor dem Unglück ganz auffällig um Gottfried herumgedrückt, sich abweichend von sonstiger Gewohnheit neben ihn gesetzt und irgendwann betont beiläufig über einen Trollinger hinweg gefragt: „Äh ... du sag mal, Gottfried ... wie sieht's eigentlich bei dir aus ...

Ich mein, wegen der Sparkass' ... Du bist doch ... du hast doch ... hast du nicht auch ..."

Dieses Herumgedruckse war entwürdigend. Wie peinlich, im Saal Diana mit Sorgen aufzuwarten. Hier, wo große Geschäfte in die Wege geleitet wurden, wo es um Investitionen, wenn nicht gleich um noch Wichtigeres ging: Aufbau Ost, neue Bundesländer, Treuhand, Gorbatschow, Genscher, Mitterrand ... Der Daismann zum Beispiel hatte in der Woche zuvor persönlich mit Ministerpräsident Späth gesprochen, und alle im Saal nahmen an diesem Ereignis Anteil. Und da saß nun der Laug vor seinem Glas Trollinger und seiner halb aufgegessenen Rehschulter und wand sich „wegen der Sparkass'" wie ein Wurm.

So klein hatte der Laug auf einmal gewirkt, klein und grau und müde. Müde und erfolglos. Dann aber hatte Hans Schroth über seine Kalbshaxe hinweg gerufen, groß und dick und laut: „Was hör ich da? Sparkasse? Seid ihr etwa noch bei der Sparkasse? Diese Nuller! Ich bin längst bei der Dresdner. Aber nicht hier bei den Heckenheimer Schlafmützen. Sondern in Marbach. Die Marbacher kennen sich aus. Ausgeschlafene Burschen, die verstehen was vom Geschäft. Da hab ich Konditionen! Wenn ihr einen Kontakt braucht: Mit dem Direktor Färber bin ich jeden Samstag beim Golf."

Laug hatte sich wieder über seine Rehschulter geduckt, und Gottfried dachte grimmig: Genau! Wenn ich mit der Sparkasse fertig bin, geh ich auch zur Dresdner. Und mit Golf fang ich auch noch an!

Die weiteren Ereignisse ließen sich später ziemlich genau rekonstruieren. Die entsprechenden Unterlagen fanden sich nach und nach, wenn auch das eine oder andere Schriftstück sehr gut versteckt war. Am Donnerstagabend war Gottfried Käfer noch im Club Diana gewesen. Am folgenden Samstag lag ein weiteres Schreiben der Sparkasse im Briefkasten, das Gottfried schnell und unauffällig wegsteckte. „Sehr geehrter Herr Käfer ...", dann wurde lapidar mit der Kündigung der Geschäftskredite von

Käfer-Reisen gedroht – wegen einer Verschlechterung der wirtschaftlichen Situation des Unternehmens. Man stellte ihm aber großzügig eine Kreditverlängerung in Aussicht, sofern er zusätzliche Sicherheiten beibringen könne. Dabei war vor allem an ein Grundpfandrecht auf das Käfersche Anwesen im Amselweg gedacht. „... Für ein Gespräch stehen wir Ihnen jederzeit zur Verfügung. Mit freundlichen Grüßen, Schollbach, stellvertretender Vorstand Sparkasse Heckenheim".

Jetzt wollten sie also sein Haus. „Das ist Erpressung", fauchte Gottfried Käfer. Juristisch war das Vorgehen der Sparkasse natürlich anfechtbar, aber das Haus war unbelastet und leicht eine halbe Million wert. Damit wäre er jedenfalls zunächst aus dem Gröbsten heraus gewesen. Doch das Haus im Amselweg gehörte nicht ihm allein, sondern anteilig seiner Gattin. Damit blieb ihm keine Wahl, er musste sie einweihen, musste alles beichten – die Ursache seines plötzlichen immensen Geldbedarfs. Aber angesichts dieser Alternative erwachte sein altes Kämpferherz. So etwas konnte er sich nicht bieten lassen! Seit fünfundzwanzig Jahren war er Kunde bei der Sparkasse Heckenheim! Grollend marschierte er auf und ab und schmiedete finstere Rachepläne. „Die zeig ich an! Diese Gauner! Dieser Schollbach, dieser Lump! Der wird mich kennenlernen!"

Seine Wut staute sich über das Wochenende verhängnisvoll auf. Mit niemand redete er, nur umso mehr mit sich selbst. Wenn Frau Käfer fragte, was denn los sei, warum er so unleidig und schlecht gelaunt wäre, gab er entweder gar keine Antwort oder er schimpfte ersatzweise über andere Dinge: über das Essen, das zu kalt war, über den Trollinger, der zu warm war, über das Wetter – „Tausendmal hab ich gesagt, dass das Fenster zu gehört, Herrgottnochmal. Und warum ist der verdammte Blumenkübel nicht abgedeckt, wie oft soll ich noch ..." So ging es Samstag und Sonntag in einem fort, unerträglich war es, und Frau Käfer klagte bei Veronika: „Ich weiß nicht, was er wieder hat!"

Am Montag früh stürmte Gottfried Käfer in seinem aufgestauten Zorn aus dem Haus, zur Sparkasse, jetzt sollte ihn dieser

Schollbach, dieser Lump, kennenlernen. Vor lauter Aufregung würgte er als Erstes den Motor seines Wagens ab, dann hatte er seine Brieftasche und die Lesebrille vergessen, sodass er auf halbem Weg noch einmal umkehren musste. Als er dann am Oberen Markt schräg gegenüber der Sparkasse einparken wollte, nahm ihm ein junger Mercedes-Fahrer die Parklücke. Erbost schoss Gottfried aus seinem Wagen. „Sie da! Fahren Sie sofort Ihre Karre da weg! Aber dalli!“ Doch der junge Mann, der ein lächerlich buntes Jäckchen und eine Kappe trug, zeigte Gottfried einen Vogel und verschwand im Goldenen Ochsen. Wegen Zeitknappheit konnte ihn Gottfried nicht verfolgen und musste sich wohl oder übel einen neuen Parkplatz suchen.

Jetzt war Gottfried Käfer vollends auf hundertachtzig. Er kochte vor Wut. Und um den Schollbach nur ja rechtzeitig bei Geschäftsbeginn abzufangen, lief er von der Mörikegasse, wo er endlich einen Parkplatz gefunden hatte, im Laufschritt zur Sparkasse. Er war gerade wieder am Oberen Markt angekommen, noch etwa zwanzig Meter vom Eingang entfernt, als plötzlich ein brennender Schmerz durch seinen Körper raste. Das Herz! Na, kein Wunder, dachte er, blieb aber nicht stehen, sondern stürmte weiter. Nach ein paar weiteren Metern war es allerdings so schlimm geworden, dass er nur noch langsam vorankam, jetzt wurde ihm schwindlig und schlecht. Er wollte sich irgendwo anlehnen, nur für einen Moment, nur um tief durchzuatmen, aber zum nächsten Lichtmasten war es weiter als bis zur Sparkasse. So entschloss er sich, erst mal hineinzugehen und dort einen Augenblick zu rasten. Obwohl es einen denkbar schlechten Eindruck machen würde, mit einem Schwächeanfall in einer Bank vorzusprechen, um dort den Direktor herunterzuputzen.

Als er die Sparkasse nach weiteren quälenden Minuten erreicht hatte, war ihm klar geworden, dass er es nicht mit einem Schwächeanfall zu tun hatte. Ihm war schwarz vor Augen, der Schmerz in seiner Brust unerträglich; er rang nach Atem, glaubte ersticken zu müssen, und als er auf der ersten der acht Treppenstufen stand, die zur Sparkasse hinaufführten, da wusste er, dass er allenfalls noch hineinkommen würde, aber bestimmt nicht mehr heraus.

Gottfried Käfer hätte sich auf die Treppe der Sparkasse setzen und seinen Frieden mit der Welt schließen können, mit einem Rundblick über den Oberen Markt und den Schönen Brunnen. Aber er war noch nicht ganz fertig mit dieser Welt, ein Gedanke hielt ihn noch aufrecht und für den musste er noch ein paar Meter lebendig bleiben ... Er musste noch hinein, hinein in die Sparkasse, und erst dort, in der Schalterhalle, vor aller Augen, in aller Öffentlichkeit, durfte er umfallen. Drinnen musste es passieren, mitten in der Schalterhalle, damit alle sehen konnten, dass die Sparkasse an allem schuld war! Sein eigenes Dahinscheiden wollte er als letztes Fanal gegen diese Halsabschneider inszenieren und seiner Firma und seiner Familie noch mit seinem Tod einen letzten Dienst erweisen.

Mit äußerster Anstrengung schleppte er sich die letzten Stufen hinauf. Er hörte und sah längst nicht mehr, was um ihn vorging, dass ihn von allen Seiten Leute ansprachen: „Herr Käfer, was ist denn los? Brauchen Sie einen Arzt?“ „Um Gottes willen, Herr Käfer! Isch Ihne ned gud?“ Als ihn aber jemand am Arm fassen wollte, stieß er ihn grob von sich, denn er musste ja hinein, hinein in die Schalterhalle. Aus seiner Jackentasche hatte er das letzte Schreiben der Sparkasse geholt, diese unverschämte Erpressung mit dem Grundpfandrecht. Wie ein Banner hielt er es vor sich.

Als er schließlich zusammenbrach, war er noch nicht in die Schalterhalle hineingekommen. Zwischen den Flügeln der neuen Drehtür der Sparkasse war er zusammengebrochen und lag jetzt zwischen drinnen und draußen. Jemand rief: „Einen Arzt, schnell! Einen Arzt!“ Aber Gottfried lag so unglücklich in der Drehtür, dass man weder von drinnen noch von draußen an ihn herankam. Doktor Bergfelder, der Frauenarzt aus dem benachbarten Liesingen, der in der Sparkasse gerade Schweizer Franken eintauschte, war gleich zur Stelle, eine Herzmassage hätte vielleicht sogar er zustande gebracht, aber die Drehtür ließ sich nicht bewegen. Gottfrieds dahinscheidender Körper blockierte die Flügel der Türe, es ging nicht vor und nicht zurück. Minuten vergingen, bis der Schlüssel geholt war, man Gottfried in die Schalterhalle ziehen konnte und Doktor Bergfelder, dem eine Sturzgeburt lieber gewesen wäre, mit der Wiederbelebung beginnen konnte, ehe endlich der Notarzt eintraf. Das bewusste Schreiben hatte Gottfried Käfer noch in der ausgestreckten, verkrampften Hand. Im Verlauf der Rettungsarbeiten nahm es ein Angestellter der Sparkasse diskret an sich.

*

Es müssen ein paar hundert Menschen gewesen sein, die sich in der Aussegnungshalle am Waldfriedhof drängten. Wenigstens regnete es nicht, denn viele mussten draußen stehen, weil drinnen, dicht gedrängt auf wenigen Stühlen, nur die Verwandten, die engeren Freunde, seine Mitarbeiter und der Bürgermeister Platz gefunden hatten. Ich war ebenfalls draußen geblieben, es war kalt und windig, aber ich brauchte so wenigstens die Ansprachen nicht zu hören. Der Vorsitzende des württembergischen Reisebüroverbandes, dann Otto Daismann für den Club Diana, anschließend Pfarrer Nößmann von der Erlöserkirche – oder war das schon Bürgermeister Trautner? Ich stand in einer Gruppe von Reisebürokunden, durchweg betagte Herrschaften, die es allesamt noch gar nicht fassen konnten. „Und so schnell auf einmal." „Er war doch noch so rüstig." „Aber das Herz, gell!" „Er hat sich halt nie schonen wollen." Ein Greis im Rollstuhl, der vier Maikäfer-Anstecknadeln am Revers trug, erzählte mit halblauter Stimme von der legendären Flug- und Busreise nach Mexiko, anno 77, die beste Reise, die jemals ... „Da hat uns der Käfer durch die Ausgrabungen gehetzt! Pyramide rauf, Pyramide runter! Jeden Tag vierhundert Kilometer! Wir haben alles gesehen, alles! Absolut alles." Kein Pst konnte den Alten aufhalten.

Die Hintergründe, die zum unerwarteten Ableben von Gottfried Käfer geführt hatten – sechsundsechzig war schließlich kein Alter –, wurden von der Trauergemeinde wie auch von der Heckentaler Öffentlichkeit nur wenig gewürdigt. Dass er in einer Drehtür eingeklemmt verstarb, das war natürlich bemerkenswert und warf die Frage auf, ob Drehtüren im Allgemeinen nicht eine zu gefährliche Sache seien, ob da der TÜV nicht mal nach dem Rechten sehen sollte. Warum es gerade die Drehtür der Sparkasse war und was Gottfried Käfer an diesem Tag dort überhaupt gewollt hatte, interessiert dagegen niemanden. Ja, da sollte es was gegeben haben, Ärger mit der Bank, Genaueres wusste man nicht, und wer hatte denn keinen Ärger mit seiner Bank? Immerhin hatte die Sparkasse sich nicht lumpen lassen und einen großen Kranz geschickt, mit goldener Schleife für den langjährigen Kunden. Vom Vorstand der Sparkasse war Doktor Jahn zur Beerdigung gekommen und saß gleich in der zweiten Reihe hinter den Angehörigen.

Schließlich machte sich die Trauergemeinde zum Grab auf. Ein langer, dunkler, murmelnder Zug schlängelte sich durch die Gräberreihen. Voraus der Sarg auf einem Wägelchen mit den wichtigsten Kränzen, vom Club Diana, von der Stadt, von den Mitarbeitern. Dahinter kam der Pfarrer mit den Angehörigen. Ich sah für einen Moment Paul, dann Veronika, hochschwanger, und Marianne, die beiden hatten zwischen sich Frau Käfer fest untergehakt, damit sie nicht noch weiter in sich zusammensinken konnte, und so wie es aussah, hatte Marianne die Hauptlast zu tragen, ausgerechnet Marianne. Aber dann verschwanden sie hinter ein paar hundert Köpfen.

Am Grab staute sich der Zug, die Nachrückenden verteilten sich zwischen den umliegenden Gräberreihen, zwischen den Grabsteinen oder auf den umliegenden Wegen. Neuerlich wurden Ansprachen gehalten, kürzere, allerletzte Worte. Ich blieb bewusst weit hinten. Das würde mir, wenn die eigentliche Beisetzung erfolgt war, die Gelegenheit geben, mich rasch abzusetzen, ohne mich den Beileidsbekundungen am offenen Grab anschließen zu müssen. Ich war nicht in der Stimmung, Paul oder Veronika zu kondolieren, und auf Marianne wollte ich erst recht nicht treffen. Außerdem würde es am Parkplatz ein riesiges Gedränge geben, das mich wer weiß wie viel Zeit gekostet hätte.

Neben mir war wieder der Rollstuhl aufgefahren, und der Alte berichtete jetzt von einer von Käfer organisierten Safari in Südafrika, das einzige Mal, dass er ein Nashorn in natura gesehen hatte. Auf einmal weinte der alte Mann. Ich schaute betroffen weg, und zum ersten Mal in meinem Leben dachte ich an meine eigene Beerdigung und daran, wie es da wohl zugehen würde. Ob sich da vielleicht ein betagter Mandant an seine legendäre Einkommensteuererklärung von 1986 erinnern würde? Vielleicht aber, so dachte ich, würden anlässlich meines Ablebens im Finanzamt Ludwigsburg die Sektkorken knallen. Dann hätte ich als Steuerberater nicht umsonst gelebt.

Unterdessen hatte vorne am Grab das große Defilee mit ernstem Händedruck begonnen. Weiter hinten, wo ich stand, löste sich die Trauergemeinde langsam auf. Ich nickte dem Alten im Rollstuhl kurz zu, stellte meinen Mantelkragen hoch und wollte schon gehen, als mich jemand am Arm fasste.

„Ahoi, Steuermann!“

Es war Ulla, und sie war wie Veronika recht fortgeschritten schwanger. „Na, wenigstens treff ich *ein* bekanntes Gesicht hier“, sagte sie leise.

„Was machst du denn hier?“, fragte ich.

„Ach, Käfer war ein netter Kerl. Er hat uns viel geholfen. Er hat mir meine erste Stelle im Westen verschafft. Und unsere erste Wohnung.“

„Ja, hilfsbereit war er wirklich.“ Mir fiel ein, wie er mir vor ein paar Wochen, als mein Volvo wieder mal nicht anspringen wollte, am Bahnhofsplatz Starthilfe gegeben hatte. „Da brauchen Sie doch keinen ADAC, Herr Knapp! Es heißt doch nicht umsonst: Allzeit gute Fahrt mit Käfer-Reisen.“ Er war schon im Wegfahren, als er noch einmal die Seitenscheibe seines neuen BMW herunterließ und sagte: „Hören Sie, Herr Knapp, wollen Sie nicht mal am Donnerstagabend im Rößle vorbeischauen? Ich glaub, ein paar frische Gesichter täten uns dort ganz gut.“ Ich hatte geantwortet, dass ich sehr gern käme, wenn ich es einrichten könnte, aber zurzeit ... „Meine Mandanten, verstehen Sie!“ Es war tatsächlich meine letzte Unterhaltung mit Gottfried Käfer gewesen.

Wir ließen ein paar stärker Trauernde, an der Anstecknadel als Käfer-Kunden zu erkennen, vorbei und gerieten so zwischen zwei Grabsteine. „Warum bist du nicht mit vorne am Grab?“, fragte Ulla.

„Ich gehöre ja nicht zu den Angehörigen.“

„Aber deine Frau hab ich doch vorn gesehen.“

„Sie ist eng mit Veronika befreundet. Außerdem ... na ja, also wir sind seit gestern offiziell geschieden.“

„Ach? Das tut mir leid. Ihr habt Kinder ... zwei Mädchen, nicht wahr?“

Ich zuckte mit den Schultern. Ich wollte nicht während einer Beerdigung Auskunft über meine privaten Verhältnisse geben. Neugierig sind die Leute von drüben schon, dachte ich noch. Ich hatte gelesen – im Spiegel? In der Zeit? In der FAZ? –, das läge an der lebenslangen Einbindung ins Kollektiv, was einen Verlust an Privatheit erzeugt hätte; der Respekt vor der Privatsphäre sei in der DDR einfach unterentwickelt geblieben. Deshalb würden die Menschen von drüben uns als aufdringlich und umgekehrt wir ihnen als kalt, unzugänglich und desinteressiert erscheinen.

Vorn kam Bewegung auf, ich musste mich allmählich absetzen, wenn ich nicht doch noch auf die Angehörigen treffen wollte – oder auf Marianne. „Also dann. Ich muss los. Tschüss, Ulla. Und alles Gute.“

„Bist du mit dem Auto da? Könntest du mich am Bahnhof absetzen?“

„Sicher. Ich kann dich auch nach Hause fahren, wenn du willst.“

„Nein danke, Bahnhof reicht. Außerdem ich wohne gar nicht mehr in Heckenheim.“

„Sondern?“

„Ich bin mit Monika nach Stuttgart gezogen.“

„Ach? Ohne deinen Mann?“

„So ist es."

„Macht er noch immer diese Fortbildungskurse?"

„Möglich. Ich hab ehrlich gesagt keine Ahnung, was er macht."

Seltsame Leute, in der Tat. Ich hatte einmal gelesen – ich glaube, es war im Feuilleton der FAZ, oder hatte es Norbert Sandhoff im Tagblatt geschrieben? –, dass sie immer noch Angst hatten, ausgeforscht zu werden. Deshalb gaben sie so ungern Auskunft, auch über rein private Dinge. Sie meinten offenbar, selbst bei den harmlosesten Unterhaltungen, ihr Gesprächspartner würde anschließend alles protokollieren.

Wir suchten zwischen den Gräbern einen Weg für den Rückzug. Und liefen Paul in die Arme. „Hallo! Hallo ... Ulla. Ihr kommt doch noch mit? Wir sind im Rößle zum Kaffee." Er starrte Ulla ziemlich unverwandt auf den dicken Bauch.

„Tut mir leid", sagte ich. „Auf mich wartet ein Mandant."

„Aber du, Ulla, du kommst doch noch mit?"

„Ich muss Monika von der Chorprobe abholen, leider. Und mein Zug ... "

„Soll ich dir ein Taxi rufen?" Mir fiel auf, dass Paul ungewöhnlich beflissen war. Das war sonst nicht seine Art.

„Danke, aber Olaf ist so nett und bringt mich zum Bahnhof. Also, ciao!"

Sie war schon ein paar Gräber weiter, aber Paul hielt mich noch einen Moment zurück.

„Pass auf sie auf", sagte er leise. Ich zuckte zusammen, riss die Augen weit auf und schaute ihn irritiert an. Es war weniger, was er gesagt hatte, sondern wie es gesagt hatte – und wie er Ulla dabei nachgeschaut hatte. Wie durch eine plötzliche Eingebung sah ich Zusammenhänge, an die ich nie gedacht hatte, Zusammenhänge, auf die nicht einmal Marianne gekommen war.

„Du?", sagte ich, für eine Beerdigung fast zu laut.

Er packte mich heftig am Ärmel. „Einen Ton, wenn du sagst, dann dreh ich dir den Hals um!"

Paul wusste nicht, dass ich wusste – von Marianne, von wem sonst? –, dass er Azoospermie hatte. Und ich wusste alles über die wahre Abstammung von Veronikas Nachwuchs. Als mir dieses Geheimnis anvertraut wurde, war mir übrigens ebenfalls mit einem umgedrehten Hals gedroht worden. Meine neue, soeben gewonnene Erkenntnis über Pauls außerehelichen Nachwuchs stellte mein Bild auf den Kopf – zumindest für die nächsten paar Stunden, bis ich dann wirklich alles erfahren hatte.

Ich ließ Paul stehen und lief Ulla nach. Sie war schon ein wenig ungeduldig. „Mein Zug ..."

„Mach dir keine Sorgen, ich fahr dich nach Stuttgart."

Sie blieb stehen und fasste mich am Arm. „Er hat es dir gesagt. Jetzt eben!"

„Nein, er hat nichts gesagt. Aber ich kann Gedanken lesen."

Sie lachte mich frech an und sagte: „Das glaube ich kaum." Aber es hätte am weiteren Verlauf des Tages auch nichts geändert, wenn ich es gekonnt hätte.

Mittlerweile strömten die Trauergäste in breiter Front vom Friedhof, sodass wir nur langsam vorankamen. Ich hatte den Wagen schlecht geparkt, wir mussten warten, bis die Ausfahrt frei wurde.

„Du musst mich nicht nach Stuttgart fahren. Wenn dein Mandant ..."

„Ach was, es gibt heute keinen Mandanten. Das war eine Ausrede. Ich wollte bloß nicht bei den Angehörigen herumhocken."

„Na gut, dass Paul nicht auch Gedanken lesen kann", sagte sie. „Dann können wir ja vielleicht noch woanders einen Kaffee trinken. In sicherem Abstand zum Käfer-Clan."

„Und deine Tochter? Wann ist denn die Chorprobe zu Ende?"

„Auf dieser Chorprobe singt dein Mandant." Sie lachte und schien nun überhaupt bester Laune. „Monika ist bis morgen bei einer Schulfreundin."

„Na dann. Das Café Mozart liegt am anderen Ende der Stadt, da entdecken sie uns bestimmt nicht."

Wir saßen fast drei Stunden im Café Mozart und redeten. Sie erzählte von ihrem früheren Leben in Erfurt, von ihrem alten Beruf als Sportlehrerin, und wie zufällig legte sie dabei wieder ihre Hand auf meinen Unterarm. Ich achtete darauf, dass mein Arm immer in ihrer Reichweite blieb, und erzählte meinerseits aus meinem Leben, vom Dessauer Elbe-Center, vom neuen Sachsen-Park in Meißen und von der Wohnanlage Luther-Blick in Eisenach. Ich schaffte es, während des ganzen Nachmittags Marianne mit keinem einzigen Wort zu erwähnen. Um sechs schloss das Café Mozart, da erst merkten wir, wie viel Zeit vergangen war. Als ich Ulla eine halbe Stunde später in Stuttgart vor ihrem Haus absetzen wollte, lud sie mich noch auf einen Kaffee ein. Wir aßen Rührei und tranken eine Flasche Wodka, weil sie nichts anderes im Haus hatte. Als die Flasche schließlich leer war, war ich nicht mehr in der Lage, Auto zu fahren. Sie fackelte nicht lange und schob mich auf direktem Weg ins Schlafzimmer. „Steuermann, her zu mir ...“, summte sie. Ich zierte mich etwas wegen ihres Zustands. Aber ihrer heiteren Unbekümmertheit hatte ich wenig entgegenzusetzen, und ich wollte ihr ja auch gar nichts entgegensetzen, zumal ich den ganzen Abend nicht über Marianne hatte nachdenken müssen. „Das wirst du doch noch von deinen beiden Mädels kennen“, sagte Ulla und zog mir das Hemd aus der Hose. „Musst halt ein wenig vorsichtig sein, Steuermann. Und hinten hab ich ja keinen Bauch.“

*

Etwa drei Wochen nach der Beerdigung wurde Ulla von einem kräftigen, sieben Pfund schweren Mädchen entbunden: die kleine Franziska! In der Klinik traf ich Paul, sehr nervös und mit größter Vorsicht darauf bedacht, dass ihn niemand hier erkannte.

Ich fragte: „Soll ich dir einen falschen Bart besorgen?“

Er sagte: „Scheißkerl!“ Aber er meinte es natürlich nicht so.

Ulla ging von der Klinik nicht mehr nach Hause, sondern zog mit Franziska und Monika gleich bei mir in Brunnen ein, denn ich hatte ja zwei leer stehende Kinderzimmer. Herr und Frau Buck, deren Sohn mittlerweile den Prozess wegen Unterhaltszahlungen gegen seine Ex gewonnen hatte, freuten sich über meinen

Familienzuwachs und schenkten uns eine Flasche Trollinger. „Aus dem eigenen Weinberg, und lassen Sie es sich recht gut schmecken!“ Ulla sagte: „Die sind aber nett.“ Und ich erzählte ihr, wie mich die beiden Bucks gestützt hatten, als mir schlecht war; damals, wegen des Grappas und wegen „Azzurro“. Das war gerade mal ein halbes Jahr her.

Im folgenden Jahr adoptierte ich die kleine Franziska, nur damit ordentliche Verhältnisse herrschten und sie den Namen ihrer Mutter erhielt. Damit war Ullas kühner Plan, die materielle Zukunft ihrer Familie über Pauls Alimente sicherzustellen – sie hatte mich noch im Cafe Mozart in alles eingeweiht –, vollends überflüssig geworden. Paul blieb es erspart, für den Lebensunterhalt von Franziska zu sorgen, wozu er später ohnehin nicht in der Lage gewesen wäre. Dennoch hält er Franziska weiterhin für seine eigene Tochter, und sooft er mich trifft (mehr als einmal im Jahr sehen wir uns aber nicht mehr), dankt er mir, dass ich für Ulla und Franziska sorge. Weder Ulla noch ich haben es bisher übers Herz gebracht, ihm reinen Wein einzuschenken; und dabei wird es auch bleiben.

Nur fünf Tage nach Ulla war es dann auch bei Veronika so weit. Endlich! Achtunddreißig war sie nun schon, aber sie hatte es doch noch geschafft, auf ärztlichen Rat hin mit Kaiserschnitt: Lukas. Mit fünfzig Zentimetern und 3580 Gramm war es ein bemerkenswert kräftiges Achtmonatskind. Aber Paul, der offizielle Vater, wusste ja schon von Franziska, wie kräftig und groß Achtmonatskinder sein können.

Das Wichtigste konnte die Oma der Frau Schwarzmaier von der Bäckerei Schwarzmaier gleich am nächsten Tag mitteilen: „Ganz der Opa!“ Obwohl es für solche Einschätzungen noch ein wenig früh war und der Säugling viel mehr Haare auf dem Kopf hatte als sein kürzlich verstorbener Großvater.

Allerdings hatten sich die guten Nachrichten damit vorerst erschöpft. Nur kurze Zeit später rief mich Paul an und erzählte mir, Veronika sei beim Ordnen der vom alten Käfer nachgelassenen Dokumente auf einige sehr merkwürdige Schreiben der Sparkasse gestoßen. Ob ich mir das gelegentlich ansehen könne? Veronika habe die Dokumente schon Marianne gezeigt, aber die sei auch nicht schlau daraus geworden. Ich brauchte keine zehn Minuten, um das Drama, das sich in den Wochen vor dem Ableben des alten Herrn ganz im Stillen abgespielt hatte, zu erkennen. In einer mit Tesafilm zugeklebten Mappe fanden wir Grundbuchauszüge über ein Haus in Babelsberg: Dort hatte Gottfried Käfer fünf Wohnungen erworben. Er hatte fast das ganze Haus gekauft, nur eine sechste, kleinere Wohnung gehörte dem Optiker Laug. Es war das Steuersparobjekt des Herrn Ehrlich. Insgesamt hatte Gottfried Käfer fast eine und eine halbe Million Mark bezahlt, und das alles war natürlich von unserer famosen Sparkasse finanziert worden. Dann gab es noch das Schreiben eines Konkursverwalters in Potsdam, aus dem hervorging, dass die beiden Firmen Immovesa und Garantisa zahlungsunfähig seien, wodurch die noch ausstehenden Umbauten, aber auch die Mietgarantie hinfällig würden. Daran waren drei Fotos geheftet, die ein heruntergekommenes Haus zeigten sowie einen Raum, der vermutlich ein Badezimmer war, denn in der Wand sah man große Löcher, ursprünglich wohl für Sanitärinstallationen gedacht. Auf die Rückseite hatte Gottfried mit zitternder Hand – anders waren die Krakel nicht erklärbar – geschrieben: „Waschbecken und Badewanne aus der Wand gebrochen und gestohlen!“

Außerdem gab es einen schmalen Schriftverkehr mit der Sparkasse, in dem diese alle Mitverantwortung von sich wies: Man habe nur die Investition des geschätzten Kunden finanziert, weiter aber mit der Angelegenheit nichts zu schaffen. Im Übrigen verweise man auf die ausstehenden Annuitäten in Höhe von nunmehr ... Stolze Beträge waren das für eine Ruine, auch wenn sie in der Filmstadt Babelsberg stand. Gottfried Käfer hatte eine Zeit lang versucht, Geld aus seiner Firma abzuzweigen, um die Löcher aus seinem privaten Immobiliengeschäft zu stopfen, zunächst um die Renovierungsarbeiten selbst zu übernehmen, dann nur noch für den Schuldendienst.

Zeitgleich mit der Konversion im Westen, dem schleppenden Geschäft mit den Busreisen und dem Niedergang der Thüringer Filialen hatte sich daraus eine sehr bedrohliche Konstellation für Käfer-Reisen entwickelt. Daraufhin hatte die Sparkasse zusätzliche Sicherheiten verlangt, und als Gottfried, der sich betrogen glaubte, diese nicht beibringen wollte, damit gedroht, auch seinen Geschäftskredit zu kündigen.

Fassungslos saß Veronika vor den Dokumenten. Ihr Vater hatte ihr nicht geglaubt, sondern sich lieber an seinen Freunden orientiert und hinter dem Rücken der Familie zweifelhafte Investitionen getätigt. Am Ende hätte er womöglich seine Frau bitten müssen, eines ihrer beiden ererbten Grundstücke zu verkaufen, um ihm aus der Patsche zu helfen. Da hatte er offenbar den Herzinfarkt vorgezogen.

Ich schickte Paul zu Ulrich Eisele, meinen Stuttgarter Anwalt, und der brachte als Erstes heraus, dass bewusster Herr Ehrlich, der letzten Endes alles Unheil eingebrockt hatte, tatsächlich nicht Ehrlich hieß, sondern in Wahrheit Hans-Uwe Müller. Wegen Betrugs und Urkundenfälschung war er mittlerweile unter Einrechnung einer vorherigen Bewährungsstrafe zu drei Jahren verurteilt. Einfach und langweilig Müller – nicht Teufel oder Reuber oder wenigstens Schade, sodass man hätte sagen können: *nomen est omen*. Ja, der Betrüger gönnte uns nicht einmal einen spaßigen Namen, Rindfisch oder Siebengesicht, sondern hieß einfach nur banal Müller. Es war wirklich kaum zu glauben.

Die Sparkasse ließ nach der Beerdigung ein paar Wochen verstreichen, sie wartete, bis sich der letzte Rest von Staub gelegt hatte, ehe sie sehr höflich anfragte, wie denn die sehr geehrten Erben gedächten, die Angelegenheit schlussendlich zu regeln. Rechnerisch war das einfach: Auf 1.390.000 Mark beliefen sich die Schulden einschließlich aufgelaufener Zinsen, die Gottfried Käfer hinterlassen hatte. Das Objekt, für das er den Kredit aufgenommen hatte, war unverkäuflich und würde es ohne weitere aufwändige Renovierungen, für die niemand Geld hatte, auch auf absehbare Zeit bleiben. Vielleicht könnte man einen

Bauträger finden, der alles abreißen würde, um auf dem Grundstück ganz neu anzufangen. Natürlich würde in diesem Fall bloß der Grundstückspreis gezahlt, abzüglich der Abbruchkosten. Mehr als 100.000 Mark – „Allerhöchstens, Frau Szyrcyck, allerhöchstens!" – würden so nicht zu erlösen sein, also nichts, was den Schuldenberg nennenswert reduzieren konnte.

Das also war die Erbschaft, die Gottfried hinterlassen hatte. Das Einfamilienhaus im Wert von etwa einer halben Million Mark, das aber zur Hälfte seiner Gattin gehörte, war sein ganzes Vermögen. Immerhin war er im Jahr zuvor meinem Rat gefolgt und hatte die Anteile an Käfer-Reisen auf die Familie verteilt. Die Nettoerbschaft belief sich damit auf fast eine Million – minus!

Für mich als Steuerberater war die Sache ganz eindeutig, es blieb den Erben gar keine andere Wahl: Sie mussten die Erbschaft ausschlagen. „Ja, geht das denn?", fragte Paul, ganz Laie. „Und die Sparkasse?"

„Bleibt dann weitgehend auf den Schulden sitzen. Sie kann zwar in die Erbmasse vollstrecken lassen, aber da ist ja nur das Haus. Wie soll die Sparkasse ein Haus verwerten, das zur Hälfte einer alten Frau gehört? Wer würde da bei einer Versteigerung mitziehen?" Kuballa vielleicht, der hatte immer irgendwelche Tricks auf Lager, aber Kuballa war anderweitig beschäftigt. Außerdem konnte man der Sparkasse immer noch mit einer Klage wegen der offenkundigen Verwicklung in die Machenschaften dieses Herrn Ehrlich/Müller drohen. Paul verließ meine Kanzlei besser gelaunt, als er sie betreten hatte.

Aber die gute Stimmung hielt nicht vor. Schon am nächsten Tag zeigte sich, dass wir die Lage beide falsch eingeschätzt hatten. Wir hatten zu viel gerechnet und zu wenig nachgedacht, denn nicht die Sparkasse war das Problem. Frau Käfer hielt es für eine Zumutung, das Erbe ihres Mannes auszuschlagen! Sollte sie ihre Hände in Unschuld waschen und die Schulden dem Toten überlassen, der sich nicht wehren konnte? Nie und nimmer.

Paul drohte: „Die Sparkasse wird darauf wenig Rücksicht nehmen. Sie werden sich einfach das Haus holen!"

Frau Käfer weinte, weil der Schwiegersohn so hart und herzlos mit ihr redete. Immer nur Geld! Lieber würde sie am Bettelstab gehen, als zuzulassen, dass das Ansehen ihres Mannes posthum in den Schmutz gezogen wurde. Ausgerechnet sie, die so zäh und unbeirrbar die Wahrung des Familienvermögens betrieben hatte, der all die Jahrzehnte kein Geiz und kein Neid zu schäbig gewesen war – sie war nun bereit, für die Ehre eines Toten alles daranzugeben und sich vollständig zu ruinieren.

*

Veronika hatte auch so genug Probleme. Statt des so lange erwarteten Mutterglücks dominierte die Erleichterung, dass sie es endlich geschafft hatte. Erleichterung und Ernüchterung. Sie hatte es anfangs auf die Anspannung rund um Schwangerschaft und Geburt geschoben. Veronika war enttäuscht, ohne freilich sagen zu können, wovon eigentlich. Sie hatte sich das anders vorgestellt – irgendwie so wie das Schaufenster bei „Pippi Langstrumpf".

Zudem stellte sich bald heraus, dass der kleine Lukas kein einfaches Kind war. Zart und klein war er und wuchs nicht so schnell, wie es normal gewesen wäre. Er war ein schlechter Esser und Trinker. Und unruhig, vor allem nachts, da gab es oft keine ruhige halbe Stunde. Das war schlimm, besonders wenn Paul unterwegs war und Veronika das Herumtragen des Kindes nicht abnehmen konnte.

Anfangs dachte sie, dem Kind würde etwas fehlen, vielleicht hatte der arme kleine Lukas einen schrecklichen Tumor in seinem armen kleinen Kopf? Dafür hatte der Kinderarzt Doktor Elsinger keinen Anhaltspunkt gefunden, und auch sonst war das Kind seiner Meinung nach durch und durch gesund. „Freuen Sie sich doch, dass er schon so viel Kraft hat!", lachte der Doktor, und Veronika hätte ihm um ein Haar ein paar Unflätigkeiten an den Schädel geworfen.

Eines Abends, Paul war wie so oft unterwegs, war es besonders schlimm. Nach mehreren Stunden ununterbrochenem Geschrei hatte Veronika alle Methoden, mit der es ihr sonst immer gelungen war, das Kind wenigstens ein bisschen zu beruhigen, mehrmals vergeblich ausprobiert. Wiegen, tragen, stillen, wickeln, nicht einmal baden half diesmal. Als es auf Mitternacht zuging, war sie am Ende, und es fielen ihr jetzt jene bedauernswerten Mitmenschen ein, von denen man regelmäßig in der Zeitung las. Die, denen die Kontrolle über die Situation entglitt, die zusammengebrochen waren. Vor ein paar Wochen in Heilbronn hatte ein einundzwanzigjähriger Vater nach fünf Stunden Schreien kapituliert und den sechs Wochen alten Säugling aus dem ersten Stock geworfen. Die Polizei hatte den Mann, der vielleicht ein wenig zu jung war für diese Verantwortung, auf dem Sofa schlafend angetroffen.

Gurgelnd schnappte der kleine Lukas jetzt nach Luft, verschluckte sich fast, nahm neuen Anlauf und brüllte wieder los. Ein herausforderndes, aggressives, rücksichtsloses Gebrüll war es, und es sah ganz so aus, als hätte er Spaß daran, seine Mutter langsam in den Wahnsinn zu treiben.

Gegen zwei Uhr nachts rief Veronika bei Marianne an, sie konnte einfach nicht mehr. Sie brauchte Hilfe, irgendjemanden, der wenigstens „durchhalten“ zu ihr sagte, oder vielleicht sogar „Soll ich kommen?“ Aber Marianne war nicht zu Hause. Veronika ließ das Telefon eine Viertelstunde läuten, umsonst, keine Hilfe. Veronika hasste Marianne jetzt. Und sie hasste Paul, weil er ebenfalls nicht da war. Sie rief noch einmal bei Marianne an, ließ es zwanzigmal klingeln, dreißigmal, und allein der Ton des Telefons kam ihr wie eine Erholung vor gegenüber dem Geschrei des kleinen Teufels.

Um halb drei schrie der Teufel bereits acht Stunden, nur unterbrochen von Nahrungsaufnahme und kurzzeitiger Erschöpfung. Veronika schob das Kind in seiner Wiege ins Bad und ging selbst ans entgegengesetzte Ende der Wohnung. Sie hörte es trotzdem, durch die Wände. Und sie wusste, dass es schrie. Auf einmal herrschte Stille. Veronika dachte sofort, dass etwas passiert sein musste. Sie rannte panisch durch die Wohnung, riss die Tür zum Bad auf ... Aber darauf hatte der kleine, faltige Teufel nur gewartet, er hatte sie zurück ins Bad gelockt und brüllte sie nun nur noch heftiger an. Veronika schrie zurück: „Halt endlich dein verdammtes Maul!“ Tatsächlich stutzte er für einen Augenblick wegen des ungewohnten Tones, gluckste, schnappte nach Luft – und brüllte erneut, dank der Akustik des Badezimmers umso lauter. Veronika versuchte, ihm den Mund zuzuhalten, was sich als völlig untauglicher Versuch erwies, er plärrte einfach zwischen ihren Fingern durch. Sie griff nach einem Handtuch, um es dem Kind auf den Mund zu pressen.

Sie erschrak noch rechtzeitig. Jetzt hatte sie Angst vor sich selbst. Kriminalpolizei, Gefängnis, Schimpf und Schande ... Ihre Mutter würde nie wieder zum Friseur gehen können. Veronika packte das Kind, riss im Vorbeigehen einen Mantel vom Haken und flüchtete aus der Wohnung. Sie fuhr ins Robert-Koch-Krankenhaus.

Es war schon nach vier, als sie auf den leeren Parkplatz des Krankenhauses einbog. Sie fuhr das Auto in eine Parkbucht gleich in der Nähe des Haupteingangs, stellte den Motor ab ... Das Kind in der Tragetasche (vorschriftswidrig auf dem Beifahrersitz) war still, ganz still, jetzt erst fiel es ihr auf. Es war den letzten Teil der Fahrt vollkommen ruhig gewesen. Ihr Kind war tot, an Erschöpfung gestorben ... Oder war es doch erstickt und sie hatte es umgebracht?

Veronika nahm das tote Kind auf den Schoß – aber natürlich atmete es. Es war nicht tot – es war tatsächlich eingeschlafen. Veronika hatte Angst, es könnte auf den dreißig Metern vom Parkplatz zur Türe des Krankenhauses aufwachen, sie wagte nicht, sich zu bewegen. Sie blieb einfach still sitzen. Und dann schlief sie, über das Kind gebeugt, mit beiden Armen über dem Lenkrad, selber ein.

Sie wachte erst auf, als jemand ans Fenster klopfte. Es war längst hell, halb sieben schon. Durch die regennassen Scheiben sah sie undeutlich ein Gesicht. Sie kurbelte das Fenster herunter.

„Alles in Ordnung?“, fragte eine fremde Frau. „Geht es Ihnen nicht gut?“ Veronika war noch ein wenig verwirrt, sie hatte tatsächlich drei Stunden geschlafen, drei Stunden an einem Stück – zum ersten Mal seit Wochen. „Danke, es ist alles in Ordnung.“

„Und das Kind?“ Veronika hatte ihren Lukas noch auf dem Schoß. Er atmete und schlief. Auch er hatte volle drei Stunden geschlafen! „Wollen Sie in die Klinik, soll ich Sie begleiten? Ich bin Ärztin hier.“

„Nein danke.“ Veronika zeigte auf das Kind. „Er hat heute Nacht acht Stunden geschrien.“

„Oje, Sie Ärmste.“

„Aber seit ich hier bin, ist er ruhig.“

„Das Autofahren! Das war bestimmt das Autofahren, das Rütteln und Brummen. Packen Sie ihn ins Auto und fahren Sie herum, wenn er schreit. Das hat bei meinem geholfen. Meistens.“

„Meinen Sie?“

„Versuchen Sie's einfach.“

Das war ja wenigstens eine Perspektive an diesem verregneten Morgen. Veronika wartete noch eine halbe Stunde, dann fuhr sie nach Hause zurück. Lukas blieb den Tag über relativ ruhig. Gegen Abend, als er wieder zu schreien anfing, setzte sie sich ins Auto und fuhr das Heckental auf und ab, Liesingen, Schätzingen, Brunnen und zurück, 122 Kilometer. Viel nützte es nicht, aber ein wenig schon.

Eine Woche später fand Frau Doktor Hoffmeister, Anästhesistin am Robert Koch, einen Reisegutschein über 300 Mark im Briefkasten.

*

Über Wochen verweigerte Gertrud Käfer jede pragmatische Lösung in der Erbschaftsfrage. Auch Veronika kam nicht dagegen an. Schließlich brachte sie den frisch geborenen Enkel ins Spiel. „Wenn er schon seinen Opa nicht kennenlernt, dann doch wenigstes sein Haus. Da hat der Papa doch so gerne drin gewohnt."

Das war freilich vergeblich geheuchelt, denn Frau Käfer pochte auf ihre Grundsätze. „Ich hab gelernt, dass man seine Schulden bezahlt", sagte sie trotzig. „Schon mein Vater, dein Großvater ..."

„O nein, nicht schon wieder!" Allmählich verlor Veronika die Geduld.

Beim nächsten Vorstoß war sie besser vorbereitet und brachte einen neuen Aspekt ins Spiel: „Ich weiß nicht, ob das dem Papa recht wäre ... dass der Kleine jetzt nur die Sachen von seinem anderen Opa zu sehen bekommt."

Das traf direkt ins Herz. Frau Käfer riss erschreckt die Augen auf und schluckte. Der andere Opa! Dass sie daran noch gar nicht gedacht hatte! Pauls Vater, dieser Schürzenjäger, der sich ihr einst fast schon unsittlich genähert hatte, auf der Hochzeit der eigenen Tochter! Ausgerechnet der war nun der einzige Opa, während der einzig richtige Opa ... Ach, war das wieder ungerecht. So schwer es ihr fiel, aber das hätte auch ihrem seligen Vater, dem stets schuldenfreien Urgroßvater des kleinen Lukas, nicht gefallen, dass so ein falscher Opa die Oberhand behalten würde, und am Ende würde Gottfrieds Haus ganz der Sparkasse gehören und sein Enkel womöglich in Konrads Haus wohnen müssen. Ja, dieser Gedanke war schon ziemlich kompliziert, aber so fand Frau Käfer doch noch einen Weg heraus aus ihrer Grundsatztreue, für den sie sich nicht zu schämen brauchte.

Die Käfers taten endlich das einzig Richtige und warfen die Last des Erbes offiziell und notariell ab. Nach langem, ermüdendem Tauziehen, nach endlosen Erörterungen, die sich zu guter Letzt auch auf die Frage erstreckten, was man zum Notar anzieht, wurde tatsächlich ein Termin im Notariat Wensauer vereinbart. Veronika hatte zum ersten Mal einen Babysitter organisiert und holte ihre Mutter mit dem Auto ab.

Beim Notar, wo man auf die Minute pünktlich eingetroffen war, sank die Mutter auf dem Stuhl zu einem Häuflein Elend zusammen und hoffte, der Notar würde die Prozedur vielleicht abbrechen, weil sie nicht im Vollbesitz ihrer Gesundheit war. Aber der alte Wensauer nahm von ihrem Zustand keine Notiz, verlas rasch die Urkunde, sammelte die Unterschriften ein, bedankte sich für den Besuch und wünschte den Damen noch einen schönen Tag, was alles in allem 158 Mark zuzüglich Mehrwertsteuer kostete. Das war's mit der Erbschaft von Gottfried Käfer.

*

Zu den vor der Sparkasse geretteten Hinterlassenschaften gehörte auch der neue Firmenwagen. Dessen Leasing-Raten lasteten schwer auf der Liquidität von Käfer-Reisen, schwer wie die fünf Mieten für die Filialen, die einundzwanzig Gehälter, die Stromrechnungen, die Heizungsnachzahlungen, die bereits geleisteten Anzahlungen für Reiseveranstalter, die nicht abgerechneten Tickets für die Lufthansa. Von all diesen Posten war ein silbergrauer BMW mit elektrisch verstellbaren Ledersitzen das, was man jetzt am allerwenigsten brauchte. Gottfrieds Auto, sein letzter Stolz, sein Triumph über Schroth und Konsorten, stand in der Garage und fraß selbst im Stehen Geld für Leasing-Raten, Vollkasko-Versicherung und Kfz-Steuer vom Firmenkonto. Veronika hatte berechnet: „Von dem Geld, das die Kiste verschlingt, können wir zwei Angestellte zahlen." Und wenn sie sich mit dem Rechnen ein wenig Mühe geben würde, sogar drei.

Eine Anfrage bei der Leasing-Firma ergab jedoch Unerfreuliches: Einfach kündigen konnte man den Vertrag nicht. Für eine vorzeitige Rücknahme des Fahrzeugs kalkulierten die Leasing-Fritzen einen Schaden aus entgangenem Geschäft und kamen auf runde zwanzigtausend Mark. Ich riet Paul: „Versuch den Wagen irgendwie loszuwerden."

Aber ich hatte das nicht so gemeint, wie es Paul verstanden haben wollte. Ich hatte daran gedacht, im Tagblatt oder besser in den Stuttgarter Nachrichten eine Annonce zu schalten: „Übernahme Leasingvertrag". Irgendwas in dieser Art, und wer weiß, wenn man die eine oder andere Mark draufgelegt hätte ...

Doch Paul hatte mich wieder einmal völlig missverstanden und die Eigeninitiative ergriffen. Nicht einmal Veronika wusste, weshalb er plötzlich nach Prag fahren musste; dass er sich, wie er behauptet hatte, nach einem neuen Prager Hotel für die Busreisen umschauen wollte, hatte sie ihm nicht recht abgenommen. Zwar gehörte Prag zu den beliebtesten Auslandszielen für Kurzreisen, gleich nach Venedig, Paris und Wien; in guten Jahren hatte der alte Käfer Prag bis zu zehnmal im Programm gehabt, nun waren es immer noch drei bis viermal. Zwei Tage Prag mit Stadtrundfahrt, Besuch der Laterna Magica und Brauereibesichtigung für 225 Mark (inklusive original Prager Vollrausch), das konnte sich doch sehen lassen, auch wenn das Quartier, die gute alte Pension „Braver Soldat Schwejk" vielleicht ein wenig unterdurchschnittlich war. Aber sauber und gemütlich war es dort auf alle Fälle, und die Wirtin, Frau Simanek, kam mit ihrer lustigen Art vor allem bei den älteren Mitreisenden gut an. Auch wenn mancher Reisegast die Nase gerümpft hatte, wenn er sein Zimmer sah, sobald sich dann die Frau Simanek um sein Wohl kümmerte, sich persönlich als Köchin, Dolmetscherin oder Fremdenführerin in den Reiseablauf einschaltete, war alles Herumgemäkel vergessen. Die Simanek und ihr „Braver Soldat", das war das echte, ursprüngliche Prag, die goldene Stadt! Wozu also ein neues Hotel? Eines, das auf alle Fälle deutlich teurer sein würde; dabei war doch die Kalkulation mit den 225 Mark ohnehin verdammt eng.

Es gab so gesehen überhaupt keinen Grund, nach Prag zu fahren und sich um eine neue Unterkunft zu kümmern, zumal Paul gleich drei oder vier Tage, vielleicht auch fünf, von Heckenheim weg sein wollte. Noch während Veronika darüber nachdachte, war Paul auch schon unterwegs. Geradezu überstürzt, Veronika hatte ihm gerade noch ein mahnendes „Und fahr vorsichtig mit dem neuen Auto" nachrufen können.

Vorsicht war in der Tat angebracht, denn die osteuropäischen Städte waren neuerdings ein sehr unsicheres Pflaster für große deutsche Autos. Die Entwicklung des polizeilichen

Fahndungswesens hatte dort mit dem von der Gegenseite vorgelegten Tempo nicht annähernd Schritt halten können. Im Fernsehen sah ein staunendes Publikum, das sich die Öffnung Osteuropas nun wirklich ganz anders vorgestellt hatte – viel geistiger, kultureller, gebildeter, mit grenzüberschreitenden Konzerten und Dichterlesungen, mit Jugendaustausch und Sprachkursen –, was für unglaubliche Dinge dort drüben mit seinen Autos geschahen. Was über Nacht nicht siebenfach weggesperrt war, befand sich am Morgen danach schon auf direktem Weg in die Ukraine oder in den Kaukasus. Mitunter passierte es am helllichten Tag, dass ein Fahrer an der Ampel kurzerhand aus dem Wagen gezerrt wurde, eins mit der Faust ins Gesicht bekam, und ab ging die Post.

Was es aber auch gab, das musste man zugeben, das waren deutsche Autobesitzer, die sich nicht schämten, mit den Verbrechern dort gemeinsame Sache zu machen. Man sah, mitten im schönsten Abendprogramm, einen hinter einer Milchglasscheibe verborgenen „Geschäftsmann“, der mit künstlich verzerrter Stimme erzählte, wie er in einem Warschauer Hotel von Autoschiebern angesprochen worden war: Für die nächste Nacht sei sein Mercedes zur Abholung „vorgemerkt“, die Aushändigung der Autoschlüssel und der Papiere würde man ihm aufgrund der Arbeitserleichterung mit baren viertausend Dollar honorieren; die Versicherung würde den Schaden regulieren, er habe doch Vollkasko? Alternativ könne man ihm natürlich auch Schlüssel und Papiere abnehmen, womit er auf viertausend Dollar verzichten müsse und obendrein eine Verletzung riskieren würde. Er solle aber nicht auf die dumme Idee kommen, sich an die Polizei zu wenden; das würde man sofort erfahren, die säße nämlich mit im Boot. Man würde dann aus Gründen der Prävention fester zuschlagen müssen, eine Schädelfraktur läge durchaus im Bereich des Möglichen ... Folglich sei ihm kaum etwas anderes übrig geblieben, als die viertausend Dollar zu nehmen, gab der Geschäftsmann zu Protokoll und erwähnte noch, dass die Versicherung tatsächlich anstandslos gezahlt habe.

Paul war diese Fernsehsendung nicht mehr aus dem Kopf gegangen. Vielleicht war das ein Weg, aus dem Leasing-Vertrag herauszukommen? Es war nicht legal, aber vor die Wahl gestellt, viertausend Dollar zu kassieren oder eine zertrümmerte Nase ... Viel kriminelle Energie war gar nicht nötig, und schädigte man jemanden? Das Auto war schließlich „vorgemerkt", und wer nun kleinlich von Versicherungsbetrug schwätzte, der musste doch in Rechnung stellen, dass die chirurgische Versorgung einer zertrümmerten Nase für das deutsche Versicherungswesen auch nicht umsonst war. So gesehen konnte man ein Eingehen auf das kriminelle Ansinnen sogar als einen Akt der Schadensbegrenzung betrachten.

Am Nachmittag des dritten Tages seines Aufenthalts in Prag saß Paul im hinteren Teil der Lobby im Hotel Metropol bei seiner fünften Tasse Kaffee. Ein paar Mal hatte er schon gedacht, es wäre so weit, als zum Beispiel ein kahl geschorener, untersetzter Kerl direkt auf ihn zukam, bevor er dann doch abbog und sich ein paar Meter weiter in einen Sessel lümmelte, und zwei Stunden später, als zwei etwas seltsame Herren in dunklen Anzügen lange am Eingang stehen geblieben waren und die anwesenden Gäste eingehend gemustert hatten. Fast hätte ihnen Paul zugewinkt. Aber dann hatten die Herren kehrtgemacht und waren wieder verschwunden. Paul hatte ihnen noch nachgeschaut, aber seinen BMW vor der Tür hatten sie keines Blickes gewürdigt. Vielleicht war er im falschen Hotel? Oder sogar im falschen Land? Hätte er doch nach Warschau fahren sollen? Oder gleich nach Minsk? Oder musste er einfach Geduld haben? Da klopfte ihm jemand auf die Schulter. Paul fuhr erschreckt herum.

„Ja so was! So trifft man sich! In der Fremde, ja so was! Ja hallo. Ein Landsmann, haha! Ein Heckenheimer in Prag. Ja so was aber auch! Was machen Sie denn hier?"

Paul schlug das Herz vor Schreck im Kehlkopf. „Herr Schroth!"

„Jaha, grüß Gottle ... gell ... Jaha der Herr ... " Einen Moment musste er überlegen, wie der Schwiegersohn eigentlich hieß. Nein, nicht Käfer – „... Szyrcyck, gell?"

In seiner Freude, in der Fremde einen Heckentaler getroffen zu haben, setzte Schroth sich zu Paul und winkte einen Kellner heran. „Hallo! Hallo! Sie! Ja, hierher. Bestellung! Einen ... was trinken Sie? Kaffee? Wie spät haben wir? Gleich fünf? Da trink ich keinen Kaffee mehr. Haben Sie Sliwowitz? Sliwowitz? Ja! Sie auch einen, Herr Szyrcyck? Due Sliwowitzi! Yes, okay." Er wandte sich wieder zu Paul. „Der versteht nur Bahnhof – Abfahrt auf Gleis vier! Was anderes kann man hier sowieso nicht trinken, nur Sliwowitz. Und Pilsner, natürlich. Vor allem: Finger weg vom Wein! Also, so was! Ich hab mir schon gedacht, also wie ich herfahr, den Wagen kennst du doch. Wenn das nicht das Wägelchen vom alten Käfer ist! Ja, so ein Zufall. Wie ist er so? Sind Sie zufrieden?"

„Was? Wer?"

„Der Wagen! Ich hab dem Käfer damals gesagt, was Besseres kannst du dir gar nicht antun, Käfer. Mein Gott, und der arme Kerl hat noch hin und her überlegt, bis er sich endlich durchgerungen hat. Und jetzt fahren Sie ihn. So hat eben alles auch sein Gutes. Traurig, aber wahr, gell! Das ist der Lauf der Welt. Aber der schluckt schon einiges weg, nicht wahr? Unter fünfzehn Liter geht da nichts, hab ich recht?"

Auf dieses Stichwort hin kam der Kellner mit dem Sliwowitz. Paul nippte höflichkeitshalber; er brauchte einen klaren Kopf. Und vor allem nicht so einen Schwätzer am Tisch! Aber so schnell wurde er den Schroth nicht los. „Ja, so ein Zufall. Mitten in Prag! Ich denk mir noch, den Wagen kennst du doch. Also prost!" Er kippte den Sliwowitz zur Hälfte hinunter, hielt dann inne und sagte: „Ja also ... wenn wir uns schon so in der Fremde übern Weg laufen ... Ich bin der Hans! Ja, und wie heißt du!"

Paul schaute ihn entgeistert an und sagte hilflos: „Paul."

„Prima, Paul. Ja, so ein Zufall aber auch. Mitten in Prag. Und ich denk mir noch, das ist doch dem Käfer sein Wagen. Aber dass du den da draußen so ohne Weiteres stehen lässt? Die klauen doch hier wie die ... die Polen. Haha. Ungelogen! Ich würd ein deutsches Auto hier immer einsperren. Auch am Tag. Nachts fährst du ihn aber schon in die Garage?"

Paul wurde das Gespräch mit seinem neuen Duzfreund unangenehm. Er rutschte unruhig auf dem Ledersessel vor und zurück. Wie gut man sitzt, stellt sich immer erst heraus, wenn das Gespräch unangenehm wird. Und Schroth hörte nicht auf zu plappern. „Obwohl! Ob eingesperrt oder nicht, was die haben wollen, das kriegen sie auch. Die bestechen den Parkwächter oder sie schlagen ihm gleich den Schädel ein, da fackeln die nicht lange. Da herrschen raue Sitten, das kann ich dir sagen, dagegen war der Wilde Westen ein Mädchenpensionat! Eines muss man den Kommunisten ja lassen: Gespurt ist worden, damals, trotz allem. Zack, zack. Da konnte man sein Auto überall hinstellen, mitten auf den Roten Platz – und man hat nicht mal zusperren müssen! Ich hab mal in Leningrad eine Brieftasche verloren ... also ich sag dir – war alles noch da, bis auf den letzten Pfennig! Aber heute! Mord und Totschlag. Also, ich geh nachts hier nicht mehr aus dem Haus. Na ja, muss ja auch gar nicht sein ..." Er beugte sich zu Paul und fuhr flüsternd fort: „Man kriegt ja mittlerweile alles im Hotel direkt. Kommt alles ins Haus, was man braucht. Ab fünf ...", er zeigte mit dem Kopf in Richtung Bar, „... sind die Damen direkt hier an der Bar zu besichtigen. Da musst du mal vorbeischauen, Paul. Erste Sahne, sag ich dir. Sehr gepflegt! Sehen auf den ersten Blick gar nicht so aus. Alles picobello. Aber bloß ein Viertel so teuer wie bei uns. Höchstens! Und alles sehr sauber. Und immer mit Gummi, gell! Gehört sich doch unter zivilisierten Leuten, oder? Eine hat mir mal angeboten, für einen Hunderter extra macht sie's auch ohne. Also der hab ich vielleicht Bescheid gegeben! Da hab ich gleich gesagt: Hau sofort ab, du Sau, sonst Polizei! Ich bitte dich, in der heutigen Zeit, mit dem ganzen Aids."

Zwei Tische weiter hatten sich unterdessen zwei Kerle mit schwarzen Lederjacken und auffälligen Goldkettchen um Hals und Handgelenke niedergelassen. Der eine war groß und dick, der andere groß und nicht ganz so dick; beiden hingen fettige Haare weit ins Genick, der weniger Dicke hatte eine Stirnglatze. Wenn das keine Zuhälter sind, dachte Paul, dann sind es die Autoschieber. Bei diesem Gedanken beschleunigte sich augenblicklich sein Herzschlag. Und ausgerechnet jetzt quatschte ihm dieser Idiot von Schroth die Ohren voll. Und die Goldkettchen schauten auch noch fortwährend herüber und musterten Paul und seinen neuen Freund.

„Und was führt dich nach Prag, Paul? Auch geschäftlich? Ich auch, ja! Ich schau mir hier ... aber sag's bloß nicht weiter, bleibt unter uns, gell? Ich schau mir eine Polsterfabrik an. Beim Polstern sind die Tschechen Weltspitze. Immer schon – bin ja gespannt, ob sie das halten können. Da kann ich eventuell einsteigen. Ein Viertel so viel Kosten wie bei uns, höchstens! Die neuen Möglichkeiten muss man nutzen, sonst fällt man hinten runter, gell. Prost." Die zweite Runde Sliwowitz war gekommen.

„Du trinkst ja gar nicht. Musst du noch fahren? Mit dem BMW, solange du ihn noch hast, gell! Haha." Er schlug Paul auf den Schenkel. Plötzlich wurde er ernst. Er rutschte auf dem Sessel ganz nach vorn und schaute Paul aus nächster Nähe ins Gesicht. „Dass du da bloß vorsichtig bist. Wenn's passiert, tu nicht den Helden spielen. Rentiert sich nicht. Gleich brav die Schlüssel hergeben!"

„Wo, was? Wieso?"

„Du kennst doch den Schäufele? Den Eugen? Der Herrenausstatter. Meine Frau hat dort immer meine Krawatten gekauft. Der Sohn von ihm ist mit meinem Buben in die Schul' ... Na, du wirst doch den Schäufele kennen! Der immer die Witze macht ..."

„Ich weiß nicht ..."

Pauls ganze Aufmerksamkeit galt den beiden Goldkettchen, die sich nur ein paar Meter weiter in die Sessel gefläzt hatten. Sie rauchten jetzt beide und unterhielten sich; aber Paul bemerkte, dass sie von Zeit zu Zeit herübersahen. Aber ein Hans Schroth, der vor nichts und niemand auf der Welt Angst hat, lässt nicht so schnell locker. „Also der Schäufele, der ist mit seinem Mercedes in Warschau gewesen. Ist noch gar nicht so lang her. Und auf der Rückfahrt, also er fährt grad aus der Tankstelle heraus, da schneidet ihn ein Lieferwagen. Springen zwei Kerle raus und ziehen den Schäufele aus dem Wagen, hauen ihm mit einem Knüppel übern Kopf und lassen ihn auf der Fahrbahn liegen. Zack, bumm, und weg sind sie. Mit dem Benz. Ein 230er T, nagelneu, dunkelblau, 200 PS. Am helllichten Tag. Kurz vor Warschau. Das muss man sich mal vorstellen! Zuständ' wie im Kaukasus! Was sagst du dazu?" Aber ehe Paul sich besinnen konnte, ging's schon weiter: „Aber jetzt pass auf! Wie der Schäufele nämlich auf der Fahrbahn liegt, da kommt ein LKW von links, der verbremst es nicht und überfährt den Schäufele." Jetzt machte er eine bedeutungsvolle Pause, nickte Paul aufmunternd zu. Paul schaute ihn mit großen Augen an.

„Tot?", fragte er und war auf einmal ganz heiser.

„Tot nicht. Aber ab!"

„Ab?"

„Das Bein war ab. Dem Schäufele sein Bein. Du kennst ihn bestimmt, so ein ... na ja, ein wenig füllig ist er. Auch einer, dem's schmeckt, gell. Und gern einen guten Schoppen. Ja, warum auch nicht? Das Leben ist kurz, genießen wir's. Sie haben es ihm amputieren müssen, das Bein. Der ADAC hat ihn noch nach Stuttgart geflogen, aber da war nichts mehr zu machen. Bloß gut, dass er im ADAC war, sonst hätt' er den Flug am End noch selber zahlen müssen. Aber so, mit dem Schutzbrief, kostet es keinen Pfennig – wird alles erstattet."

„Sein Bein ist tatsächlich ...?"

„Ja, ab ... da hat ihm kein Schutzbrief mehr geholfen. Ist ja klar, wenn da ein Laster drüberfährt. Hier, schau, genau hier ... genau hier!" Hans Schroth hatte sein linkes Bein auf die Höhe der Tischkante gewuchtet und zeigte nun mit der Hand eine gedachte Linie, ein paar Zentimeter unterhalb des Knies. Auf dieser Höhe war dem armen Schäufele das Bein amputiert worden.

„Aber jetzt pass auf!", rief er plötzlich. „Jetzt kommt der Clou! Du wirst es nicht glauben! Weißt du, was dann herausgekommen ist? Der Schäufele hat mit diesen Dings da ... mit den Mördern seines Beines unter einer Decke gesteckt!"

„Wie, unter einer Decke?" Paul riss die Augen noch weiter auf. Unwillkürlich griff er nach dem Sliwowitz.

„Na, er hat seinen Benz extra nach Warschau ... also, damit er ihm dort geklaut wird! Absichtlich! Ja, das gibt's! Zehntausend Mark für Schlüssel und Papiere, plus die Versicherung natürlich. Aufgekommen ist es, weil die polnische Polizei den einen von den beiden geschnappt hat, und der hat alles zugegeben. Ein feiner Kerl, der Schäufele, und dann so was. Erst das Bein und dann das Auto. Die Versicherung zahlt ihm keinen Pfennig und er hat den Staatsanwalt am Hals wegen Versicherungsbetrug. Wenn es hart kommt, brummen sie ihm zwei Jahre auf! Und jetzt sitzt er! Na, auf einem Bein kann man nicht stehen, gell! Der Schäufele, der ist ruiniert und seine Familie auch. Alle ruiniert, sag ich dir! Wer kauft denn noch Krawatten bei einem, der wo sitzt? Also meine Frau bestimmt nicht. Und mit Tennis ist natürlich auch Schluss. Mir tut ja vor allem die Frau leid, die kann ja eigentlich nichts dafür. Aber ich möcht auch nicht mit einer Krawatte herumlaufen von einem wo sitzt. Du etwa?"

Paul legte seinen Kopf in den Nacken und kippte seinen Sliwowitz in einem Zug hinunter. Ihm war schlecht. Als er den Kopf wieder senkte, sah er, dass die Goldkettchen am Tisch standen und mit finsteren Gesichtern auf ihn und Schroth hinabschauten. Paul lief es eiskalt über den Rücken. Der Dickere der beiden beugte sich zu ihm hinunter. „Habe vielleicht ... ein Stadtplan, bitte?"

„Stadtplan?", sagte Paul entgeistert. Sein geschwächtes Gehirn arbeitete fieberhaft: Wieso einen Stadtplan? Was hatte das zu bedeuten? War das ein Geheimcode? Hieß „Ich habe einen Stadtplan" vielleicht: „Wollen Sie mein Auto stehlen?" Und „Ich gebe Ihnen meinen Stadtplan nicht" dann: „Brechen Sie mir alle Knochen?" Oder gar: „Da müssen Sie mir schon das Bein abfahren!"

Hans Schroth hatte solche Sorgen nicht. „Einen Stadtplan von Prag?", rief er. Der Dicke wandte sich nun ihm zu.

„Ja. Prag."

„Im Auto hab ich einen von Berlin."

„Nicht Berlin. Prag", insistierte der Mann. Der weniger dicke holte unterdessen sehr langsam eine Zigarettenschachtel aus der Jackenasche. Er ließ Paul dabei keine Sekunde aus den Augen.

„Sind Sie auch aus Deutschland?", fragte Hans Schroth.

„Nicht Deutschland."

„Weil Sie so gut Deutsch sprechen. Wir sprechen nämlich auch Deutsch. Wir sind aus Heckenheim! Kennen Sie Heckenheim?"

„Nicht."

„Nicht? Das schöne Heckenheim im Heckental?"

„Nicht."

„Schade. Ist nämlich sehr schön dort. Die Wälder und Weinberge, besonders jetzt im Sommer. Das ist die schönste Jahreszeit! Ich hab in Heckenheim ein großes Möbelhaus!"

„Möbelhaus?" Der Dicke verzog den Mund, als wisse er nicht, was ein Möbelhaus ist.

„Ja, Möbelhaus Schroth. Alles im Lot mit Möbeln von Schroth! Möbelhaus, verstehen Sie?" Der Dicke zuckte mit den Schultern. Hans Schroth klopfte auf die Sessel und auf das Tischchen vor ihm. „Alles Möbel! Da! Da! Möbel!"

„Ah, Möbelhaus."

„Richtig. Möbel Schroth!"

„Sigarett?", mischte sich der nicht so Dicke in das Gespräch ein. Er hatte sich eine Zigarette in den Mund gesteckt und hielt Paul ein Päckchen Camel hin. Paul wagte es nicht abzulehnen und zog mit zitternden Fingern eine Zigarette heraus. Er kam dabei der riesigen Hand, die das Päckchen hielt, ganz nahe. Die Botschaft war eindeutig: Mit dieser Pranke kann ich ein Genick wie ein Streichholz brechen! Vorläufig beließ es der Kerl bei dem Streichholz, mit dem er Feuer gab. Paul überlegte, wie er entkommen könnte, bis zur Rezeption könnte er es vielleicht schaffen. Aber dann? Würde er dort überhaupt Hilfe finden? Am Tresen hatte sich eine große, schnatternde Menschentraube gebildet, eine deutsche Reisegruppe, die gerade mit viel Lärm eincheckte. Der

Rezeptionist war vollauf beschäftigt, man konnte nicht einmal mehr die Theke sehen. Nein, von da war keine Hilfe zu erwarten; nicht mal Zeichen konnte man geben. Die beiden hatten genau den richtigen Moment abgepasst; sie konnten hier, mitten in der Lobby des Metropol, mit Paul praktisch machen, was sie wollten. Wenn sie Lust hatten, konnten sie ihm gleich hier das Bein absägen, ohne dass sie jemand daran hindern würde. Vor allem nicht der Schroth! Der würde doch sogar die Säge halten.

Hans Schroth plapperte unverdrossen weiter. „Und was für ein Landsmann sind Sie dann, wenn ich fragen darf? ... Woher kommen? Ja? Ja? Woher kommen?"

„Romania ... "

„Rom? Die ewige Stadt. Da war ich. Mit Audienz."

„Nu, nu Italia. Romania – Bucureşti, Bukarest."

Paul ließ sich ächzend in den Sessel zurückfallen. Die rumänischen Autoschieber waren die schlimmsten, schlimmer als Ukrainer und Weißrussen zusammen. Hatte das nicht auch im Spiegel gestanden? Und in Monitor hatte er es gesehen. Wenn er nur an die schrecklichen Bilder aus den rumänischen Kinderheimen dachte ... Vermutlich waren die beiden Goldkettchen in genau so einem Kinderheim aufgewachsen – wer dort nicht verhungerte, kannte alle Brutalitäten des Lebens. Mit Schaudern dachte Paul daran, dass er einmal – so lange war das noch nicht her – allen Ernstes erwogen hatte, dort seinen Sohn zu adoptieren.

Hans Schroth rief: „Ah, Sie sind aus Bukarest! Auch schön. Das goldene Bukarest! Und jetzt schauen Sie sich Prag an? Warum nicht! Mein Freund hier, der Paul, ist aus der Tourismusbranche, gell Paul! Käfer-Reisen! Wenn Sie mal eine Reise buchen wollen ... das führende Reisebüro in Heckenheim, gell." Jetzt hatten sie also auch Pauls Adresse. „Aber Prag ist auch schön. Waren Sie schon auf dem Hradschin?"

„Nicht Hradschin."

„Da müssen Sie hin! Unbedingt! Da hat man eine Sicht, fast so schön wie von der Heckelburg! Gehen Sie am besten heut noch rauf, weil morgen das Wetter umschlägt! Wissen Sie, wie Sie auf den Hradschin hinaufkommen? Haben Sie einen Stadtplan? Geben Sie mal her, ich zeig Ihnen den Weg."

„Nicht Stadtplan."

„Ach ja! Sie haben ja keinen Stadtplan, das war's. Haha." Schroth freute sich. Jetzt war dieses nette Gespräch einmal im Kreis herumgekommen. „Hast du keinen ADAC-Atlas, Paul? Da muss doch hinten auch ein Stadtplan von Prag drin sein. Ganz bestimmt. Komm! Schau doch schnell mal nach!"

„Nicht. Brauche nicht. Bleibe sitze. Bitte."

Doch Hans Schroth weihte die beiden rumänischen Gesprächspartner ganz unbefangen in Pauls letzte Geheimnisse ein: „Null problemo! Sein Auto steht ja gleich vor der Tür! Da, der silberne BMW!"

Die beiden Rumänen schauten gleich zum Fenster hinaus. „Ah, schöne BMW."

Paul war am Ende, er brachte gerade noch heraus: „Nicht! Ich nix Atlas."

„Nicht?" Da musste sich Hans Schroth schon sehr wundern. Keinen Autoatlas? So was. Womöglich war er gar nicht im ADAC?

„Macht nicht! Dankenschön! Multumesc! Gute Reise." Die zwei Goldkettchen hatten genug und gingen zu Rezeption hinüber, wo sich die Reisegruppe allmählich verlief.

„Ihnen auch allzeit gute Fahrt!", rief ihnen Schroth noch nach. „Hals- und Beinbruch"

Aber die beiden waren schon außer Hörweite. Zu Paul gewandt, brummte er: „Das sind die Allerschlimmsten, die Rumänen. Die machen keine Gefangenen." Er zog mit dem Daumen eine Linie über seine Gurgel und lachte. „Ich sag nur eins ... " Er beugte sich zu Paul hinüber und flüsterte: „Ceausescu." Dann wieder ungerührt laut: „An die Wand! Bumm, bumm, bumm!" Und noch einmal leise: „Der andere, der Kleinere – hast du's nicht gesehen? –, der hatte sooo einen Revolver unter der Lederjacke!" Hans Schroth lachte und zielte mit dem Zeigefinger auf Paul. „Bumm! Bumm! Bumm!"

Paul war zum Erbrechen übel. In seinem Unterleib rumorte es beängstigend. Von einem auf den anderen Augenblick war ihm alles klar geworden: Was für einen idiotischen Plan er ausgebrütet hatte! Sich freiwillig mit Autoschieberbanden einzulassen! Mit Gangstern und Mördern. Brutal und rücksichtslos. Mit denen hatte er Geschäfte machen wollen. Von denen hatte er zehntausend Mark kassieren wollen! Wofür? Dafür, dass sie ihn am Leben ließen?

Er geriet in Panik, er wollte nur noch weg. Zurück nach Deutschland, über die Grenze. Ins Heckental, das Auto in die Garage und Fenster und Türen verrammeln. Und hoffen, dass sie sich nicht an seine Fersen hängten.

„Paul! Hallo! Ja sag bloß! Was ist denn los mit dir? Du bist ja ganz bleich! Ist dir schlecht?"

„Ja ... mein Magen ..."

„Das Essen! Das ist das Essen, das böhmische Essen. Viel zu fett. Knödel mit Braten und Soße und dann diese Palatschinken! Die hau'n den stärksten Mann um. Zu Hause sind wir ja ganz auf die leichte Küche umgestiegen. Die Edith kocht jetzt nur noch mediterran! Salate und nur noch Olivenöl, kalt gepresst, gell. Dafür zahl ich lieber ein paar Märker mehr, gell. Einen Salatteller und eine schöne Flasche Barolo, mehr brauch ich nicht ... die Edith auch nicht, die wird sowieso von Jahr zu Jahr fetter. Trink noch einen Sliwowitz, dann geht's dir besser!"

„Danke, nein."

„Doch, doch. Der tut dir gut!"

„Ich ... ich muss ... " Ihm war tatsächlich furchtbar übel. Paul stand auf und wankte durch die Lobby. Aber Hans Schroth wieselte hinter ihm her, blieb ihm auf den Fersen und redete auf ihn ein: „Verträgst du denn keinen Sliwowitz? Schlaf dich erst mal aus, Schlaf ist die beste Medizin! Wir sehen uns dann heute Abend, gell. Ich kenne ein Lokal drüben auf der Kleinseite, da können wir uns mal richtig ... tschechische Studentinnen, gell, aber hallo! Also dann – adele!" Und weil man auf einem Bein nicht stehen kann, rief er auch noch: „Tschüssikowski!"

Paul konnte nicht mehr antworten, er war schon im Aufzug. Mit zitternden Knien wankte er in sein Zimmer, mit zitternden Händen verriegelte er die Tür, dann hielt er den Kopf unter die Dusche. Ihm war so schlecht, so fürchterlich schlecht. Und dann auch noch dieser Durchfall. Trotzdem hatte er in zehn Minuten gepackt und stand schon wieder unten in der Lobby des Metropol. Vorsichtig spähte er um die Säulen, damit er nicht den Rumänen in die riesigen Hände fiel. Oder dem Schroth.

Aber der saß schon an der Bar und war ganz vertieft in ein Gespräch mit einer sehr gepflegten jungen Dame, womöglich eine dieser Studentinnen von der Prager Kleinseite. Die Rumänen waren verschwunden. Paul ging schnell an die Rezeption und verlangte mit gedämpfter Stimme seine Rechnung. Es war schon fast 17 Uhr und natürlich musste er das Zimmer auch für die folgende Nacht bezahlen. Es half nichts, für Streitereien über kleine Beträge hatte er jetzt wirklich keine Zeit. Bloß weg! Er zahlte zähneknirschend die vier gebuchten Nächte und huschte aus dem Metropol hinaus. Kaum war er durch die Drehtür, als er hörte: „Sehr gute Reise, Herr!" Die Rumänen! Sie hatten vor dem Hotel auf ihn gewartet. In ihren riesigen Händen hielten sie einen Stadtplan, taten so, als würden sie etwas nachschauen, und grinsten ihn herausfordernd an. Paul duckte sich, er passte eine Lücke im Verkehr ab und rannte über die Straße zu seinem BMW. Hinter sich hörte er sie rufen: „Schöne BMW! Gute Reise! Drum bun!" Paul schaute sich nicht um. Er war schweißgebadet.

Er hoffte, nicht tanken zu müssen, und behielt ständig die Tankanzeige im Auge. Mit ein wenig Glück würde er es bis über die Grenze schaffen. Die Angst ließ nicht nach, sondern nahm mit Einbruch der Dunkelheit noch zu. Hinter Pilsen, es war schon kurz nach elf, flackerte dann doch das Reservelämpchen auf. Laut Bordcomputer reichte sein Benzin noch für siebzig Kilometer. In panischer Angst raste Paul auf die Grenze zu. Wenigstens bis Waidhaus musste er durchhalten!

Er passierte die Grenze ohne Zwischenfall. Die Grenzer winkten ihn einfach durch. Ihm wurde leichter und er begann auf diesen Schroth zu schimpfen. Wütend schlug Paul auf das Lenkrad. Immer wieder dieser Schroth! Wenn der auftauchte, war das Unglück nicht fern. Der Schroth und seine Spießgesellen waren überhaupt an allem schuld! So ein biederer Mensch wie Gottfried wäre von sich aus nie und nimmer auf die Idee gekommen, eine Villa in Babelsberg zu kaufen. Das hatten ihm seine sauberen Freunde eingeflüstert mit ihrer maßlosen Gier, mit ihrer Großmannssucht hatten sie diesen gemütlichen Kerl angesteckt, und der Schroth immer voran! In den Ruin hatten sie den alten Käfer gelockt, ihn in den Tod getrieben.

Es war Nacht, es war kaum Verkehr auf der B 27, aber die Sicht war nicht gut und die Straße nass. In so einer Situation sollte man sich ganz auf das Fahren konzentrieren und sich nicht seinem Zorn hingeben, wie gerecht oder ungerecht er auch sein mag. In einer lang gezogenen Linkskurve verbremste sich Paul, er geriet auf die Gegenfahrbahn und streifte einen holländischen Sattelzug. Der BMW schoss über den Fahrbahnrand, überschlug sich ein paarmal und landete mit den Rädern nach oben im Wald.

Die Versicherung zahlte ohne zu zögern fast den Listenpreis des nahezu neuwertigen Wagens. Die Leasing-Angelegenheit war damit ohne weitere Probleme erledigt. Kaufmännisch war Pauls Fahrt nach Prag ein voller Erfolg gewesen.

Auch sonst konnte sich Paul nicht über mangelndes Glück beklagen. Der niederländische LKW-Fahrer hatte ihn aus dem Wagen gezogen, bevor der ausbrannte. Paul verbrachte eine Nacht auf dem Tisch des Operationssaals in der Unfallklinik von Weiden/Opf. Er war bewusstlos und hörte nicht, dass ihn der Oberarzt mit einem freundlichen „Jessas, wie schaut der denn aus“ begrüßte. Sieben Rippen, Waden- und Schienbein, eine Kniescheibe, das Schlüsselbein, das Jochbein, ein Unterarm und einige Fingerknochen waren gebrochen, dazu Gehirnerschütterung und Nierenquetschung, Prellungen und Blutergüsse nicht mitgezählt. Vor allem die linke Hand machte den

Ärzten Sorgen. Unterm Strich hätte er sich dafür auch zusammenschlagen lassen können.

Zu Hause war die zentrale Frage der nächsten Tage, wie und wann Veronika Paul in Weiden besuchen konnte. Über dreihundert Kilometer quer durch Süddeutschland, und für diese Fahrt hatte sie ja nur den kleinen Golf zur Verfügung, denn den großen BMW hatte Paul ja zu Schrott gefahren. Veronika hätte eine solche Fahrt natürlich auf sich genommen, sogar mit dem Golf, aber was sollte sie mit dem Kind machen? Der Kleine brauchte seine regelmäßigen Mahlzeiten, sie hatte eben erst begonnen zuzufüttern, wenn sie jetzt das mühevoll Erreichte ... Sie würde wieder ganz von vorn anfangen müssen.

Ihre Mutter sah das ganz pragmatisch. „Du kannst ihm doch dort auch nicht helfen. Und er liegt doch bestimmt privat, wie ich ihn kenne." Und rauchte womöglich schon wieder, während man daheim in Heckenheim vor Sorgen verging. Außerdem würde er in spätestens einer Woche ohnehin transportfähig sein, dann konnte man ihn ja umso öfter besuchen.

So fuhr am folgenden Tag nur der alte Szyrcyck nach Weiden und nahm von Veronika eine Tasche für Paul mit: zwei Schlafanzüge, ein Walkman mit Kassetten, zwei Taschenbücher und – wichtig! – ein Umschlag mit den neuesten Fotos von Lukas. Frau Käfer aber fuhr noch am selben Tag nach Göppingen und berichtete der Frau Naric, dass dem Schwiegersohn vermutlich die Hand abgenommen werden müsse. Das war beiden Frauen ein wenig unheimlich. Man konnte daraus nur eines lernen, betonte die Naric, nämlich dass es Dinge gab, die man als Mensch einfach nicht begreifen konnte.

Paul wurde in der nächsten Woche nicht verlegt. Von Transportfähigkeit konnte keine Rede sein, er durfte gerade mal die Intensivstation verlassen. Andererseits war Paul gar nicht mal so unzufrieden damit, dass er im fernen Weiden lag und nicht gleich nebenan im Robert Koch. In Wahrheit war er sogar froh, nicht nach Hause zu müssen. Dort war ohnehin nichts mehr so wie früher. Wo vorher Zeitschriften, Bücher, CDs oder Socken lagen, wo man sich einfach hinstellen oder -setzen konnte, da lag nun das Kind, und wenn es nicht schrie, dann schaute es ihn immer so sonderbar an.

Pauls Vater hatte sich zu aller Überraschung in Weiden ein Zimmer genommen. So familiär kannte man den Zahnarzt a.D. gar nicht; immerhin hatte er Paul noch vor ein paar Jahren die Enterbung durch das Verprassen seines Vermögens in Aussicht gestellt. Alt und klein saß er nun jeden Tag am Bett seines Sohnes und wartete darauf, dass der Nachmittag verging, weil er nicht wusste, was er mit ihm reden sollte. Konrad Szyrcyck war seit dem Tod Gottfrieds verändert. Ausgerechnet er, der weltgereiste Bonvivant, hatte den überraschenden Tod des alten Käfer nicht verkraftet. Obwohl kerngesund und mit großem Abstand schuldenfrei, rechnete er neuerdings jeden Tag mit seinem eigenen Ableben. Er hatte doch gesehen, wie schnell es gehen konnte.

Seiner Bekannten – Frau Öhlert, fünfundsiebzig, gut aussehend, schlank („Seit mehr als einem halben Jahrhundert Größe 36!"), naturblond und Beine, um die sie jede Dreißigjährige beneidete – war mit einem kleinen Greis, der über das eigene Ende räsonierte und auf sein Herz aufpassen wollte, nicht gedient. Zurzeit machte sie eine Kreuzfahrt durch das östliche Mittelmeer, zwar bei Käfer-Reisen gebucht, allerdings in Begleitung eines emeritierten Professors aus Heidelberg, der erst neunundsechzig war und seinerseits das blühende Seniorenleben repräsentierte. Mit solchen Aufregungen hatte der alte Szyrcyck abgeschlossen, er würde seinen Herzmuskel nicht für einen Beischlaf mit der Öhlert auf hoher See riskieren. Seine Pläne sahen anders aus: Er wollte nach Chrieschwitz übersiedeln, das Haus herrichten, den Garten pflegen und den Lebensabend in seiner alten Heimat in einem neuen Bundesland verbringen.

„Der Ingo wohnt ja schon lange nicht mehr dort. Man muss halt was herrichten, bevor alles verfällt. Vor allem sanitär. Und die Heizung natürlich. Das muss alles raus. Und die ganze Elektrik." Vielleicht konnte man jetzt auf den Schwager von Herrn Kornweber zurückgreifen. Als Paul seinem Vater auf dem Krankenbett anvertraute, dass er sich durchaus vorstellen konnte, aus der Oberpfalz nicht zurück ins Heckental, sondern nach Chrieschwitz zu gehen, freute sich der Alte, wie er sich über seinen missratenen Sohn im ganzen Leben noch nicht gefreut hatte.

Anfangs hatte Paul einen Umzug nach Chrieschwitz nur deswegen nicht grundsätzlich auszuschließen wollen, um seinem Vater, der als Einziger an seinem Krankenlager ausharrte, eine Freude zu machen. Aber je länger er über die Idee nachdachte, desto besser gefiel sie ihm. „Aber erst muss ich mal sehen, was mit meiner Hand noch wird. Der Arzt sagt, ich muss für mindestens sechs Wochen in die Reha."

Seine Linke lag steif auf der Bettdecke. Den Verband hatte man abgenommen, aber die Hand sah weiterhin nicht gut aus: unförmig, dick geschwollen, blaurot gefärbt und mehrfach von frisch vernähten Narben überzogen. Unwirklich, künstlich. Viermal war die Hand nun schon operiert worden, und die Weidener Ärzte wollten sich noch nicht auf Prognosen festlegen.

*

Zu Hause in Heckenheim war Käfer-Reisen jetzt führungslos. Der alte Chef war gestorben, der neue lag verletzt im Bayerischen Wald. Wer sollte das Unternehmen durch die von Tag zu Tag schwieriger werdenden Zeiten steuern? Es blieb nur Veronika. Nun war sie endlich Mutter geworden und von einem Tag auf den anderen alleinerziehend, und gerade das hatte sie doch weiß Gott vermeiden wollen. Das war nicht die Familie, die sie zeitlebens geplant hatte: alleinerziehend und auch noch berufstätig und eigentlich mitten im Mutterschutz. Sie hätte sich verklagen können.

Wenn sie im Reisebüro wenigstens fachkundige Unterstützung gefunden hätte. Aber der alt gediente Herr Bayerle, Mitarbeiter der ersten Stunde bei Käfer-Reisen, hatte kategorisch erklärt: „Geschäftsführung? Da misch ich mich nicht ein, da krieg ich hinterher nur Scherereien!" Und das, obwohl er sein kleines Alkoholproblem mittlerweile völlig im Griff hatte, und außerdem hätte es Veronika in ihrer Lage bestimmt nicht so genau genommen.

Auch Frau Birg kam nicht in Betracht, denn sie war „nur Teilzeitkraft", sodass sich Veronika letztlich nur auf Frau Schmick stützen konnte. Besonders gut funktionierte das nicht. Frau Schmick war zwar Betriebsnudel aus Berufung, sie führte beispielsweise seit vielen Jahren die firmeninterne Geburtstagsliste mit viel Sachverstand, sie kannte jedermanns Aszendenten, sie organisierte die alljährliche Weihnachtsfeier sowie den Betriebsausflug, und jeder Mitarbeiter konnte jederzeit mit seinen Sorgen zu ihr kommen, gern auch während der Geschäftszeit. Sie war schon seit fünfzehn Jahren in der Firma, ging auf Ende vierzig zu und fasste beides dahingehend zusammen, dass sie ihre schönsten Jahre dem Haus Käfer gewidmet habe. Im Tagesgeschäft war sie allerdings schnell überfordert, und wenn es hektisch wurde, wenn hier das Telefon klingelte und da ein Kunde saß und dort der nächste schon wartete, wenn vielleicht auch noch ein Fensterputzer Anweisungen brauchte und die Kaffeemaschine streikte, verlor sie schon mal den Überblick. Da konnte es vorkommen, dass Tickets liegen blieben, dass Kunden nicht zurückgerufen oder Anzahlungen vergessen wurden. Zudem hatte sie zwei halbwüchsige Kinder und eine kranke Mutter, aber keinen Mann („Bei Nacht und Nebel auf und davon", behauptete die Birg) und insofern andere Sachen im Kopf als ein trudelndes Reisebüro.

„Gemeinsam schaffen wir das schon", sagte Veronika zu ihr.

„Meine Mutter wenn ich nicht hätte, dann liebend gerne", erklärte die Schmick nach langer Bedenkzeit. „Und wenn Sie mal die Frau Wiakowski fragen?"

Also blieb alles an Veronika hängen, und jetzt wünschte sie sich manchmal, sie wäre noch bei der Bausparkasse und könnte ihren Mutterschaftsurlaub auskosten. Sie konnte den kleinen, zarten Lukas nicht einfach irgendwo abstellen, auch nicht bei ihrer Mutter, die von Monat zu Monat sonderlicher wurde. Marianne arbeitete im Gymnasium, sie konnte Lukas allenfalls an dem einen oder anderen Nachmittag übernehmen. Hin und wieder musste sogar Ulla einspringen, was Veronika aber immer ein wenig unangenehm war, obwohl es Ulla gern tat.

Manchmal ging es nicht anders und sie musste den Kleinen mit ins Geschäft nehmen. Wenn sie Glück hatte, schlief er – im Geschäft schlief er sowieso noch am besten. Aber natürlich konnte sie nicht immer Glück haben, sonst wäre es ja kein Glück gewesen. Dann musste sie die Arbeit Arbeit sein lassen, Lukas ins Auto packen und mit ihm ein, zwei Stunden übers Land fahren, nach Liesingen oder Schätzingen und manchmal bis nach Backnang.

„Na prima“, sagte Herr Bayerle, sobald Veronika draußen war. „Die Madame fährt durch die Landschaft, und wer macht unterdessen die Arbeit?“

„Na, Sie bestimmt nicht“, sagte die Birg ärgerlich, womit das Betriebsklima für diesen Tag verdorben war.

*

Für die Sommerferien hatten wir ein Haus in der Provence, in der Nähe von Apt, gemietet. Wir – das waren nun nicht mehr Marianne und meine beiden Töchter Tanja und Katharina, sondern Ulla und meine beiden neuen Töchter Monika und Franziska. Der Ferienhausprospekt hatte den Kindern einen großen Garten und einen Pool versprochen und mir in einer schattigen Laube einen ruhigen Arbeitsplatz. Hier wollte ich endlich meine „Kleine Philosophie des Steuerwesens“ vollenden. Zwei Wochen vor Abfahrt traf Ulla bei einem Spaziergang im Stadtpark Veronika. Beide waren mit Kinderwagen unterwegs; sie waren ins Plaudern gekommen und hatten sich trotz anfänglicher Vorbehalte prächtig verstanden.

„Sie hat mir irgendwie leid getan. Sie sah richtig fertig aus, so müde. Kein Wunder, sie sagt, dass der Kleine sie Nacht für Nacht um den Schlaf brüllt. Sie hat gesagt, dass sie sich das mit dem Kind nicht so vorgestellt hat."

„Da ist sie ja früh dran."

„Ach, sie hat mir halt einfach leid getan."

„Wie ... leid getan?" Jetzt wurde ich hellhörig.

Nach einigem Hin und Her rückte Ulla damit heraus, dass ihr Veronika so leid getan habe, dass sie einfach gefragt hatte, ob sie und ihr schreiender Lukas nicht in die Provence mitkommen wollten.

„Wie bitte? Nach Apt? In unser Haus? In unsere Ferien?"

Nach Ullas Meinung war das Haus groß genug.

Ein paar Tage wiegte ich mich in der Hoffnung, dass Veronika das Angebot mit Sicherheit ablehnen würde, weil auch sie kein Interesse daran haben konnte, ausgerechnet mit mir drei Wochen Urlaub zu verbringen. Wieder kam es anders. Ulla war schon mittendrin in ihrer Lieblingsbeschäftigung, Schwierigkeiten durch Organisationskunst aus der Welt zu schaffen. „Also! Wir fahren mit zwei Autos, das ist sowieso praktischer. Monika kann bei uns schlafen, dann haben Veronika und Lukas ein Zimmer für sich."

„Kommt nicht infrage!"

„Also bitte, Olaf!"

„Ich denke nicht daran!"

„Werd jetzt bitte nicht unangenehm."

Die praktischen Regelungen erübrigten sich jedoch. Eine Gruppe von Geschäftsleuten aus Heilbronn hatte genau in diesen Wochen begonnen, einen neuen Gewerbepark in der Nähe von Meißen – die „Sachsenperspektive" – aufzubauen. Dafür waren diverse Anträge, Kalkulationen, Verträge und Eröffnungsbilanzen vorzubereiten, sodass ich ohnehin keine Zeit mehr hatte, in die Provence zu fahren. Außerdem, ein Kind, das nachts nicht schläft ... Nichts gegen den kleinen Lukas, aber da sind mir Bilanzen lieber. Ulla und Veronika mussten also ohne mich in Urlaub fahren; die zwei Frauen, Monika und die beiden Säuglinge fanden alle in unserem Volvo Platz.

Vielleicht hätte ich doch mitfahren sollen. Denn Veronika, möglicherweise gerührt durch die großzügige Einladung Ullas, musste ihre neue Freundin unbedingt in ihre intimen Geheimnisse einweihen. Sie musste sich aussprechen, gründlich aussprechen, wie man sich nur von Frau zu Frau ausspricht. Und so erzählte sie Ulla, was diese längst von mir wusste, dass nämlich Lukas in Wahrheit nicht der Sohn von Veronikas Paul war, sondern von Ullas längst rechtskräftig geschiedenem Gatten Ingo Kalinke. Und wie leid ihr das täte, dass sie womöglich schuld sei, dass Ullas Ehe zerbrochen sei ... und dass sie gar nicht begreifen könne, wie sie so etwas hatte tun können. Es sei so furchtbar ... Ausgerechnet Ulla, die immer so nett zu ihr sei ... jetzt zum Beispiel wieder mit dem Urlaub in Apt ... Alles täte ihr wahnsinnig leid, ganz ehrlich, und weil es ihr so leid täte, habe sie es ihr unbedingt sagen müssen, gerade jetzt im Urlaub, sie habe es nicht mehr ausgehalten und es habe einfach heraus gemusst aus ihrem Gewissen. So, und nun war es draußen.

Und was hatte daraufhin Ulla geantwortet? Sie sagte nicht: „Weiß ich alles schon!" Oder: „Ist doch kein Problem für mich!"

„Also? Was hast du gesagt?", fragte ich.

„Ach, sie hat mir halt leid getan. Sie hat geweint und war ganz zerknirscht. Immer wieder hat sie davon angefangen, was sie mir alles angetan hätte."

„Und du?"

„Ich hab ihr gesagt, dass sie mir nichts angetan hat. Alles Blödsinn. Wegen Ingo doch nicht. Dass es mir egal ist. Aber sie hat es einfach nicht glauben wollen, sie hat keine Ruhe gegeben und gejammert, dass sie sich so schlecht vorkommt, weil sie vielleicht meine Ehe zerstört hat. Bestimmt nicht, hab ich gesagt, aber du kennst sie ja, wenn die sich mal was einbildet ... Na ja, sie hat mir wirklich leid getan. Und da hab ich gesagt, dass sie sich nicht aufregen braucht, weil wir schließlich irgendwie quitt wären."

„Wie ... quitt?"

„Weil ... na ja ... Also, ich hab ihr gesagt, dass die Franziska ... also dass die ... von Paul ist ..."

„Du hast *was* gesagt?"

„Nur weil sie mir leid getan hat. Hätt' ich das nicht sagen sollen?"

„Bist du wahnsinnig? Franziska ist doch gar nicht ..."

„Sei jetzt nicht kleinlich, Olaf, ich wollt ihr doch einen Gefallen tun damit. Nun schau nicht gleich so finster! Sie hat mir einfach leid getan. Wirklich! Weil sie so geheult hat und sich für einen schlechten Menschen gehalten hat. Da hab ich einfach gesagt: Veronika, du kannst ganz beruhigt sein, andere Menschen sind auch schlecht. Schau, zum Beispiel ich – ich bin genauso schlecht wie du: Du hast ein Kind von meinem Mann, ich hab ein Kind von deinem Mann – also sind wir quitt. Sozusagen."

„Warum sagst du so etwas? Franziska ist doch gar nicht ..."

„Nur damit wir quitt sind. Sie hätte sonst doch nie damit aufgehört und wär sich ewig mies vorgekommen. Sie hat sich dann tatsächlich besser gefühlt."

„Aber Veronika weiß doch, dass Paul nicht ... also dass seine Spermien ..."

„Na ja. Zuerst hat sie sich schon ein wenig gewundert. Aber ich hab gesagt: Schau dir doch die Franziska mal genau an, die sieht dem Paul doch ganz ähnlich, oder?"

„Franziska sieht Paul doch überhaupt nicht ähnlich!"

„Olaf, du bist wirklich ein Zahlenmensch. Du hast überhaupt keine Fantasie. Ich finde, dass es da tatsächlich eine gewisse Ähnlichkeit gibt."

„Veronika macht Hackfleisch aus Paul!"

„Ach was. Veronika ist schon in Ordnung. Und sie lassen sich ja sowieso scheiden."

„Da! Es geht schon los!"

„Du übertreibst wieder mal. Deswegen lässt sie sich bestimmt nicht scheiden. Sie haben sich halt auseinandergelebt, sagt sie. Außerdem ist sie ja auch mit Paul quitt. Und vielleicht stimmt das ja wirklich nicht mit seinen kaputten Spermien. Das weiß man nie. Die Natur hat immer ihre Geheimnisse. Weißt du, ich hab mal gelesen von einem Mann, der war sterilisiert und hat trotzdem noch vier Kinder gemacht! So was gibt's wirklich! Ich glaub, es war in Brasilien. Ich hätt' es ausschneiden sollen."

*

Am längsten hatte Käfer-Reisen schließlich in Erfurt ausgeharrt. Nicht aus Treue zur neuen Landeshauptstadt, sondern weil Veronika dort nicht aus dem Mietvertrag herausgekommen war. Schließlich konnte ich ihr aber doch – unter Mithilfe meines Freundes Erich Kuballa – Nachmieter vermitteln: zwei junge Frauen, die in den Räumen ein „Studio für Nagelkosmetik und Permanent Make-up" eröffneten. Na ja, ein Wagnis war das schon, aber mit ein bisschen Optimismus ... warum nicht? Freilich waren die jungen Frauen nicht in der Lage, die hohe Miete zu zahlen, für die noch der alte Käfer unterschrieben hatte. Damit das Nagelstudio die Räume überhaupt übernehmen konnte, musste Käfer-Reisen für die nächsten zwei Jahre pro Monat noch dreihundert Mark dazuschießen, da war der Hausbesitzer, ein Apotheker aus Burscheid, konsequent. „Vertrag ist nun mal Vertrag, Frau Szyrcyck." Veronika fand sich zähneknirschend drein. Aber sie brauchte wenigstens keine Heizung mehr zu zahlen. Und keinen Strom. „Wenigstens" war in diesen düsteren Wochen zu einem zentralen Argument geworden.

„Neue Bundesländer ade", klagte Herr Bayerle. „Was der Vater mühsam mit seiner Hände Arbeit aufgebaut hat, das reißt sie mit dem Arsch wieder ein." Die Angestellten daheim in Heckental behielten die Geschäftsentwicklung neuerdings sehr genau im Auge, sie entdeckten an allen Ecken und Enden Missmanagement und fanden insbesondere, dass die Übergabe der Räumlichkeiten an das Nagelstudio überhaupt kein gutes Geschäft war. „Was? Wir zahlen denen was zur Miete? Aber wozu denn? Kriegen wir da wenigstens was billiger?", fragten sie sich.

„Nägel!“, sagte Herr Bayerle erbittert. „Sargnägel! Ich sag Ihnen was, Frau Schmick: Das ist ein Sargnagelstudio!“

Man war sich in der Teeküche am Oberen Markt sicher, dass sich der alte Käfer nicht so über den Tisch hätte ziehen lassen. „Der war ein Fuchs, und sie ist ein Huhn“, sagte die Birg.

„Eine Gans“, verbesserte Herr Bayerle.

1992

Im März versuchte Omnibus-Schimmel die Gunst der Stunde zu nutzen, um wieder in das Geschäft mit den Busreisen einzusteigen und dabei Käfer-Reisen und Veronika an die Wand zu drücken. Er griff mit seinen langen Tentakeln aus Pforzheim herüber, verteilte am Oberen und am Alten Markt Handzettel, füllte die Briefkästen Heckenheims mit reißerischen Angeboten („Schwarzwaldfahrt nur 10 Mark!“) und ... brachte damit doch auch nichts zuwege. Wer mit Käfer nicht fuhr, der fuhr mit Schimmel natürlich erst recht nicht, so viel Lokalpatriotismus brachten Gottfrieds Stammkunden schon noch auf. Nach vier Wochen verzog sich Schimmel wieder nach Pforzheim und hinterließ auf dem Heckentaler Busreisemarkt ruinierte Preise.

So fraßen die verbliebenen Omnibusse Woche für Woche die Tausender einen nach dem anderen vom Geschäftskonto, ohne für ausreichende Einnahmen zu sorgen. Andere Einsatzmöglichkeiten hatte man zu Gottfried Käfers Zeiten links liegen lassen. Pendler aus dem Odenwald nach Zuffenhausen oder von der Alb nach Neckarsulm, oder, wenn es sich gar nicht vermeiden ließ, eben auch aus Zeitz und Schleiz weiß Gott wohin. Mittlerweile waren aber in diesem täglichen Hin und Her der Arbeitskräfte längst andere etabliert. Bei den Schulbusfahrten war es nicht anders, und dafür waren die teuren Fernreisebusse ja auch nicht geeignet. So waren mittlerweile alle Kuchen verteilt, Pendler und Schulbehörden hatten ihre Lieblingsbusse. Was blieb Veronika also anderes übrig? Verkaufen. Abstoßen. Reduzieren. Gesundschrumpfen. Da mochten die Angestellten noch so die Nase rümpfen über ihr „Mist-Management“.

Auch die Experten im Club Diana blieben hinsichtlich der weiteren Geschäftsentwicklung des Unternehmens skeptisch. „Kein Mensch macht heute noch Busreisen“, stellte Betten-Vierholz fest. Eigentlich hatte er es immer schon gewusst. Wenn man ihn gefragt hätte.

„Das mit diesen Filialen im Osten, das hat der Gottfried ganz falsch angepackt", sagte Oskar Täubner, den auch niemand gefragt hatte.

„Das hab ich gleich gewusst", sagte Rolf Fuhrmann. „So etwas muss man viel größer und ... mit mehr, mit mehr, mit viel mehr Risikobereitschaft ... also jedenfalls ganz anders."

„Irgendwie ist man da schon auch selber schuld", sagte der Laug, und weil Gottfried als der eigentlich Verantwortliche nicht mehr unter den Lebenden weilte, war nun eben die Veronika selber schuld.

„Das wird nie mehr was", vermutete Hans Schroth, der hinsichtlich der Aussichten von Käfer-Reisen nicht mal mehr skeptisch war. „Die Tochter packt das nicht. Die hat keinen Biss. Und dann erst das Kind. Sie sitzt ja mehr beim Kinderarzt als im Laden. So kann man kein Geschäft führen. Also, das wird nichts mehr." Mit seinem Möbelzentrum Zwickau stand es allerdings auch nicht zum Besten, und schließlich wurde auch das nichts mehr. Aber er war wenigstens nicht selber schuld, und anders als Veronika hatte er aus seinem Engagement in den neuen Bundesländern ein paar schöne Grundstücke retten können.

„Der Osten ist bloß was für welche, wo sich auskennen", sagte Daismann, der seinerseits gut lachen hatte, hatte er doch von der Treuhand zwei Monate zuvor einen maroden Betrieb samt achtzehntausend Quadratmetern bestes Betriebsgelände übernommen. Schon sein zweiter Coup nach der Sache mit Thyssen. Das endgültige Urteil des Club Diana über Käfer-Reisen aber blieb Gerhard Jobst vorbehalten. „Wir leben in der Ära der Zahlenmenschen", stellte er zufrieden fest. „Das gilt da ganz besonders." Er selbst hatte „da" rund dreihunderttausend Mark verloren, aber das ging niemanden was an.

Doch auf einmal ging alles recht schnell. Ende September erhielt ich einen Anruf aus Pforzheim. „Nein, Herr Knapp, ich hab den Namen nicht verstanden", sagte meine Frau Gattmann.

„Dann stellen Sie halt durch ... Ja, hier Knapp. Guten Tag, was kann ich für Sie tun?"

„Grüßgottle, gell! Hier ist ... " Ich verstand den Namen auch nicht. „Ja so, gell. Sie sind doch der Steuerberater vom Käfer, gell!“

„Um was geht's denn?“

„Also, der alte ist ja tot und der junge Invalide, wie man so hört.“

„Da wissen Sie mehr als ich.“

„Ach, kommet Se, mer wisset doch alle Bescheid. Die ganz' Branche.“

„Nun, wenn Sie das sagen ...“

„Pfeifen doch die Spatzen vom Dach, gell. Also kurz und knapp, haha ... “ Der alte Witz kann einfach nicht sterben. „Mein Vater hat ja schon mit dem alten Käfer Geschäfte gemacht, vor zwanzig Jahren schon, gell! Und da hab ich mir gedacht ...“

„Entschuldigung – wie war noch mal Ihr Name?“

„Schimmel! Rüdiger Schimmel von Schimmel-Reisen in Pforzheim. Ah, da klingelt's, gell! Ja, ich bin der Sohn, der Filius, genau, jetzt sind wir beisammen, gell! Ja, ich hab mir also gedacht, Heckenheim ist im Grund kein schlechter Standort. Also, wenn die Käfers interessiert wären, wir täten eventuell einsteigen wollen. Dass Sie vielleicht mal bei der Tochter vorfühlen täten? Also, es käm natürlich auf die Bedingungen an.“ Und nach einer kleinen Pause: „Damit wir uns richtig verstehen: Geld hen' m'r koins.“

Ich telefonierte an diesem Abend lange mit Veronika.

Im Verlauf der Verhandlungen mit den Schimmels gelang es mir, Andeutungen über eine Investorengruppe aus München, die im Raum Stuttgart/Heilbronn Fuß fassen wollte, unterzubringen, sodass Veronika für die Reste des Lebenswerks ihres Vaters schließlich sogar eine halbwegs ordentliche Summe erhielt. Jedenfalls jammerte und stöhnte der Schimmel beim Notartermin so sehr, dass es sogar seiner eigenen Frau peinlich wurde und Doktor Wensauer fragte, ob sich die Käufer die Sache vielleicht noch einmal überlegen wollten. Ich klappte sofort meine Unterlagen zu und bat den Notar um einen Termin für kommenden Mittwoch, „wegen der Herren aus München“. Frau Schimmel gab ihrem Rüdiger unterm Tisch einen Fußtritt und rief entsetzt: „Noi, noi, noi! M'r unterschreibet!“ Jetzt endlich rang sich auch Schimmel junior zur Unterschrift durch, brachte es aber fertig, noch während des Unterschreibens laut zu ächzen und sich wie unter Schmerzen zu winden. Selbst Doktor Wensauer, der als Notar in Heckenheim diesbezüglich einiges gewohnt war, zog die Brauen hoch.

Als alles vorüber war und wir vor der Tür des Notariats auseinandergingen, konnte der Schimmel auf einmal wieder lachen. Er boxte mir freundschaftlich an den Oberarm, grinste mich unverschämt an und sagte: „Sie sind schon auch ein Lump, gell! Geben Sie's nur zu: Diese Münchner haben Sie doch erfunden, gell!" Dann stieß er mir noch den Ellenbogen in die Seite und raunte: „Da können wir doch ins Geschäft kommen. Grad so einen Steuerberater such ich. Ein richtiger Fuchs muss er sein. Damit das Finanzamt sich duckt, gell." Ich kann den Leuten einfach nichts abschlagen, also gab ich ihm meine Karte.

Da stand aber auch noch Veronika, sie hatte den ganzen Termin über kein Wort gesagt. Vermutlich war es doch schwer für sie, dass Käfer-Reisen, mit dem sie aufgewachsen war, nun auf einmal eine ganz und gar fremde Angelegenheit wurde. Ich nickte ihr kurz zu und wollte schnell gehen. Aber sie hielt mich auf und sagte: „Grüß mir Ulla und die Mädchen. Und wegen dieser Sache hier ... also ... na ja, also: vielen Dank für deine Unterstützung." Sie drehte sich um und ging zu ihrer Mutter, die schon ungeduldig mit dem Buggy auf der anderen Straßenseite wartete. Ich schaute ihr nach. Eigentlich schöne Beine, dachte ich.

Schließlich kam sogar die Sache mit dem Haus im Amselweg zu einem guten Abschluss, denn noch gehörte ja der Sparkasse die Hälfte des Anwesens aus der Erbmasse Gottfried Käfers. Es war wie so oft Marianne, die die Lösung fand. „Das Haus wär doch ideal für euch", sagte sie zu mir. „Damit wär doch allen gedient, dann könnte der Kleine doch später immer mal wieder zu euch auf Besuch kommen ... " Ich hatte mir das ideale Haus zwar immer anders vorgestellt – etwas mit mediterranem Flair, sonnendurchflutet, luftig, Terrakotta, wilder Wein – aber unter den gegebenen Umständen und wenn man das Käfersche Haus gründlich modernisieren würde, neue Bäder, neue Küche, neue

Böden, vielleicht sogar Terrakotta ... Und natürlich war das ideale Haus auch eine Frage des Preises, und da würde uns die Sparkasse ein gutes Stück entgegenkommen müssen. Ja, so konnte es gehen, und so ging es tatsächlich: Ulla und ich lösten den schwelenden Konflikt zwischen den Käfers und der Sparkasse. Wir trafen uns also wieder beim alten Wensauer und zahlten einen letzten Endes akzeptablen Preis, von dem die Sparkasse die eine und Frau Käfer die andere Hälfte bekam. Und nichts, aber auch gar nichts, wurde unter dem Tisch bezahlt.

Als wir uns nach dem Termin im Foyer des Notariats verabschiedeten, sagte Ulla, die neue Miteigentümerin des Hauses: „Ihr könnt uns natürlich besuchen, wann immer ihr Lust habt, gell Veronika! Der kleine Lukas darf unsere Franziska im Haus seines Großvaters besuchen, wann immer er möchte. Und Sie sind selbstverständlich auch herzlich eingeladen, Frau Käfer! Wann immer Sie wollen.“ Frau Käfer, die Ulla neuerdings für eine „patente Person“ hielt, umarmte sie unter Tränen. „Ein Haus mit vielen Kindern drin“ hatte ihr einst die Wahrsagerin in Göppingen aus der Hand gelesen, und jetzt kam es genauso, bloß ganz anders.

Herr Schmalberger, der Prokurist, der die Sparkasse bei diesem Notartermin vertrat, lächelte angesichts dieser rührenden Familienszene hilflos und fühlte sich sichtbar fehl am Platze, sodass Ulla schließlich auch ihn in den Arm nahm und sagte: „Kommen Sie doch einfach auch zu Besuch, Herr Schmalberger. Und bringen Sie Ihre werte Frau Gemahlin mit!“

Im Spätsommer ’92 zogen wir im Amselweg ein. Frau Käfer kam nur ein einziges Mal zu Besuch, aber einige Jahre später war Lukas tatsächlich regelmäßig unser Gast, wenn er mit Franziska im ehemaligen Haus seines Großvaters Vokabeln lernte.

Im Keller des Käfer-Hauses machten Ulla und die Kinder ein paar Tage nach unserem Einzug eine erstaunliche Entdeckung. In einem Karton fanden sie fünfzehn Nachtsichtgeräte. „Russisches Fabrikat“, wie Ulla sofort erkannte. Die Kinder spielten eine Zeit lang nachts Verstecken damit.

1993

Nach dem Verkauf des Käfer-Hauses an die neue Familie Knapp war Frau Käfer mit ein paar Möbeln („Ich brauch nichts mehr!") in eine kleine Mietwohnung gezogen, aber schon ein halbes Jahr später war sie einige Häuser weiter zu ihrer Tochter gewechselt. Das war in jeder Hinsicht viel praktischer, sie konnte dort gelegentlich auf das Kind aufpassen, hatte damit eine Aufgabe und Veronika konnte wieder arbeiten. Sie fing bei der Bausparkasse Schwäbisch Hall in Backnang an, wo ohnehin alles viel besser war als bei Wüstenrot, auch die Kollegen. Außerdem sparte man Miete.

Dann aber passierten merkwürdige Dinge. Frau Käfer war mit ihrem Sparbuch in die Raiffeisenbank gegangen und hatte kontrollieren wollen, ob ihr Geld noch da war. Frau Dautzing hatte im Computer nachgeschaut und die Kundin beruhigt, alles war noch da, keine Sorge. Aber nein, das hatte Frau Käfer nicht gemeint. Sie wollte sehen, ob das Geld *wirklich* vorhanden war, in Münzen und Scheinen, also in *echtem* Geld. Man solle ihr alles zeigen, jetzt gleich, sie bestehe darauf, es sei schließlich ihr Geld. Frau Dautzing zog die Brauen hoch und bat Frau Käfer ins Besprechungszimmer. Hier zählte sie zweiundzwanzigtausenddreihundertsiebzig Mark auf den Tisch, und erst jetzt war Frau Käfer halbwegs zufrieden. Sie würde das nun regelmäßig kontrollieren, sagte sie zum Abschied, die Raiffeisenbank solle nicht meinen, nur weil sie eine alte Frau sei, könne man ihr das Geld fortnehmen. Am selben Abend rief Frau Dautzing bei Veronika an. Sie dürfe das eigentlich nicht, „wegen dem Bankgeheimnis, gell!", und Veronika solle es um Gottes willen für sich behalten, aber sie müsse doch informiert sein, worüber sich ihre Mutter Sorgen machte.

Dabei war Frau Käfer erst dreiundsiebzig und für derartig fortgeschrittene Schrullen eindeutig zu jung. Aber zwei Monate später musste Veronika ihre Mutter auf der Polizeiwache abholen. Dort hatte sie Anzeige gegen die Sonnen-Apotheke erstattet, die seit Jahren versuchen würde, sie durch ihren Medikamenten heimlich beigemengtes Arsen zu vergiften. Diesmal war es Polizeiobermeister Renner, ein alter Freund der Familie, der Veronika zur Seite nahm. „Ich weiß doch Bescheid, Frau Szyrcyck. Bei meiner Schwiegermutter ist es ganz genauso."

Wieder sechs Wochen später musste Veronika erneut zur Polizei – jetzt hatte ihre Mutter *sie* angezeigt: Veronika würde ihr heimlich Eisenstaub unters Essen mischen, sie wäre schon voller Eisen, was sie den Beamten durch einen mitgebrachten Stabmagneten, den sie über ihren Arm hielt, beweisen konnte. Außer dem Magneten hatte sie auch ihre Sparbücher, ihre Waschtasche und die HÖRZU der nächsten Woche dabei; sie verlangte Polizeischutz, niemals würde sie wieder zu ihrer Tochter zurückgehen, die sie umbringen wolle, um an die Sparbücher zu kommen und das Geld mit „Herrenbekanntschaften" durchzubringen.

Als Veronika, mit dem kleinen Lukas auf dem Arm, auf die Wache kam, schrie ihre Mutter wie von Sinnen um Hilfe. Sie verlangte, dass die Polizisten sie beschützten und dass man ihre Tochter sofort verhaften müsse und bezichtigte Veronika, schon ihren Vater mittels Magnetstrahlen umgebracht zu haben. „Mein Mann war ja zum Schluss vollständig magnetisch!" Deshalb sei er damals auch in der Drehtür der Sparkasse stecken geblieben.

Polizeiobermeister Renner versprach der verzweifelten alten Frau eine sichere Bleibe in einem Haus, einer Art Hotel, wo man rund um die Uhr auf sie aufpassen würde; die Angestellten dort, erklärte er ihr, seien alle als Krankenpfleger verkleidete Kriminalbeamte und verstünden was von ihrer Arbeit.

„Alle sind bewaffnet. Da sind Sie völlig in Sicherheit, Frau Käfer."

„Dass nur meine Tochter nicht erfährt, wo das ist." Die Magnetstrahlen hätten nämlich eine enorme Reichweite.

Ein Streifenwagen brachte sie noch in derselben Nacht zu diesem sicheren Unterschlupf, den sie nie wieder verlassen musste.

„Schlimm", sagte Renner zu Veronika. „Bei meiner Schwiegermutter war es genauso. Ich frag mich manchmal, wo dieser

Hass, dieser tiefe Hass, der da ans Tageslicht hervorbricht, bloß herkommt. Versteh'n Sie das?"

Veronika verstand es auch nicht. Sie hatte doch immer ein gutes Verhältnis zu ihrer Mutter gehabt. Beim Hinausgehen hatte Veronika auf einmal das Gefühl, Lukas würde sie erschreckt anschauen. Aber das war vermutlich nur Einbildung.

Es dauerte dann über ein Jahr, bis Veronika ihre Mutter im Dietrich-Bonhoeffer-Haus besuchen konnte, vorher hätte es gar keinen Sinn gehabt. Die alte Frau war eigentlich ganz guter Dinge und machte sogar einen kleinen Spaziergang mit ihr und Lukas.

„Kennen Sie meine Tochter?"

Veronika nahm sich zusammen und sagte: „Von der Schule."

„Dann sehen Sie sich nur vor, Fräulein. Die hat mir nämlich Eisen ins Essen gemixt, damit ich magnetisch werd! Das eigene Kind! Aber die Polizei erwischt sie schon noch, und dann gnade ihr Gott. Dann wird sie lebenslänglich eingesperrt."

Veronika versprach, dass sie gut auf sich und den Kleinen aufpassen würde.

1994

Veronika und Paul hatten sich vorgenommen, die Angelegenheit „wie erwachsene Menschen“ hinter sich zu bringen, ohne Gehässigkeiten, ohne Bösartigkeiten und ohne Anwälte. Aber auf den Rat des Steuerberaters wollten sie nicht verzichten – eine sehr kluge Entscheidung, denn allzu oft übersehen die Menschen in ihrem Schmerz und ihrer Enttäuschung, dass gerade die steuerlichen Folgen einer Trennung gravierend sein können. Fehler, die hier gemacht werden, lassen sich später oft nicht mehr beheben, und Jahre später, wenn sich die Wogen des Zwists endlich geglättet haben, müssen die Beteiligten erkennen, dass sie nur dem Finanzamt in die Hände gearbeitet haben.

Paul musste noch seine Sachen aus der ehedem gemeinsamen Wohnung in der Mörikestraße holen. Er hatte dafür einen Kleintransporter gemietet und war damit die fast vierhundert Kilometer von Chrieschwitz nach Heckenheim gefahren, was ihm wegen seiner weiterhin nur eingeschränkt verwendungsfähigen linken Hand einige Mühe bereitete.

Die beiden hatten vereinbart, dass die Mehrzahl des Hausrats in der Obhut Veronikas bleiben sollte; die meisten Möbel würden ohnehin nicht in das Chrieschwitzer Haus passen, in dem Pauls Vater vor allem seine eigenen Sachen in einer Art Museum seines Lebens unterbringen wollte. So blieb Pauls Umzugsgut überschaubar: ein alter Schreibtisch, Poäng, der Lesesessel von Ikea, zwei Kisten mit Büchern, vor allem Reiseführer, eine Stereoanlage, CDs und diverse Schallplatten, darunter das unverzichtbare Woodstock-Album.

Wir hatten den Transporter schon fast fertig beladen, als Veronika mit Lukas vom Einkaufen zurückkam. Sie warf einen kurzen Blick auf die Sachen und deutete dann auf einen kleinen schwarzen Gegenstand, den Paul auf die Ablage am Armaturenbrett des Transporters gelegt hatte: eine würfelförmige Figur, ein altägyptischer Schreiber, schön gemacht, aber sicher nur eine Replik der Souvenirindustrie.

Veronika meinte, sie habe die Figur 1988 von einer Nilkreuzfahrt mitgebracht und sie würde selbstredend ihr zustehen. Paul wollte das nicht einsehen, der kleine Schreiber säße seit Jahren auf seinem Schreibtisch und gehöre folglich längst ihm. Veronika habe sich nie für die Figur interessiert, außerdem habe Paul ohnehin auf den Großteil der Wohnungseinrichtung zu ihren Gunsten verzichtet, und schließlich, so fügte er nun schon deutlich missgestimmt an, habe er den kleinen Schreiber damals 1988 von seinem Geld bezahlt. Daran erinnere er sich noch genau.

„Du meinst, vom Geld meines Vaters", gab Veronika giftig zurück.

Ich ahnte, was in den nächsten Minuten folgen würde, und schlug rasch vor, dass ich die Figur kaufen könne. Den Erlös könnten sich Veronika und Paul teilen oder, das wäre mein Rat gewesen, einer wohltätigen Organisation zugute kommen lassen, beispielsweise der Aktion Gemeinsinn oder dem SSV Heckenheim. Paul wollte jedoch nicht einsehen, wieso er für eine Figur, die unbestreitbar die seine sei, auch nur einen Pfennig bezahlen sollte, außerdem ginge mich das ja am wenigsten an, ich solle mich da einfach heraushalten. Letzterem, aber ausdrücklich nur dem, stimmte auch Veronika zu. Paul forderte, Veronika solle das, was sie über das Geld ihres Vaters gesagt hatte, auf der Stelle zurücknehmen. Derartige Angriffe seien „unterste Schublade", dergleichen müsse er sich nicht sagen lassen, nach all den Jahren, die er für das Reisebüro geschuftet habe.

„Na, das war ja auch ein überwältigender Erfolg", höhnte Veronika.

„Jetzt habt ihr doch alles so gut über die Bühne gebracht ...", versuchte ich zu vermitteln, aber es nützte natürlich nichts mehr.

„Halt du einfach die Klappe!", schrie mich Paul an.

Ich weiß nicht, wie es ausgegangen wäre, wenn nicht Lukas zu weinen angefangen hätte.

„Da siehst du's", zischte Veronika.

Der Kleine heulte jetzt lauter und Paul meinte abfällig:

„Vermutlich muss er wegen deinem Gekeife die ganze Zeit plärren!“

Veronika wurde weiß wie eine Wand. „Ich hasse dich!“, fauchte sie Paul an. Und, plötzlich zu mir gewandt: „Und dich hasse ich auch!“

So muss ich mich nicht anreden lassen, schon gar nicht auf offener Straße, wo jederzeit ein Mandant vorbeikommen kann. Ich ließ die beiden stehen mitsamt ihrer dämlichen Figur und stieg in meinen Volvo. Von Marianne weiß ich, dass Veronika und Paul danach vier Jahre kein Wort mehr miteinander gewechselt haben.

1997

Gegen Jahresende, wenn sich in den Mandanten der Wunsch zur Steuergestaltung immer drängender regt, stecke ich meist bis über beide Ohren in Arbeit. Vor neun, zehn komme ich dann selten von der Kanzlei nach Hause. An diesem Dezembernachmittag hatte es zum ersten Mal in diesem Jahr zu schneien begonnen, und wenn es so weiterschneite, würde ich womöglich sogar im Büro übernachten müssen – die Stadt stellt nämlich ab 21 Uhr das Schneeräumen ein. Dieser nachlässige Umgang mit den Pflichten einer Stadtverwaltung ist freilich überaus kurzsichtig, denn je länger ich im Büro bleibe, desto mehr Steuern sparen meine Mandanten und desto geringer sind folglich die Einnahmen der öffentlichen Hand.

An diesem Tag rief mich kurz nach drei Uhr Ulla an. „Könntest du schnell nach Hause kommen?" Es hatte einige Jahre gedauert, bis sie akzeptiert hatte, dass derartige Eingriffe in den Kanzleibetrieb nicht statthaft sind, aber mittlerweile verzichtete sie darauf, mich telefonisch über die häuslichen Ereignisse auf dem Laufenden zu halten. Es musste diesmal also wirklich wichtig sein.

„Ist was passiert? Was mit den Kindern?"

„Nein, nicht die Kinder. Es ist wegen ... Ich kann es nicht am Telefon besprechen."

Auch nach vielen Jahren im Westen war Ulla am Telefon immer noch vorsichtig; sie machte zum Beispiel grundsätzlich weder Orts- noch Zeitangaben, nannte auch nie Namen, sondern wählte stattdessen umständliche Umschreibungen: „Es ist der, den wir vor zwei Wochen dort gesehen haben, wo die Kinder im Winter den Schwan ... du weißt schon." Ich hielt dieses Getue für ziemlich übertrieben, schließlich gab es seit Jahren keine Stasi mehr, und mein Gott, in Heckenheim doch erst recht nicht. Aber Ulla konnte da wohl nicht aus ihrer Haut.

An diesem Nachmittag ließ ich jedenfalls alles liegen und stehen und fuhr, so schnell es im Schneetreiben ging, nach Hause.

Ulla und Baba warteten schon in der Türe. Die beiden begrüßten mich, sie nervös und flüchtig, er wie immer ausführlich und leidenschaftlich.

„Was ist passiert?", fragte ich.

„Wir haben Besuch", sagte Ulla leise und nahm mir den Anorak ab, legte den Zeigefinger auf die Lippen und zeigte mit dem Kopf in Richtung Wohnzimmer. Ich spähte ganz vorsichtig durch einen Türspalt. Auf dem Sofa saßen, vor zwei Teetassen und einer Schale mit Weihnachtsgebäck, zwei mir unbekannte Herren. Der eine, vielleicht Mitte fünfzig mit Kordsakko und Krawatte, der andere, etwas jüngere, in einem etwas abgewetzten Wildlederblouson und einem Rollkragenpullover. Ich schaute Ulla fragend an. Sie sagte nichts, sondern formte mit den Lippen ein mehrsilbiges Wort, das ich jedoch nicht verstand – es war etwas wie HOLE DREI. Ich schaute sie ratlos an und zucke mit den Schultern. Welche drei? Wo holen? Ich spähte wieder durch den Spalt, sah aber nur zwei Herren.

Ich schob die Tür weiter auf, aber nun ein wenig zu weit. Jetzt hatten die Männer mich gesehen und ich musste hinein. Die beiden Besucher sprangen sofort auf und streckten mir über den Couchtisch hinweg die Hände entgegen. Baba gefiel das gar nicht, er knurrte ärgerlich. „Leipold, Kriminaldirektor beim BKA", stellte sich der ältere der beiden Männer vor. Jetzt begriff ich: PO – LI – ZEI!

„Knapp, Steuerberater. Was ... äh ... bin ich etwa zu schnell ... ?"

„Mein Kollege, Hauptkommissar Möller."

„Aber bitte, behalten Sie doch Platz, meine Herren." Die beiden ließen sich wieder aufs Sofa fallen und ich setzte mich gegenüber in den Sessel. Baba hatte sich auf meine Füße gelegt, ließ die Polizisten aber nicht aus den Augen.

„Äh ...", sagte ich. „Haben Sie gut hergefunden ... äh ... bei dem Wetter, meine ich?" Draußen schneite es immer noch. Das Vogelhäuschen, das Franziska und Monika ein paar Tage zuvor aufgestellt hatten, war gut besucht, eine Amsel und zwei Kohlmeisen. Seit Mittag blieb der Schnee sogar liegen, zumindest auf den beiden Blautannen. Es sah tatsächlich schon ein kleines bisschen weihnachtlich aus. Jetzt waren es schon drei Meisen.

Möller sagte: „Wir kannten den Weg, Herr Doktor Knapp."

Ich zuckte zusammen und stieß dabei mit dem Knie an den Couchtisch. Es war überaus schmerzhaft. Ulla hatte sofort die Brauen gehoben und mich verwundert angeschaut. *Doktor* Knapp – die Polizei hatte sich also über mich erkundigt. Man war offenbar sehr gründlich vorgegangen und hatte dabei ein kleines Geheimnis entdeckt: Einige Jahre zuvor, 1994, hatte ich meine „Kleine Philosophie des Steuerwesens", obwohl erst zu drei Vierteln fertig, in einem Akt von Übermut an der philosophischen Fakultät der Universität Pecs in Ungarn als Dissertation vorgelegt. Es war im Grunde die Idee eines Mandanten gewesen; ich weiß gar nicht, was ich mir dabei gedacht hatte. Gleichzeitig hatte ich mich überreden lassen, für die Renovierung der Universitätsbibliothek einen gewissen, nicht allzu hohen Betrag zu spenden. Anschließend war mir die Angelegenheit selbst nicht mehr geheuer gewesen. Nicht dass meine „Kleine Philosophie des Steuerwesens" eine schlechte Arbeit gewesen wäre, aber sie war eben noch nicht ganz fertig, und dann war da die zeitliche Nähe zu meiner Spende; überhaupt, man hätte sehr leicht falsche Schlussfolgerungen ziehen können. Jedenfalls war mir, kaum war ich damals aus Ungern wieder zurück, die ganze Angelegenheit bereits peinlich gewesen, und während andere Leute in meiner Situation sich gleich neue Visitenkarten und ein neues Türschild bestellt hätten, tat ich alles, um zu verhindern, dass irgendjemand etwas davon erfuhr. Vor allem nicht Marianne, die mich mit beißendem Spott überzogen und mich womöglich „Doc Olaf" genannt hätte, vermutlich in aller Öffentlichkeit. Selbstverständlich hatte ich davon abgesehen, mir den Titel hierzulande bestätigen zu lassen, und ebenso selbstverständlich machte ich kein einziges Mal von diesem Doktor in irgendeiner Weise Gebrauch. Niemand erfuhr davon, auch nicht Ulla, obwohl ich, rein rechtlich, zumindest in Ungarn den Titel durchaus führen dürfte; übrigens heute noch. Aber ich war seither kein einziges Mal mehr in Ungarn gewesen, auch wenn Ulla oft den Wunsch geäußert hatte, wieder einmal an den Plattensee zu fahren, wo sie sich 1980 zum ersten Mal verliebt hatte. Ich hatte mich also in keiner Weise wegen des unberechtigten Führens eines Titels strafbar gemacht, und die Universitätsbibliothek von Pecs hatte damals wirklich ein wenig Unterstützung nötig gehabt. Was also warf man mir vor? Warum stürmte nun viele Jahre später die Polizei mein Wohnzimmer?

„Die Herren sind wegen Ingo gekommen", sagte Ulla.

„Ingo? Welcher Ingo?", fragte ich verblüfft, aber erleichtert.

„Ingo Kalinke", sagte der Möller von beiden.

„Ach, Ingo! Aber ... " Sollte Ingo etwa ...? Doktor Kalinke? Lächerlich! Ich schaute Ulla an, sie zuckte mit den Schultern. Draußen hatten sich zu den Kohlmeisen zwei Blaumeisen gesellt. Wenn es so weiterschneite, würden wir Vogelfutter nachbestellen müssen.

Der Hauptkommissar räusperte sich und stellte seine Teetasse ab. „Wir hatten eigentlich nur ein paar Fragen an Ihre Gattin. Aber die gnädige Frau wollte, dass Sie dabei sind. Und wir hätten Sie ja ohnehin noch befragen müssen."

„Mich? Ich weiß nichts. Gar nichts. Und wenn, als Steuerberater ... Also, das möchte ich gleich klarstellen: Das Bundesverfassungsgericht hat letztinstanzlich bestätigt, dass ein Steuerberater über seine Mandanten ... " Ich redete nicht weiter, sondern holte erst mal tief Luft. Jetzt sollten mich die beiden Burschen kennenlernen.

„Ist Herr Kalinke denn Ihr Mandant?", fiel mir Leipold ins Wort.

„Nein, nein. Wieso? Hat das irgendjemand behauptet? Ich muss energisch ..."

„Sie haben eben angedeutet ..."

„Angedeutet? Ganz und gar nicht! Ich meinte nur ganz allgemein, also grundsätzlich, verstehen Sie? Rein rechtlich. Das Bundesverfassungsgericht hat ... nein, der Bundesfinanzhof in München hat ... Halt, nein doch, das Bundesverfassungsgericht in Karlsruhe ... hat also grundsätzlich ... letztinstanzlich ..." Ich hatte den Faden verloren.

Die Beamten sahen sich vielsagend an. Möller, der mit dem Wildlederblouson, wandte sich an Ulla. „Wann hatten Sie mit Herrn Kalinke zuletzt Kontakt?"

„Kontakt? Wir haben überhaupt keinen Kontakt zu ihm", sagte Ulla.

„Diese Ehe wurde rechtskräftig geschieden!", rief ich. „Wollen Sie das Urteil sehen? Ich kann jederzeit sämtliche Dokumente ... jederzeit! Obwohl ich nicht verpflichtet bin ... jederzeit!"

Möller hob abwehrend die Hand. „Nicht nötig."

Leipold sagte: „Aber Sie werden doch gelegentlich Verbindung mit Herrn Kalinke haben. Zu Weihnachten vielleicht?"

Jetzt erst fiel mir auf, dass der Kriminaldirektor eine Weihnachtsmänner-Krawatte trug. Ein paar Dutzend kleine weißrote Weihnachtsmänner turnten auf blauem Grund herum. Eine Weihnachtsmänner-Krawatte zu einem Cordsakko – was für ein lächerlicher Aufzug. Vor jemandem, der so herumlief, brauchte ich wirklich keine Angst zu haben.

„Ingo ruft höchstens zweimal im Jahr an", sagte Ulla. „Zuletzt an Monikas Geburtstag. Sie ist seine Tochter, wissen Sie."

„Das wissen wir ..."

„Und Franziska auch, aber nur leiblich. Juristisch ist sie vollständig meine Tochter. Also auch steuerlich. Sie wird im Frühjahr sieben, Monika ist fünfzehn, also sind beide Töchter vollumfänglich minderjährig, weshalb sie steuerlich ... " Ich schnappte nach Luft. Unter dem Tisch knurrte Baba. Ihm gefielen diese ungebetenen Gäste auch nicht.

„Bitte beruhigen Sie sich, Herr Knapp", sagte der Kriminaldirektor und hob abwehrend die Hände. Er hatte auf den „Doktor" verzichtet. Offenbar hatte man mich nur einschüchtern wollen; diese Typen waren wirklich mit allen Wassern gewaschen. „Beruhigen Sie sich. Das interessiert uns alles überhaupt nicht."

„Ja, warum fragen Sie dann?", sagte ich ärgerlich.

Aber dieser Leipold hörte mir gar nicht zu. Der verhinderte

Lebemann schien ohnehin lieber mit meiner Frau zu reden. „Wann haben Sie zuletzt mit Herrn Kalinke gesprochen beziehungsweise telefonisch?“ Deutsch konnte er also auch nicht. Was stellt der Staat eigentlich für Leute ein? Vermutlich auch noch A 15. Von meinen Steuergeldern.

Ulla überlegte. „Das war am 5. September, an Monikas Geburtstag. Aber Monika war nicht zu Hause. Es war ein ganz kurzes Gespräch.“

„Monika ist fünfzehn geworden“, fügte ich hinzu. „Monika ist fünfzehn und Franziska sieben! In drei Jahren hat auch sie Anspruch auf ein eigenes Arbeitszimmer!“

Diesmal war es Möller, der mir nicht zuhörte. „Wissen Sie noch, worum es in diesem Gespräch ging?“ Wie abgewetzt sein Wildlederblouson doch war. Dass die Kripo ihre Leute in so einem Aufzug auf die Menschheit loslässt, spricht Bände.

„Nein, das ist ja schon Monate her. Nur Belanglosigkeiten, wie immer.“

„Versuchen Sie sich bitte zu erinnern, es ist wichtig.“

„Das Übliche: Hallo, wie geht's – gut – danke ...“

„Hat er gesagt, von wo aus er angerufen hat?“

Ich schaltete mich wieder in das Gespräch ein, wandte mich aber gleich an den Kerl im Kordsakko, der offenbar das Sagen hatte. „Sie sollten uns vielleicht mal über die Hintergründe Ihres Besuchs aufklären, Herr Seibold.“

„Leipold!“ Wenn man an Visitenkarten spart, muss man sich nicht wundern.

„Wenn wir wissen, was Sie genau interessiert, Herr Lei...pold, ja? ... also, dann könnten wir Ihnen auch gezielter antworten.“

Leipold sah Möller an, Möller sah Leipold an, der zog eine Grimasse und sagte: „Sie sollten ja eigentlich nicht gezielt antworten, sondern wahrheitsgemäß.“ Er beugte sich vor, um sich einen Lebkuchen von Ullas Adventsteller zu nehmen. Baba hob misstrauisch den Kopf, brummte und fletschte die Zähne – er hat riesige Zähne und einen Furcht einflößenden Mundgeruch; zum ersten Mal freute ich mich darüber. Leipold legte den

Lebkuchen wieder zurück. Wenigstens vor meinem Hund hatte er Respekt.

„Wenn wir nicht wissen, worum es geht", erklärte ich ihm, „dann könnte es sein, dass sich meine Frau durch ihre Aussagen eventuell selbst belastet. Also müsste ich ihr jetzt eigentlich raten, vorerst keine weiteren Angaben ... schon gar nicht ohne Anwalt ... das Bundesverfassungsgericht hat nämlich ... "

Leipold winkte ab. „Geschenkt! Geschenkt! Meinetwegen. Am Montag können Sie's ja sowieso im Spiegel lesen."

„In welchem Spiegel?"

„In *dem* Spiegel. Und ich fürchte, die Sache wird ein wenig Wirbel machen. Es gibt nämlich ein Ermittlungsverfahren der Staatsanwaltschaft Bonn gegen Herrn Kalinke und gegen einige weitere Herren. Betrug zum Nachteil der Bundesrepublik Deutschland. Wir haben einen Haftbefehl gegen Herrn Kalinke. Wir fahnden nach ihm. Wir haben Erkenntnisse, dass er sich in Argentinien aufgehalten hat, aber möglicherweise wieder in Deutschland sein könnte."

„Einen Haftbefehl? Betrug? Ingo? In Argentinien? Nein, also das kann ich mir gar nicht vorstellen. Das muss ein Irrtum sein. Eine Verwechslung. Ingo und Betrug – wissen Sie, meine Herren, ein wenig Menschenkenntnis können Sie mir schon zutrauen."

Ingo war ja alles in allem ein netter Kerl gewesen, aber unterm Strich war er doch, um mal ganz offen zu sein, ein Thüringer Landei geblieben. Ingo würde nicht einmal schwarzfahren. Und Betrug zum Nachteil der Bundesrepublik Deutschland ...

Aber von irgendwoher war in mir ein unbehagliches Gefühl aufgestiegen. „Entschuldigung – von welcher Behörde genau kommen Sie?", fragte ich.

„Bundeskriminalamt Wiesbaden. Abteilung IV, Vereinigungskriminalität."

„Ah so", sagte ich. Auf einmal hatte ich einen ganz trockenen Mund.

Ulla sagte ahnungslos: „Wir sind damals legal über die Grenze! Ich hab noch meinen alten Pass ... "

Möller ging darauf nicht ein, sondern beugte sich zu mir herüber: „Sagt Ihnen der Begriff Transferrubel etwas?"

Jetzt wurde mir heiß bis hinter die Ohren. Ich spürte mein Herz im Hals. Ich wusste, dass ich leichenblass war. Meine Hände zitterten so stark, dass ich meinen Lebkuchen auf den Teppich fallen ließ; Baba stürzte sich mit einem Grunzen darauf. Von wegen Schwarzfahren! Ich fragte ganz leise: „Wie viel, Herr Hauptkommissar?" Mir war speiübel.

Möller ließ sich in die Couch zurücksinken, und Leipold sagte ganz ruhig: „Nun ja, die Delikte rund um den Transferrubel sind immer im gehobenen Segment angesiedelt."

„Wie viel?", wiederholte ich. Baba hatte gemerkt, dass es mir nicht gut ging; er sah mich prüfend an. Leipold beugte sich blitzschnell vor und schnappte sich einen Lebkuchen. Er brach ihn in zwei Teile und sagte: „Siebenundsechzig Millionen Mark." Mir blieb für einen Moment die Luft weg.

Ulla schlug die Hände vors Gesicht und rief: „Ach du liebe Scheiße!"

Ich sagte gar nichts mehr. Sogar Baba war still.

Als die beiden Beamten schon im Flur standen, wiederholten sie eindringlich ihre Bitte, dass wir uns unverzüglich bei ihnen melden müssten, falls wir etwas von Ingo hören sollten. Sie ließen keine Zweifel, dass es sich dabei nicht um eine Bitte im eigentlichen Sinn handelte. „Sie würden sich andernfalls selbst strafbar machen", sagte Leipold. „Und glauben Sie mir: Bei den Größenordnungen, die hier im Spiel sind, verstehen die Gerichte keinen Spaß. Da kann es schon für Beihilfe sieben Jahre geben."

„Wenn Herr Kalinke bei Ihnen anrufen sollte ... also, wir würden das auch so erfahren", fügte Möller hinzu und grinste mich frech an.

„Hören Sie etwa unser Telefon ab?", fragte ich. Allmählich erwachten meine Lebensgeister wieder. Auch Baba schien sich wieder erholt zu haben, er ließ die Beamten keine Sekunde aus den Augen.

Möller lachte dreist. „Noch nicht. Aber wenn wir den Eindruck haben sollten, dass Sie nicht mit uns zusammenarbeiten wollen ..."

„Dazu brauchen Sie eine richterliche Anordnung!", rief ich.

Möller grinste und klopfte auf seinen Wildlederblouson: „Keine Sorge, Herr Doktor, die haben wir, haben wir längst."

Wir sahen den beiden Kriminalbeamten nach, wie sie mit eingezogenen Köpfen durch das Schneetreiben liefen, in ihren Audi stiegen und nach einigen umständlichen Rangiermanövern wegfuhren. Der Amselweg war schon ein wenig eingeschneit, sodass die Reifenspuren noch einige Zeit zu sehen waren.

Ulla und ich standen noch lange am Fenster. „Hast du seine Krawatte gesehen?", fragte ich. „Weiß-rote Weihnachtsmänner, so etwas ist doch peinlich."

„Argentinien", sagte Ulla und schüttelte den Kopf. „Nun hat er's also doch noch geschafft. Davon haben wir früher immer geträumt. Dass wir da mal hinfahren. Zum Tango nach Buenos Aires."

„Hoffentlich erfährt es Paul nie", sagte ich. „Die Transferrubel waren sein Plan."

„Siebenundsechzig Millionen kann man sich eigentlich überhaupt nicht mehr vorstellen. Kannst du dir siebenundsechzig Millionen vorstellen, Olaf? Wie viele Koffer wären das wohl?"

Ich nahm meinen Taschenrechner zu Hilfe. „In Tausendern sind es achtzehn mittelgroße Koffer. In Zehnmarkscheinen wäre es aneinandergelegt die Strecke von hier nach Moskau und zurück."

„Bloß?", sagte Ulla.

„Einfache Strecke reicht es fast bis Argentinien."

„Sogar wenn Ingos Anteil nur ein Viertel betragen hat, wären das noch ... " Sie überlegte kurz und entschied sich dann für eine einfachere Variante: „Und selbst wenn er bloß ein Zehntel bekommen hätte, wären es noch immer mehr als sechs Millionen!"

Ich war froh, dass Ulla wenigstens nicht über die Sache mit dem Doktor nachdachte.

1999

Niemand hätte es für möglich gehalten, dass Erwin Kuballa, der doch schon 1990 mit einem Bein im Grab gestanden hatte, sich fast zehn Jahre später immer noch für seine Mandanten aufreiben würde. Ich traf ihn an einem schönen Sommerabend am Oberen Markt. Sein dickes Gesicht war wie immer ungesund gerötet, er sah nicht viel besser aus als damals im Robert Koch, als er mir das Dessauer Elbe-Center anvertraut hatte, dem nicht einmal ich mehr hatte helfen können.

„Knapp! Das trifft sich gut", keuchte er und zog mich unter die Arkaden vor dem Fotogeschäft Streitle.

„Ah, Kuballa. Wie geht's, wie steht's?"

„Gute Frage. Danke, schlecht. Aber Ihnen könnte es bald sehr gut gehen. Ich hab nämlich was für Sie an der Hand. Ein Super-Objekt, glauben Sie mir. Erstklassige Rendite. Ich hab sofort an Sie gedacht, alter Schwede!"

„Also, ich hab wirklich wenig Zeit. Wenn Sie von Immobilien reden, bin ich die falsche Adresse. Da engagiere ich mich grundsätzlich nicht."

„Warum sind Sie denn nur immer so konservativ? Passt doch gar nicht zu Ihnen, gell. Ich sag Ihnen eins: Die Nachsteuerrendite ist eins a! Sie kriegen das Objekt so gut wie geschenkt, glauben Sie mir. Hab ich Sie jemals ... nie! Das müssen Sie zugeben."

„Bis auf das Elbe-Center ..."

„Ah, was reiten Sie denn auf den alten Geschichten herum? Das Zeitalter der Entdeckungen und Eroberungen ist längst vorbei. Auch im Osten. Mensch, Knapp, das Rad der Geschichte dreht sich weiter. Und überhaupt: Wenn einer mit dem Elbe-Center seinen Schnitt gemacht hat, dann waren das doch Sie! Wahrscheinlich als Einziger, gell!" Er klopfte mir auf die Schulter und lachte.

Ich seufzte. „Also gut, um was geht's konkret? Machen Sie's kurz. Meine Frau wartet mit dem Essen. Es gibt Linsen mit Spätzle, das schmeckt aufgewärmt nicht."

„Linsen mit Spätzle? Sie sind wirklich ein Glückspilz! Für mich kocht keine Frau Linsen." Er gab einen so bemitleidenden Seufzer von sich, dass ich ihn fast zum Essen eingeladen hätte. „Also schnell", fuhr er fort. „Ich sag bloß zwei Worte: Babelsberg ..."

„Oje, da muss ich gleich an den Kurfürstenhof denken."

„Herrgott! Knapp!", sagte Kuballa und trat einen Schritt zurück. „Also Sie sind wirklich ein Fuchs. Was wissen Sie denn schon darüber?"

„Ich bitte Sie! Erinnern Sie sich denn nicht mehr? Dieses verlotterte Objekt, das den alten Käfer das Leben gekostet hat? Wann war das ... 91 oder 92?"

„Knapp! Schon wieder alte Geschichten. Vergessen Sie das. Heute ist eine andere Zeit: Aus den Kurfürsten sind Prinzen geworden: Das Prinzenpalais ist tipptopp hergerichtet. Tipptopp! Wurde in den letzten Jahren alles umgebaut und komplett modernisiert, sehr stilvoll. Das Treppenhaus mit Stuck, die Zimmer ... tipptopp, wirklich. Mit einer Thermenlandschaft im Souterrain. Pool, Sauna, Massage, alles hochwertig! Ich hab mich selber überzeugt. Und jetzt passen Sie auf ... " Er zog mich noch ein Stück tiefer zwischen die Arkaden. „Das Objekt gehört einer Auropa GmbH, die haben es von der Immoptima AG übernommen, aber nun sind sie selber pleite. Haben sich mit dem Sanieren etwas übernommen, gell. Teure Thermen, Sie verstehen ... Knapp, Sie kriegen es aus der Konkursmasse fast geschenkt! Und nun kommt der Clou: Rendite! Denn das Objekt ist bestens vermietet, solvente Mieter, sehr solvent. Hab ich alles gecheckt."

„Wenn die Sache so toll ist, warum steigen Sie dann nicht selber ein?"

„Weil ... weil ... " Er zog den Kopf zwischen die Schultern und flüsterte: „Weil ich der Konkursverwalter bin, und da kann ich nicht gut selber ... verstehen Sie? Das gäb nur böses Blut."

„Ich soll für Sie also den Strohmann machen?"

„Knapp, ich bitt' Sie! Wie Sie das wieder ausdrücken! So kalt und herzlos. Strohmann, ich bitt' Sie wirklich. Reden Sie nicht so! Wir kooperieren bloß ein wenig. Kommen Sie, fahren Sie einfach mal mit nach Babelsberg, schauen Sie sich's an, das wird Sie überzeugen."

„Und außerdem: Solvente Mieter im Osten gibt es sowieso nicht. Was sollen das für Leute sein?"

„Sehr seriös! Absolut seriös! Ich schwör's. Wirklich. Frau Lapinsky zahlt absolut pünktlich. Und zwar deutlich über ortsüblich. Sehr deutlich."

„Schwarzgeld. Nein danke. Ich als Steuerberater kann unmöglich ..."

„Ach was. Doch kein Schwarzgeld. Nein, Frau Lapinsky ist ... sie hat ... na, verstehen Sie ..." Er grinste vielsagend.

„Warum drucksen Sie denn so herum, Kuballa? Was ist das für eine Dame?"

„Nun ja, Frau Lapinsky hat ... Also es sind insgesamt acht Damen ... Aber alles tipptopp, gell! Tipptopp sauber, wirklich wahr. Und es sind wirklich Damen."

„Wie bitte? Ich soll für Sie ein Bordell kaufen? Sie sind ja komplett übergeschnappt, Kuballa!"

Meine Befürchtungen erwiesen sich jedoch als unbegründet. Das frühere Kurfürsten- und jetzige Prinzenpalais war überaus geschmackvoll und diskret saniert worden, alle Räume wirkten hell und licht, und die Therme im Souterrain war tatsächlich etwas Einmaliges: Es gab zwei Whirlpools, eine großzügige Sauna, Massageräume und sogar ein kleines Schwimmbecken, und alles war von einer geradezu blendenden Sauberkeit. Man überlegte sich unwillkürlich, ob man die Zähne ordentlich geputzt hatte.

„Mein Gott, der Kurfürstenhof vom alten Käfer! Wenn er das sehen könnte", rief ich erstaunt. Kuballa zeigte auf die vergoldeten Wasserhähne und sagte leise: „Für schlappe hundertdreißigtausend ist das alles Ihrs. So eine Okkasion finden Sie zwischen Elbe und Dnjepr nicht noch einmal." Ich musste zugeben: Das schien nicht einmal übertrieben.

Frau Lapinsky, die Geschäftsführerin, war eine elegante und gebildete Dame in den Vierzigern, die in ihrem hellblauen

Chanel-Kostüm Ruhe und Seriosität ausstrahlte. Im Gespräch stellte sich heraus, dass sie an der Universität von Lublin viele Jahre als Dozentin für Philosophie gearbeitet hatte, und so war es kein Wunder, dass wir im Gespräch schnell eine ganze Reihe gemeinsamer Themen fanden. Während Kuballa in Richtung Therme verschwand, unterhielten wir uns in ihrem weiß gestrichenen und eingerichteten Büro.

„Leider interessieren sich heute die wenigsten Leute noch für Philosophie", sagte Frau Lapinsky.

„Nun, ich muss zugeben, dass ich selbst ein wenig in diesem Bereich tätig bin", erklärte ich ihr.

„Tatsächlich? Wie kommen Sie dazu, mein Lieber?"

„Ich schreibe in meiner Freizeit an einer kleinen Philosophie des Steuerwesens, schon seit vielen Jahren. Aber ich finde kaum Zeit dazu neben all der Arbeit. Leider, leider."

„Eine Philosophie des Steuerwesens? Das ist interessant. Das müssen Sie mich lesen lassen, unbedingt. Wirtschaftsphilosophie war immer mein Steckenpferd."

„Ach nein, ich bin doch noch lange nicht fertig damit. Ich stecke noch immer bei Max Weber fest."

Danuta und ich waren gerade dabei, Brüderschaft zu trinken, als eine noch recht junge und zugegebenermaßen recht spärlich bekleidete Dame atemlos hereinstürzte.

„Erwin nicht gut!", rief sie.

Wir stürzten hinaus und fanden den armen Kuballa in der Thermenlandschaft auf einem römischen Sofa liegend, in einem weißen Morgenmantel, das Gesicht knallrot, Schweiß stand ihm auf der Stirn. Er starrte mich mit jenen glasigen, fiebrigen Augen an, die ich schon aus dem Robert Koch kannte. „Knapp", keuchte er mit großer Anstrengung, während ihm eine andere junge Frau – fast ohne Bekleidung – mit einem Handtuch das Gesicht abtupfte. „Gut, dass Sie da sind. Auf Sie kann man sich verlassen. Mit mir geht's zu Ende ..."

„Aber Kuballa ..."

„Nein, diesmal ist es ernst. Aber Sie ... hören Sie, Knapp ... Sie müssen das Prinzenpalais retten ... Es ist mein Lebenswerk. Der Kaufvertrag ... in meiner Mappe ... nur noch unterschreiben ... Datieren Sie ein paar Tage zurück ... verstehen Sie? ... Sonst fällt das Palais in fremde Hände ... und Danuta und die Damen müssen ... " Er ächzte schwer.

„Den Notarzt! Schnell!", schrie ich. „Hat jemand den Notarzt verständigt!"

„Mir hilft kein Notarzt mehr. *Sie* müssen mir helfen, Knapp. Das Prinzenpalais ... mein Prinzenpalais ... unterschreiben Sie ... unterschreiben Sie. Jetzt." Er tastete mit seiner Hand nach mir, und als er meine Krawatte erwischt hatte, krallte er sich daran fest und zog mich mit erstaunlicher Kraft zu sich herab. „Sie unterschreiben doch, Knapp, nicht wahr ... das schlagen Sie einem sterbenden Freund nicht ab?"

Die beiden jungen Frauen, die nur Büstenhalter, Slip und Pumps mit enorm hohen Absätzen trugen, bekreuzigten sich und fingen in einer fremden Sprache zu beten an.

„Ja doch, ja doch", sagte ich. „Natürlich mache ich alles, was Sie wollen – aber es wird alles wieder in Ordnung kommen. Mensch, Kuballa, reißen Sie sich zusammen, wir kriegen das wieder hin – denken Sie an das Elbe-Center ..." Aber ich glaubte selbst nicht, was ich da sagte.

„Die Therme ...", keuchte er, „einmalig ... das müssen Sie zugeben, Knapp ... " Er röchelte, dann kippte sein Kopf nach hinten und langsam löste sich seine Hand von meiner Krawatte. Die beiden Mädchen schrien auf. Danuta beugte sich über Kuballa, sie küsste seine Stirn und schloss ihm die Augen. Von irgendwoher hatte jemand ein Holzkreuz gebracht, das legte sie ihm über dem Morgenmantel auf die Brust. „Er war ein guter Mensch", sagte Danuta. Die beiden Mädchen beteten noch lauter und schneller.

Die Beerdigung fand in Berlin statt, weil dort Kuballas geschiedene Frau und sein erwachsener Sohn wohnten. Außer diesen beiden, mehr Angehörige hatte er nicht, waren nur noch Ulla und ich anwesend und natürlich Danuta mit den zwei jungen Frauen aus der Therme. Die beiden waren die Einzigen, die am Grab weinten.

„Eigentlich ein schöner Tod", meinte Ulla, als wir uns von Frau Kuballa und Herrn Kuballa junior verabschiedet hatten. „Im Whirlpool eines Bordells, rechts und links ein hübsches Mädchen – das hat er sich sicher so gewünscht." Ulla vertrat außerdem die Auffassung, ich müsse auf alle Fälle Kuballas letzten Wunsch erfüllen und das Prinzenpalais übernehmen. „Das ist keine Frage der Rendite, sondern der Pietät", sagte sie. „Immerhin war sein letztes Wort dein Name. Und stell dir vor, irgend so ein brutaler Zuhälter würde das Haus kaufen und die armen Mädchen ausbeuten. Du würdest dir ewig Vorwürfe machen."

Meine Entscheidung wurde dadurch erleichtert, dass sich Ulla und Danuta auf Anhieb gut verstanden. Schon nach wenigen Worten hatten sie Gemeinsamkeiten entdeckt: Sie hatten beide 1982 in Moskau an der Spartakiade teilgenommen, Ulla im Zweier-Kajak und Danuta im Degenfechten, und beide hatten sie einen fünften Platz erreicht. Es war bloß Zufall, aber trotzdem interessant.

Die beiden Frauen hatten sich beim Rückweg vom Grab zum Taxistand rechts und links bei mir untergehakt.

„Weißt du übrigens", sagte Ulla zu Danuta, „dass wir, Olaf und ich, uns bei einer Beerdigung kennengelernt haben? Und der Verstorbene war damals Besitzer von deiner Villa in Babelsberg."

Danuta meinte, das Leben sei nun mal ein ewiger Kreislauf.

Marianne erzählte ich von dem Gewerbe, das in meiner neuen Immobilie ausgeübt wurde, nichts. Sie hatte so schon die Nase gerümpft, als sie erfuhr, dass das neue Prinzenpalais der alte Kurfürstenhof war. „Hast du dir jetzt endlich alles unter den Nagel gerissen", sagte sie abfällig. „Fehlt bloß noch, dass du Busreisen veranstaltest."

„Du mit deiner ewigen Miesmacherei. Was meinst du denn damit schon wieder?"

„Ich glaube, du verstehst mich sehr gut, mein lieber Olaf." Sie war so anstrengend. Manchmal war ich richtig froh, dass ich nicht mehr mit ihr zusammen war.

Natürlich war das Prinzenpalais keine Investition von Dauer, auch wenn die Rendite, da hatte Kuballa nicht untertrieben, stimmte. Drei Jahre später konnte ich das Objekt überraschend vorteilhaft veräußern. Mittlerweile war dort eine große internationale Wirtschaftprüfungsgesellschaft eingezogen, und die waren erst richtig solvent. Von Danuta bekommen wir jedes Jahr zu Weihnachten eine Karte.

2001

Am Freitagnachmittag empfange ich grundsätzlich keine Mandanten. Ab zwei Uhr habe ich meine Kanzlei für mich alleine. Die Mitarbeiter haben sich verabschiedet, das Telefon bleibt ruhig, und ich habe endlich Ruhe und Muße für all die Dinge, die während der Woche liegen geblieben sind, von denen ich mir aber nicht mein Wochenende versauen lassen will: Ich lese Fachaufsätze oder Urteile des Finanzgerichts, ich kontrolliere meine eigene Buchhaltung, ich sitze am Computer, schreibe Briefe, Faxe, Mails. Wenn mir dann noch eine Stunde bleibt, überarbeite ich das Manuskript der „Kleinen Philosophie des Steuerwesens“ – leider ist das Buch auch nach vielen Jahren immer noch ein Torso.

An diesem Freitag musste ich vom gewohnten Gang der Dinge abweichen, denn für 17 Uhr hatte sich Veronika angekündigt. Das war mehr als erstaunlich, denn ich hatte sie seit Längerem nicht mehr gesehen. Nach der unerfreulichen Auseinandersetzung um die ägyptische Figur anlässlich Pauls Umzugs war sie weitgehend aus meinem Blickfeld verschwunden, und es hatte für mich bisher kein Anlass bestanden, den Kontakt wieder aufzunehmen.

Natürlich traf ich mich regelmäßig mit Marianne, wegen unserer beiden Mädchen war das ganz unvermeidlich, aber dabei mussten wir uns zuerst um praktische, organisatorische Fragen des Aufwachsens von zwei Kindern mit geschiedenen Eltern kümmern: Wer geht zum Elternabend? Wer fährt wann mit wem in Ferien? Wer kauft den Computer? Wer bezahlt den Führerschein? Wer den Sprachkurs in England? Wer ist schuld, wenn die Mädels irgendwann mal drogensüchtig werden? Auf Veronika kamen wir bei diesen Gelegenheiten nur sehr selten zu sprechen, aber gelegentlich erzählte Marianne von Lukas. Einmal hatte sie ein Foto dabei: „Das links unten ist übrigens Lukas. Ein hübscher Junge.“

Veronika kam fünfundzwanzig Minuten zu spät; schon da hätte ich stutzig werden müssen, denn soweit ich wusste, kam eine Veronika Käfer nie zu spät. Zweitens hätte ich sie kaum erkannt. Sie war jetzt größer als früher, viel größer, und nein, das war keine Einbildung. Sie war fast so groß wie ich, aber ich glaube nicht, dass es nur an ihren ziemlich hohen Absätzen lag. Außerdem sah sie in ihrem schwarzen, schmalen Kostüm mehr als nur ungewohnt aus, geradezu ... elegant. Und mit ihren Haaren hatte sie auch was gemacht, die waren ... so ganz anders. Und schließlich das Gesicht – wo war das Doppelkinn geblieben? Schon mit zwanzig hatte Veronika einen unübersehbaren Ansatz zu einer Vermehrung der Kinnpartie gezeigt, und im Lauf der Jahre waren die Wangen mehr und mehr über die Kinnlinie gerutscht, so dass das Gesicht zuletzt fast schon so dick und rund geworden war wie das ihrer Mutter: ein dickes Gesicht mit verkniffenem Mund, aus dem zwei listige Augen blitzten, immer wachsam, immer auf der Hut, einen Nachteil vom eigenen Stamm abzuwenden.

Und nun? Veronika sah völlig verändert aus, das Doppelkinn war fort, die Haare, die Augen ...

Ich bat sie in mein Büro und begann die Unterhaltung mit einer unglaublich dämlichen Bemerkung: „Je später der Abend, desto schöner die Gäste." Peinlich. 17 Uhr 25 ist schließlich noch nicht Abend. Veronika antwortete nicht, sondern schaute mich nur kurz von der Seite an, mit einem Blick, den ich von Marianne kannte. Dann hatte sie sich auch schon, ohne lange auf eine Aufforderung zu warten, auf den Besucherstuhl gesetzt, ihre Handtasche mitten auf meinen Schreibtisch gestellt – und sah mich erwartungsvoll an. Mir fiel noch eine intelligente Bemerkung ein: „Wir haben uns ja schon eine kleine Ewigkeit nicht mehr gesehen."

„Mhm."

„Sechs Jahre muss das her sein. Als wir wegen der Erbschaft deines Vaters ... Mein Gott, die Zeit ... "

Sie hatte sich zurückgelehnt, die Beine übereinandergeschlagen, und so schaute sie mich herausfordernd an, mit einem leicht überlegenen Lächeln. Was war mit ihrem Gesicht los? Ich kam einfach nicht drauf.

„Nun, also ... äh... was kann ich für dich tun? Probleme mit dem Finanzamt?“ Auch sehr intelligent.

Veronika gab keine Antwort, sondern zog aus ihrer Tasche einen großen Umschlag und schob ihn mir über den Tisch. Der Umschlag war nicht frankiert und nicht beschriftet.

„Was ist das?“, fragte ich.

„Schau halt rein.“

Ich griff hinein – und hatte Geldscheine in der Hand. Tausender, Dollar, ganze Bündel.

„Du musst es nicht zählen, es sind zweihunderttausend“, sagte sie. „Und um deine nächste dumme Frage vorwegzunehmen: Der Umschlag lag vorgestern in unserem Briefkasten. Ohne Kommentar, ohne Absender. Marianne meinte, ich solle ihn dir zeigen.“

„Marianne? Zeigen? Mir?“ Klar, der dicke Bildhauer, mit dem Marianne neuerdings zusammen war, konnte zu solchen Angelegenheiten wenig beitragen.

„Marianne meinte, es könnte von Ingo sein.“

„Von Ingo? Welcher Ingo? Meinst du ... äh ... den von Ulla?“

„Einen anderen Ingo als den von Ulla kenne ich nicht. Habt ihr auch so einen Umschlag bekommen?“

„Wir? Geld? Nein. Wieso? Und was hast du mit Ingo zu schaffen?“

Sie sagte scharf: „Bitte, Olaf! Jetzt reiß dich zusammen, ja? Die Sache ist einigermaßen wichtig. Also stell dich nicht andauernd so blöd. Schließlich hat dir Marianne doch alles erzählt ... von Ingo und mir.“

Ich versuchte mich durch ein paar fahrige Gesten aus der Affäre zu ziehen.

„Vielleicht kannst du mir das mit den Transferrubeln erklären“, sagte sie.

„Transferrubel? Wieso ich?“

„Na, diesen famosen Tipp hatte Ingo doch von Paul, und der hatte ihn schließlich von dir – oder?“

Ich erklärte ihr die Sache. Und ich erzählte ihr auch vom

Besuch, den uns die Herren Leipold und Möller Weihnachten vor drei Jahren abgestattet hatten.

„Siebenundsechzig Millionen Mark", seufzte Veronika. „Darauf brauch ich einen Schnaps!"

Zum ersten Mal waren sie und ich einer Meinung. Ich schenkte uns zwei Cognacs ein. Sie nahm wieder den Umschlag in die Hand. „Ich vermute, das Geld ist von Ingo. Wahrscheinlich ist es für seinen Sohn gedacht. Lukas wird demnächst zehn. Zu mir konnte Ingo ja gefahrlos kommen, außer Marianne, dir und Ulla weiß kein Mensch von meiner Verbindung zu ihm."

Ich schob die Geldscheine zurück in den Umschlag. „Nein, zu uns konnte er wirklich nicht kommen", sagte ich. „Ich glaube, die Kripo hat uns heute noch im Visier, im Telefon knackt es immer mal wieder. Mir würde es nicht auffallen, aber Ulla hat da mehr Erfahrung, du weißt schon ... Es stimmt, du bist im Grunde Ingos einzige sichere Adresse hier ... Vielleicht ist das Geld ja auch für seine beiden Kinder gedacht?"

„Ach? Du möchtest wohl einen Anteil?"

Ich hob abwehrend die Hände. „Herrgott, nein! So habe ich das nicht gemeint. Niemals! Das wäre ja ... Damit will ich nichts zu tun haben. Am Ende handelt es sich um Steuerhinterziehung, da könnte ich als Steuerberater einpacken. Ach du liebe Zeit, nimm das Paket bloß weg! Ich will nichts damit zu tun haben!"

„Nun beruhig dich wieder, es explodiert schon nicht. Sag mir lieber, was ich damit tun soll?"

„Du musst es zur Polizei bringen. Sofort!"

„Damit die wissen wollen, warum Ingo das Geld ausgerechnet mir schickt? Kommt nicht infrage."

„Behalten kannst du es jedenfalls nicht."

„Könnt ihr es nicht zurückgeben? Du – oder vielleicht Ulla?"

„Ausgeschlossen. Ulla kann nicht lügen."

„Ach?"

„Durch Ulla käme es jedenfalls sofort auf. Und dann sind wir dran. Alle. Du auch."

„Dann werf ich's in den Müll."

Wir schwiegen. „In welche Tonne kommen eigentlich Geldscheine?“, fragte sie schließlich. „Ist das Papier oder Restmüll?“

Ich wusste es auch nicht und zuckte mit den Schultern.

Veronika seufzte und sagte: „Geld in den Müll! Da dreht sich einem ja der Magen um.“

Ich konnte nicht anders, ich musste es sagen: „Und es ist auch noch steuerfrei. Es ist also fast so viel wert wie vierhunderttausend.“ Aber sie hatte natürlich recht, Geld einfach wegwerfen, das war nun wirklich jammerschade. Auch mir fällt es immer schwer, Sachen, die noch gebrauchsfähig sind, einfach wegzuwerfen. Mein Keller ist voll von alten Radios, Schreibmaschinen und Skistiefeln der Kinder. Wir tranken schweigend unseren Cognac und dachten nach.

Kurz nach sechs hatte ich einen noch recht undeutlichen, schemenhaften Gedanken. „Dein Vater ...“, begann ich. „Diese Busreisen ... da ist man ja ganz schön herumgekommen, nicht wahr?“

„Ja?“ Veronika musterte mich mit zusammengekniffenen Augen. Ihre Augen waren auch irgendwie anders, das bildete ich mir doch nicht ein.

„Marianne hat mir erzählt, dass sie auch mal mitgefahren ist. Da war sie noch ein Kind, es war ihre erste Fahrt ins Ausland. Zum Vierwaldstätter See, mit ihrer Mutter.“ Ich machte eine längere Pause. „Diese Ziele hat man eigentlich ganz aus den Augen verloren“, fuhr ich fort, als Veronika nicht antwortete.

„Jaaa?“, fragte sie erneut.

„Am Vierwaldstätter See ist es wunderschön.“

„Es war die Lieblingstour meines Vaters“, sagte sie. „Vierwaldstätter See mit Uri und Schwyz, damals für 25 Mark. Aber ich verstehe nicht ganz, was ... ?“

Ich ließ Veronika noch ein wenig zappeln. „Da solltet ihr mal hinfahren. Alle zusammen. Von Heckental aus über die A 7 ist man in drei bis vier Stunden da. Macht doch mal einen schönen Familienausflug. Lukas und Franziska werden sich freuen ... und Monika ... fahrt nach Luzern, zum Beispiel ... Die Leute sind dort alle sehr freundlich ... freundlich und diskret. Anschließend macht ihr eine Bootsfahrt oder ihr fahrt mit der Seilbahn auf den Bürgenstock. Das ist doch was für die Kinder. Zwei Frauen mit drei Kindern, unauffälliger geht's nicht. Geld würde ich aber erst dort wechseln, das ist im Ausland immer günstiger. Du gehst einfach in eine dieser netten kleinen Schweizer Banken ... Man wird dort immer sehr korrekt bedient. Wenn ihr öfter hinfahrt, rentiert sich womöglich ein Schließfach."

Jetzt hatte sie endlich verstanden „Ja, das machen wir. Das ist eine prima Idee. Ich danke dir, Olaf." Und nach einer Pause sagte sie: „Marianne hatte tatsächlich recht."

„Marianne? Wieso Marianne?"

„Sie hat gemeint, dass du gar nicht so blöd bist."

Auch ihr Mund war anders als früher. Ja, das war es: Sie hatte sich operieren lassen. Mund, Augen, Nase. Plastisch, chirurgisch! Veronika Käfer! Jetzt steht die Welt wirklich auf dem Kopf, dachte ich.

Eigentlich war unsere Besprechung zu Ende. Aber Veronika zündete sich eine Zigarette an. Veronika Käfer rauchte! In meinem Büro besteht natürlich striktes Rauchverbot, aber ich war so überrascht, dass ich schnell eine Untertasse als provisorischen Aschenbecher freimachte.

„Stimmt es eigentlich, dass du dir in Bulgarien einen Doktortitel gekauft hast? Und jetzt traust du dich nicht, ihn zu benutzen?" Wie hatte sie das nur erfahren? Nicht einmal Marianne wusste davon. Und wieso Bulgarien?

Ich beugte mich vor und sagte: „Stimmt es eigentlich, dass du dich schon zweimal hast liften lassen?"

Sie lachte. „Touché. Aber trotzdem falsch, Dottore! Dreimal!"

Es entstand erneut eine lange Pause. Veronika sah mich eine Zeit lang schweigend an. Schließlich sagte sie: „Mit diesem Ingo hatte ich nichts als Schwierigkeiten. Ich hätte damals doch auf Marianne hören und dich nehmen sollen."

Vor Schreck schüttete ich mir den restlichen Cognac auf die Krawatte. Während tausend Gedanken durch mein Gehirn rasten – wollte sie etwa wieder ein Kind? Diesmal von mir? –, bearbeitete ich hektisch meine ruinierte Krawatte. Branntwein auf Seidenstoff, das geht nie wieder heraus. Aber ich war froh, mich beschäftigen zu können und Veronika nicht ansehen zu müssen. Womöglich hatte ich einen roten Kopf.

Leise schimpfte ich vor mich hin, bis Veronika plötzlich neben mir stand. „Zeig mal her, du ungeschickter Mensch", sagte sie leise und zog mir die Krawatte aus dem Kragen.

„Meine Lieblingskrawatte! Wir haben sie in Hongkong gekauft", jammerte ich noch – aber im selben Moment passierte etwas sehr Merkwürdiges. Etwas ganz und gar Unbegreifliches: Ich erlitt einen plötzlichen, kurzzeitigen Gedächtnisverlust, sodass ich mich an die Ereignisse der folgenden etwa drei bis acht Minuten beim besten Willen nicht mehr erinnern kann.

Ich habe den so genannten Filmriss, temporäre Amnesie aus unbekannter Ursache, immer für pure Erfindung gehalten. Mandaten bringen so etwas immer wieder mal vor: Da steckt beispielsweise ein Architekt achtzigtausend Mark in bar ein, geht auf eine Baustelle, und wenn der Steuerprüfer wissen will, was aus dem Geld geworden ist, dann meint der Herr Architekt, es genüge zu beteuern, er könne sich an nichts erinnern. „Filmriss, ganz ehrlich!" Oder ich finde in den Steuerunterlagen die Quittung einer Luna Bar in Frankfurt über fünf Flaschen Champagner je 486 Mark und muss mir dann anhören: „Ich kann mich an absolut nichts erinnern, Herr Knapp!" Ich sage solchen Mandanten bewusst ganz grob, sie sollten sich nicht lächerlich machen mit derart dummen Ausreden, denn einen Filmriss gäbe es nur im Kino. Seit jenem Nachmittag in meiner Kanzlei bin ich mit solchen Zurechtweisungen vorsichtiger geworden. Ich weiß nun, den Filmriss gibt es auch im wirklichen Leben. Wenn man unter besonderer Anspannung steht, kann es passieren, dass die Erinnerung für ein paar entscheidende Minuten versagt.

Diese drei bis acht Minuten, mehr können es nicht gewesen sein, fehlen in meiner Erinnerung bis heute. Das Nächste, woran ich mich erinnere – das Nächste, nachdem Veronika nach meiner

Lieblingskrawatte gegriffen hatte –, ist nämlich, dass das Telefon klingelte. Es war, als wäre ich davon erwacht. Und gleichzeitig spürte ich, dass sich Veronikas Zunge in meiner Mundhöhle befand und dass sich Veronikas Hände an meinem Gesäß festhielten. Und dieses ... dieses Gesäß ... war ... um Gottes willen ... war entblößt! Veronikas Pullover wiederum war weit nach oben geschoben und meine Hände ... meine Hände betasteten ... ihre ... ihre ...

Noch ehe ich meine Gedanken so weit hatte sammeln können, dass ich begriff, was da auf meinem Schreibtisch geschah, klingelte es zum zweiten Mal. Wir fuhren auseinander. Ich beugte mich zum Telefon und hob ab, ohne Veronika dabei anzusehen. Meine Hand zitterte so stark, dass ich kaum in der Lage war, den Hörer ans Ohr zu halten.

Es waren Monika und Franziska. Sie riefen an, weil sie mich zum Pizzaessen abholen wollten; die Mama würde sie in drei Minuten vor der Kanzlei absetzen, und ich solle gleich herunterkommen und bitte nicht wieder die Geldbörse vergessen, und wenn ich nicht sofort herunterkäme, würden sie mich holen und es würde fünf Mark Taschengeld extra kosten – jeweils. Ich legte auf und starrte Veronika an. Sie hatte alles gehört, Monika hatte laut genug ins Telefon gebrüllt. Drei Minuten – das war knapp, entschieden zu knapp. Wir mussten uns ja auch wieder anziehen. Veronika schob nach kurzem Zögern ihren Pullover herunter und auch den Rock ... Jetzt erst bemerkte ich, dass ihr Rock bis zu den Hüften hochgerutscht war ... Und wo war eigentlich ihre Strumpfhose? Und wo meine Krawatte ...?

„Ich muss auch los", sagte sie und brachte ihre Kleidung in Ordnung.

„Kann ich ... dich irgendwo ... hinbringen?"

„Danke. Ich bin mit dem Auto da. Und noch mal vielen Dank für deinen Tipp mit der Schweiz."

„Aber bitte ... bitte ... jederzeit. Gerne. Ich helfe immer gerne ... jederzeit ... Ist doch selbstverständlich. Wenn du sonst ... äh, sonst irgendwas brauchst ... was auch immer ..."

Wir haben über diesen Zwischenfall nie wieder gesprochen. Ob Veronika tatsächlich ein zweites Kind haben wollte oder ob ich mir das nur eingebildet hatte, weiß ich bis heute nicht. Und ich habe mich all die Jahre nicht getraut, Marianne oder Ulla danach zu fragen.

2006

Franziska ist mittlerweile ein großes, aufgewecktes Mädchen; sie ist neugierig und frech und erinnert mich schon deshalb immer ein wenig an die junge Marianne. Nach ihrem leiblichen Vater hat sich Franziska noch nie näher erkundigt. Dabei hatte sich Ulla schon eine Reihe von gut durchdachten Sätzen zurechtgelegt, um etwaige Fragen flüssig beantworten zu können – Sätze, die allerdings im Wesentlichen darin bestehen, dass sie mit kompliziert formulierten Halbwahrheiten um die ganze Wahrheit herumschleichen. Franziska, klug wie sie ist, hätte das sowieso durchschaut. Vielleicht fragt sie deshalb erst gar nicht.

Lukas ist ein stiller, blasser Junge, der in seinen weiten Hosen und XXL-Pullovern versinkt. Die Metallkrampe in seiner Augenbraue täuscht, ebenso wie seine Haarfarbe, denn tatsächlich macht er seiner Mutter nur wenig Sorgen. Natürlich hatte sich Veronika immer ein musisch begabtes Kind gewünscht. Eins, das Klavier oder Geige spielt und im Chor singt. Überhaupt hätte es möglichst ein Mädchen sein sollen, mit dem sie reden könnte oder wenigstens einkaufen gehen. Aber selbstverständlich ist sie auch mit Lukas zufrieden, obwohl es ihr schon ein wenig wehtut, wenn er wieder mal den Klavierunterricht verweigert. Nicht einmal bei der Theatergruppe will er mitmachen, und die Musik, die neuerdings aus seinen Ohrstöpseln wummert, hört sich ziemlich merkwürdig an.

Lukas war von Anfang an ein wenig kleiner als unsere Franziska, obwohl sie bis auf wenige Tage gleich alt sind. Trotzdem lernte Franziska alles schneller; sie konnte früher sitzen, laufen und sprechen. Lukas wollte lange Zeit überhaupt nicht sprechen, und ich erinnere mich noch gut, dass es Monate dauerte, bis er endlich Fahrrad fahren konnte. Neulich erzählte uns Franziska, dass Lukas noch immer nicht richtig schwimmen könne. In der Schule tut er sich ebenfalls schwer, im Unterschied zu Franziska, die ihm hin und wieder bei den Hausaufgaben hilft. „Ein harter Job“, sagt sie. Aber sie tut es gern, denn sie mag Lukas, vor allem seit sie weiß, dass er ihr Halbbruder ist. Einmal hat sie zwei Mitschüler verprügelt, weil sie Lukas gehänselt hatten. Der eine Junge hatte einen Nasenbeinbruch, und Ulla war deswegen zum Direktor bestellt worden.

Aber Lukas hat es ja auch nicht leicht. Veronika und Marianne sind vor drei Jahren zusammen nach Liesingen gezogen, wo sie sich eine kleine Villa aus den Zwanzigerjahren gekauft haben, und so muss sich Lukas nun in einem Haushalt behaupten, dem außer ihm nur Frauen angehören. Mir fehlt es leider an Einfluss auf die Weiberwirtschaft in der Sibeliusstraße. „Misch dich da bloß nicht ein", sagt Ulla. Das fällt mir schwer, und als ich vor ein paar Wochen zufällig hörte, Lukas sei ein guter Schachspieler – „Er ist jetzt in einer Schachgruppe", hatte Franziska erzählt –, rückte ich gleich am nächsten Sonntag mit Brett und Schachuhr an, um ihm ein wenig den Rücken zu stärken. Die eher musisch orientierten Damen schauten auf meine Schachutensilien, als hätte ich ein totes Nagetier mitgebracht. Sie konnten sich nicht vorstellen, wozu man eine Schachuhr braucht. „Ich finde, ihr solltet einfach mal drauflos spielen", sagte Veronika, und Marianne meinte, ich würde die Sache wieder einmal viel zu sehr aufbauschen. „Macht doch lieber was an der frischen Luft, eine Radtour zum Beispiel!" Sie selbst sei früher bei jedem Wetter in den Rotwald gefahren, dabei habe ihr Rad nicht mal eine Gangschaltung gehabt. Unser Schachnachmittag fand keine Fortsetzung, denn am folgenden Wochenende zog es Lukas vor, keine Zeit zu haben. Ich habe ihn dann vor dem Venezia herumlungern sehen mit ein paar Gestalten, die ich nicht gern in der Nähe meiner eigenen Kinder wissen möchte. Aber ich soll mich ja nicht einmischen, und mein Sohn ist er ja am allerweinigsten.

Paul wohnt noch immer mit seinem Vater in Chrieschwitz; wir haben ihn auf der Fahrt zur Ostsee kurz besucht. Seine Hand kann er immer noch nicht richtig benutzen, und besser wird es wohl nicht mehr werden. Aber das Haus wurde komplett saniert und ist sehr schön geworden, Ulla hätte es fast nicht wiedererkannt.

Paul hat vor zwei Jahren eine Zahnärztin aus Plauen geheiratet – übrigens eine Nichte von Herrn Schäfer –, die im Erdgeschoß ihre Praxis eingerichtet hat, sodass auch das in Ordnung gekommen ist; auch wenn Chrieschwitz natürlich nicht Stuttgart-Sillenbuch ist, nicht bloß wegen der Quadratmeterpreise.

Aus Justizkreisen habe ich kürzlich erfahren, dass Ingo demnächst in den offenen Vollzug wechseln wird; er hat dann noch etwa drei Jahre. Eine vorzeitige Entlassung kommt nicht in Betracht, weil man ihm vorhält, er habe nicht an der Wiederbeschaffung der Transferrubel mitgewirkt. Niemand glaubt seinen Beteuerungen, er habe die Millionen nicht. Tatsächlich ist das Geld nie wieder aufgetaucht. Vermutlich haben es die Polen und Bulgaren unter sich aufgeteilt, und ich bin froh, dass wir darüber nichts wissen. „Irgendwie ist er ein armer Kerl", meinte Ulla kürzlich, als die Rede wieder mal auf Ingo kam. „Aber wenn er rauskommt, braucht er sich zumindest keine Sorgen zu machen. Wir helfen ihm alle, dass er irgendwo ganz von vorne anfangen kann. Nicht wahr, Olaf?"

Unterdessen machen Veronika und Ulla regelmäßig Urlaub in der Zentralschweiz, meist ist auch Marianne mit von der Partie. Sie fahren natürlich nicht mit dem Omnibus, sondern in Veronikas neuem BMW – ein schneeweißer Kombi mit Vollausstattung, den sie dem Vernehmen nach bar bezahlt hat. Ich will gar nicht wissen, wohin sie fahren, und erst recht nicht, was sie dort alles machen. Ulla hält das für übertrieben. „Wir gehen doch bloß bergsteigen." Außerdem würde man dort so günstig einkaufen. In der Schweiz! Neulich haben sie eine riesige Espressomaschine und zwei Staubsauger mitgebracht und für mich eine sündhaft teure Spiegelreflexkamera. Selbstverständlich habe ich mich geweigert, das Ding auch nur anzufassen. Das fanden dann alle drei völlig übertrieben.

Mit der Kamera, die mit Objektiven und Zubehör rund viertausend Franken gekostet haben muss, läuft jetzt Lukas herum. Er hat damit die Band, die er kürzlich mit ein paar Mitschülern gegründet hat, fotografiert. Die Aufnahmen, alle schwarz-weiß und grobkörnig, waren gar nicht mal so schlecht. Vielleicht wird ja doch noch was Künstlerisches aus ihm.

Ich selbst hätte auch gern einen künstlerischen Beruf ergriffen, zum Beispiel Maler. Ich hätte großflächige Landschaftsbilder geschaffen, Ölbilder von menschenleeren, baumlosen Ebenen, in kräftigen Farben, blau, orange, ocker. Aber ich bin auch gern Steuerberater.

Ein Projekt der Blue Cat Publishing GbR
Gneisenaustr. 64, 10961 Berlin
www.divan.verlag.de
Umschlag: Katrin Kawinkel, katika-media.de,
unter Verwendung eines Fotos von Petair/Fotolia
Satz: Katrin Kawinkel, katika-media.de
Schrift: Gentinum Basic
Druck und Bindung: Axlo (Polen)
ISBN 978-3-86327-030-8